警世通言

[明] 冯梦龙·著

插图精译

陕西新华出版 三秦出版社

图书在版编目（CIP）数据

警世通言 /（明）冯梦龙著．-- 2版．-- 西安 : 三秦出版社，2008.04（2024.1重印）
（国学百部文库）
ISBN 978-7-80628-140-6

Ⅰ．①警… Ⅱ．①冯… Ⅲ．①话本小说－中国－明代 Ⅳ．① I242.3

中国版本图书馆CIP数据核字（2008）第032446号

书　　名　警世通言
作　　者　［明］冯梦龙 著
责　　编　周世闻
封面设计　新华智品

出版发行　三秦出版社
社　　址　西安市雁塔区曲江新区登高路1388号
电　　话　（029）81205236
邮政编码　710061
印　　刷　北京一鑫印务有限责任公司
开　　本　680×1020　1/16
印　　张　9
字　　数　223千字
版　　次　2008年4月第2版
印　　次　2024年1月第2次印刷
标准书号　ISBN 978-7-80628-140-6

定　　价　39.80元
网　　址　http://www.sqcbs.cn

前　　言

中国古典文学发展到明代，市俗文学兴起，在白话小说的基础上，明人又搜集整理和拟作了不少的“话本”。所谓“话本”，即说书艺人使用的一种底本，是以俚语记述市民生活的一种文学形式，不少人称之为俗文学。在这些话本中，以冯梦龙所编选的“三言”为最。

冯梦龙(1574–1646)，字犹龙，号墨憨斋主人，长洲（苏州）人。冯梦龙出身于书香门第，自幼受儒学熏陶，并深受袁宏道推崇民间文学的影响，逐渐成为晚明主情、尚真、适俗文学思潮的代表人物和通俗文学的一代大家。天启年间，冯梦龙先后编选“三言”，为话本小说提供了一个集大成的选本。

“三言”是《喻世明言》、《警世通言》、《醒世恒言》三部小说集的总称，每集40篇，共120篇，包容了汇辑的旧本和创作的新著，标志着我国白话短篇小说在说唱艺术的基础上，从文人的整理加工到文人独立创作的开始。它“极摹人情世态之歧，备写悲欢离合之致”，是数百年小说创作的一个结晶，也是旧时市民文化心理的积淀，由北宋到明万历朝，时间绵延约700年。这120篇短篇以短小精悍、通俗幽默的底色历述了世俗的人情百态，再现了旧社会的种种生活场景，勾勒出了一幅幅精彩真实的市民社会风情画。

“三言”中所体现的思想是平民化、市民化的，其中商人成为了时代的宠儿，它打破了传统观念歧视商业的思想，而把商人作为正面主人公频频亮相，如《徐老仆义愤成家》、《卖油郎独占花魁》，都是将小商小贩作为主角来加以塑造、歌颂。明中后期，商贾在百姓心目中地位的提高，在“三言”中得到很好的体现。

另外，歌颂婚恋自主、宣扬男女平等的作品仍在“三言”中占最大比重，如《崔待诏生死冤家》、《闹樊楼多情周胜仙》、《杜十娘怒沉百宝箱》、《玉堂春落难逢夫》，诸如此类的爱情婚姻故事，或哀艳动人，或曲折入胜，在人类的自然需求欲望上，作品反映出平民的健全理智和常人之情，尊重女性的意识得到提升。除此之外，其中的一些篇章抨击了贪官酷吏的凶残暴虐，赞扬了清官的廉政爱民，如《张廷秀逃生救父》、《乔太守乱点鸳鸯谱》等。

当然“三言”中也有糟粕的东西，比如过多的封建道德说教，宣扬因果报应等。虽然如此，作为市民文学代表作的“三言”，仍不失为一组优秀的白话小说集，广大读者开读“三言”尽可从中汲取有益的营养。

《警世通言》是“三言”中的第二本，刊刻于天启四年(1624)，内中多辑录改编了宋元时代的话本。所谓通言，即是适于民俗者。

我们在校刊时，尽量遵循原著，只对其中明显的讹误慎加改正，以便广大读者更好地欣赏这一古典名著。

《警世通言》取材广泛，内容丰富，考虑到普及的需要，我们选取了其中最具代表性的篇章，以供读者阅读，希望本书能对您的学习和生活有所裨益。

编　者

2008年8月

序

野史尽真乎？曰：“不必也”。尽赝乎？曰：“不必也”。然则去其赝而存其真乎？曰：“不必也”。《六经》《语》《孟》，谭者纷如，归于令人为忠臣、为孝子、为贤牧、为良友、为义夫、为节妇、为树德之士、为积善之家，如是而已矣。经书著其理，史传述其事，其揆一也。理著而世不皆切磋之彦，事述而世不皆博雅之儒。于是乎村夫稚子、里妇估儿，以甲是乙非为喜怒，以前因后果为劝惩，以道听途说为学问。而通俗演义一种，遂足以佐经书史传之穷。而或者曰：“村醪市脯，不入宾筵。乌用是齐东娓娓者为？”呜呼！大人子虚，曲终奏雅，顾其旨何如耳？人不必有其事，事不必丽其人。其真者，可以补金匮石室之遗；而赝者，亦必有一番激扬劝诱、悲歌感慨之意。事真而理不赝，即事赝而理亦真。不害于风化，不谬于圣贤，不戾于《诗》《书》经史，若此者，其可废乎？里中儿代庖而创其指，不呼痛，或怪之，曰：“吾顷从玄妙观听说《三国志》来。关云长刮骨疗毒，且谈笑自若，我何痛为？”夫能使里中儿顿有刮骨疗毒之勇，推此说孝而孝，说忠而忠，说节义而节义。触性性通，导情情出，视彼切磋之彦，貌而不情；博雅之儒，文而丧质。所得竟未知孰赝而孰真也。

陇西君，海内奇士，与余相遇于栖霞山房，倾盖莫逆，各叙旅况。因出其新刻数卷佐酒，且曰：“尚未成书，子盍先为我命名？”余阅之，大抵如僧家因果说法度世之语，譬如村醪市脯，所济者众，遂名之曰《警世通言》，而从臾其成。

时天启甲子腊月豫章无碍居士题

目　录

俞伯牙摔琴谢知音

浪说曾分鲍叔金，谁人辨得伯牙琴？于今交道奸如鬼，湖海空悬一片心。

古来论交情至厚，莫如管鲍。管是管夷吾，鲍是鲍叔牙。他两个同为商贾，得利均分。时管夷吾多取其利，叔牙不以为贪，知其贫也。后来管夷吾被囚，叔牙脱之，荐为齐相。这样朋友才是个真正相知。这相知有几样名色？恩德相结者，谓之知己；腹心相照者，谓之知心；声气相求者，谓之知音。总来叫做相知。今日听在下说一桩俞伯牙的故事。列位看官们，要听者，洗耳而听；不要听者，各随尊便。正是：

知音说与知音听，不是知音不与谈。

话说春秋战国时，有一名公姓俞名瑞，字伯牙，楚国郢都人氏，即今湖广荆州府之地也。那俞伯牙身虽楚人，官星却落于晋国，仕至上大夫之位，因奉晋主之命，来楚国修聘。伯牙讨这个差使，一来是个大才，不辱君命；二来就便省视乡里，一举两得。当时从陆路至于郢都，朝见了楚王，致了晋主之命。楚王设宴款待，十分相敬。那郢都乃是桑梓之地，少不得去看一看坟墓，会一会亲友。然虽如此，各事其主，君命在身，不敢迟留。公事已毕，拜辞楚王。楚王赠以黄金彩缎、高车驷马。伯牙离楚一十二年，思想故国江山之胜，欲得恣情观览，要打从水路大宽转而回，乃假奏楚王道："臣不幸有犬马之疾，不胜车马驰骤，乞假臣舟楫，以便医药。"楚王准奏，命水师拨大船二只，一正一副。正船单坐晋国来使，副船安顿仆从行李，都是兰桡画桨，锦帐高帆，甚是齐整。群臣直送至江头而别。

只因览胜探奇，不顾山遥水远。

伯牙是个风流才子，那江山之胜，正投其怀。张一片风帆，凌千层碧浪，看不尽遥山叠翠，远水澄清。不一日，行至汉阳江口，时当八月十五日中秋之夜。偶然风狂浪涌，大雨如注。舟楫不能前进，泊于山崖之下。不多时，风恬浪静，雨止云开，现出一轮明月。那雨后之月，其光倍常。伯牙在船舱中，独坐无聊，命童子焚香炉内。"待我抚琴一操，以遣情怀。"童子焚香罢，捧琴囊置于案间。伯牙开囊取琴，调弦转轸，弹出一曲。曲犹未终，指下"刮喇"的一声响，琴弦断了一根。伯牙大惊，叫童子去问船头："这住船所在是什么去处？"船头答道："偶因风雨，停泊于山脚之下，虽然有些草树，并无人家。"伯牙惊讶，想道："是荒山了。若是城郭村庄，或有聪明好学之人，盗听吾琴，所以琴声忽变，有弦断之异。这荒山下，哪得有听琴之人？哦，我知道了。想是有仇家差来刺客，不然，或是贼盗伺候更深，登舟劫我财物。"叫左右："与我上崖搜捡一番。不在柳阴深处，定在芦苇丛

俞伯牙摔琴谢知音

中。”左右领命，唤齐众人，正欲搭跳上崖，忽听岸上有人答应道：“舟中大人，不必见疑。小子并非奸盗之流，乃樵夫也。因打柴归晚，值骤雨狂风，雨具不能遮蔽，潜身岩畔。闻君雅操，少住听琴。”伯牙大笑道：“山中打柴之人，也敢称听琴二字！此言未知真伪，我也不计较了。左右的，叫他去罢。”那人不去，在崖上高声说道：“大人出言谬矣！岂不闻‘十室之邑，必有忠信’；‘门内有君子，门外君子至’。大人若欺负山野中没有听琴之人，这夜静更深，荒崖下也不该有抚琴之客了。”伯牙见他出言不俗，或者真是个听琴的亦未可知。止住左右不要罗唣，走近舱门，回嗔作喜的问道：“崖上那位君子既是听琴，站立多时，可知道我适才所弹何曲？”那人道：“小子若不知，却也不来听琴了。方才大人所弹，乃孔仲尼叹颜回谱入琴声。其词云：‘可惜颜回命早亡，叫人思想鬓如霜。只因陋巷箪瓢乐，’——到这一句，就绝了琴弦，不曾抚出第四句来。小子也还记得——‘留得贤名万古扬。’”伯牙闻言，大喜道：“先生果非俗士。”隔崖窎远，难以问答。命左右：“掌跳，看扶手，请那位先生登舟细讲。”左右掌跳，此人上船，果然是个樵夫。头戴箬笠，身披蓑衣，手持尖担，腰插板斧，脚踏芒鞋。手下人哪知言谈好歹，见是樵夫，下眼相看：“咄，那樵夫！下舱去，见我老爷叩头。问你什么言语，小心答应。官尊着哩！”樵夫却是个有意思的，道：“列位不须粗鲁，待我解衣相见。”除了斗笠，头上是青布包巾；脱了蓑衣，身上是蓝布衫儿，搭膊拴腰，露出布裩下截。那时不慌不忙，将蓑衣、斗笠、尖担、板斧，俱安放舱门之外。脱下芒鞋，蹰去泥水，重复穿上，步入舱来。官舱内公座上灯烛辉煌。樵夫长揖而不跪，道：“大人，施礼了。”俞伯牙是晋国大臣，眼界中哪有两接的布衣。下来还礼，恐失了官体，既请下船，又不好叱他回去。伯牙没奈何，微微举手道：“贤友免礼罢。”叫童子看坐。童子取一张杌坐儿置于下席。伯牙全无客礼，把嘴向樵夫一努道：“你且坐了。”你我之称，怠慢可知。那樵夫亦不谦让，俨然坐下。伯牙见他不告而坐，微有嗔怪之意，因此不问姓名，亦不呼手下人看茶。默坐多时，怪而问之：“适才崖上听琴的，就是你么？”樵夫答言：“不敢。”伯牙道：“我且问你，既来听琴，必知琴之出处。此琴何人所造？抚它有甚好处？”正问之时，船头来禀话：“风色顺了，月明如昼，可以开船。”伯牙吩咐：“且慢些！”樵夫道：“承大人下问。小子若讲话絮烦，恐耽误顺风行舟。”伯牙笑道：“惟恐你不知琴理。若讲得有理，就不做官，亦非大事，何况行路之迟速乎！”樵夫道：“既如此，小子方敢僭谈。此琴乃伏羲氏所琢。见五星之精，飞坠梧桐，凤凰来仪。凤乃百鸟之王，非竹实不食，非梧桐不栖，非醴泉不饮。伏羲以知梧桐乃树中之良材，夺造化之精气，堪为雅乐，令人伐之。其树高三丈三尺，按三十三天之数，截为三段，分天、地、人三才。取上一段叩之，其声太清，以其过轻而废之；取下一段叩之，其声太浊，以其过重而废之；取中一段叩之，其声清浊相济，轻重相兼。送长流水中，浸七十二日，按七十二候之数。取起阴干，选良时吉日，用高手匠人刘子奇斫成乐器。此乃瑶池之乐，故名瑶琴。长三尺六寸一分，按周天三百六十一度。前阔八寸，按八节；后阔四寸，按四时；厚二寸，按两仪。有金童头、玉女腰、仙人背、龙池、凤沼、玉轸、金徽。那徽有十二，按十二月；又有一中徽，按闰月。先是五条弦在上，外按五行金木水火土，内按五音宫商角徵羽。尧舜时操五弦琴，歌《南风》诗，天下大治。后因周文王被囚于羑里，吊子伯邑考，添弦一根，清幽哀怨，谓之文弦。后武王伐纣，前歌后舞，添弦一根，激烈发扬，谓之武弦。先是宫、商、角、徵、羽五弦，后加二弦，称为文武七弦琴。此琴有

'六忌'、'七不弹'、'八绝'。何为'六忌'？一忌大寒，二忌大暑，三忌大风，四忌大雨，五忌迅雷，六忌大雪。何为'七不弹'？闻丧者不弹，奏乐不弹，事冗不弹，不净身不弹，衣冠不整不弹，不焚香不弹，不遇知音者不弹。何为'八绝'？总之清奇幽雅、悲壮悠长。此琴抚到尽美尽善之处，啸虎闻而不吼，哀猿听而不啼，乃雅乐之好处也。"伯牙听见他对答如流。犹恐是记问之学。又想道："就是记问之学，也亏他了。我再试他一试。"此时已不似在先你我之称了。又问道："足下既知乐理，当时孔仲尼鼓琴于室中，颜回自外入，闻琴中有幽沉之声，疑有贪杀之意，怪而问之。仲尼曰：'吾适鼓琴，见猫方捕鼠，欲其得之，又恐其失之。此贪杀之意，遂露于丝桐。'始知圣门音乐之理，入于微妙。假如下官抚琴，心中有所思念，足下能闻而知之否？"樵夫道："《毛诗》云：'他人有心，予忖度之。'大人试抚弄一过，小子任心猜度。若猜不着时，大人休得见罪。"伯牙将断弦重整，沉思半晌，其意在于高山。抚琴一弄，樵夫赞道："美哉！洋洋乎。大人之意，在高山也。"伯牙不答。又凝神一会，将琴再鼓，其意在于流水。樵夫又赞道："美哉！汤汤乎。志在流水。"只两句道着了伯牙的心事。伯牙大惊，推琴而起，与子期施宾主之礼。连呼："失敬失敬！石中有美玉之藏。若以衣貌取人，岂不误了天下贤士？先生高名雅姓？"樵夫欠身而答："小子姓钟，名徽，贱字子期。"伯牙拱手道："是钟子期先生。"子期转问："大人高姓，荣任何所？"伯牙道："下官俞瑞，仕于晋朝，因修聘上国而来。"子期道："原来是伯牙大人。"伯牙推子期坐于客位，自己主席相陪。命童子点茶。茶罢，又命童子取酒共酌。伯牙道："借此攀谈，休嫌简亵。"子期称："不敢。"

童子取过瑶琴，二人入席饮酒。伯牙开言又问："先生声口是楚人了，但不知尊居何处？"子期道："离此不远，地名马安山集贤村便是荒居。"伯牙点头道："好个集贤村！"又问："道艺何为？"子期道："也就是打柴为生。"伯牙微笑道："子期先生，下官也不该僭言，似先生这等抱负，何不求取功名，立身于廊庙，垂名于竹帛，却乃赍志林泉，混迹樵牧，与草木同朽，窃为先生不取也。"子期道："实不相瞒，舍间上有年迈二亲，下无手足相辅。采樵度日，以尽父母之余年。虽位为三公之尊，不忍易我一日之养也。"伯牙道："如此大孝，一发难得。"二人杯酒酬酢了一会。子期宠辱无惊，伯牙愈加爱重。又问子期："青春多少？"子期道："虚度二十有七。"伯牙道："下官年长一旬。子期若不见弃，结为兄弟相称，不负知音契友。"子期笑道："大人差矣。大人乃上国名公，钟徽乃穷乡贱子，怎敢仰扳？有辱俯就。"伯牙道："相知满天下，知心能几人？下官碌碌风尘，得与高贤结契，实乃生平之万幸。若以富贵贫贱为嫌，觑俞瑞为何等人乎！"遂命童子重添炉火，再爇名香，就船舱中与子期顶礼八拜。伯牙年长为兄，子期为弟。今后兄弟相称，生死不负。"拜罢，复命取暖酒再酌。子期让伯牙上坐，伯牙从其言。换了杯箸，子期下席，兄弟相称，彼此谈心叙话。正是：

合意客来心不厌，知音人听话偏长。

谈论正浓，不觉月淡星稀，东方发白。船上水手都起身收拾篷索，整备开船。子期起身告辞。伯牙捧一杯酒递与子期，把子期之手叹道："贤弟，我与你相见何太迟，相别何太早！"子期闻言，不觉泪珠滴于杯中。子期一饮而尽，斟酒回敬伯牙。二人各有眷恋不舍之意。伯牙道："愚兄余情不尽，意欲曲延贤弟同行数日，未知可否？"子期道："小弟非不欲相从，怎奈二亲年老，'父母在，不远游'。"伯牙道："既是二位尊人在堂，回去告过二亲，到晋阳来看愚兄一看，这就是'游必有方'了。"子期道："小弟不敢轻诺而寡信。许了贤兄，就当践约。万一禀命于二亲，二亲不允，使仁兄悬望于数千里之外，小弟之罪更大矣。"伯牙道："贤弟真所谓至诚君子。也罢，明年还是我来看贤弟。"子期道："仁兄明岁何时到此？小弟好伺候尊驾。"伯牙屈指道："昨夜是中秋节，今日天明，是八月十六日了。贤弟，我来仍在仲秋中五、六日奉访。若是过了中旬，迟到季秋月分，就是爽信，不为君子。"叫童子："吩咐记室将钟贤弟所居地名及相会的日期登写在日记簿上。"子期道："既如此，小弟来年仲秋五、六日，准在江边侍立拱候，不敢有误。天色已明，小弟告辞了。"伯牙道："贤弟且住。"命童子取黄金二笏，不用封贴，双手捧定道："贤弟，些须薄礼，权为二位尊人甘旨之费。斯文骨肉，勿得嫌轻。"子期不敢谦让，即时收下，再拜告别，含泪出舱，取尖担挑了蓑衣斗笠，插板斧于腰间，掌跳搭扶手上崖。伯牙直送至船头，各各洒泪而别。

不题子期回家之事。再说俞伯牙点鼓开船，一路江山之胜，无心观览，心心念念，只想着知音之人。又行了几日，舍舟登岸。经过之地，知是晋国上大夫，不敢轻慢，安排车马相送。直至晋阳，回复了晋主，不在话下。

光阴迅速，过了秋冬，不觉春去夏来。伯牙心怀子期，无日忘之。想着中秋节近，奏过晋主，给假还乡。晋主依允，伯牙收拾行装，仍打大宽转，从水路而行。下船之后，吩咐水手，但是湾泊所在，就来通报地名。事有偶然，刚刚八月十五夜，水手禀复，此去马安山不远。伯牙依稀还认得去年泊船相会子期之处。吩咐水手将船停泊，水底抛锚，岸边钉橛。其夜睛明，船舱内一线月光，射进朱帘。伯牙命童子将帘卷起，步出舱门，立于船头之上，仰观斗柄。水底天心，万顷茫然，照如白昼。思想去岁与知己相逢，雨止月明。今夜重来，又值良夜。"他约定江边相候，如何全无踪影，莫非爽信？"又等了一会，想道："我理会得了。江边往来船只颇多。我今日所驾的，不是去年之船了。吾弟急切如何认得？去岁我原为抚琴惊动知音，今夜仍将瑶琴抚弄一曲。吾弟闻之，必来相见。"命童子取琴桌安放船头，焚香设座。伯牙开囊，调弦转轸，才泛音律，商弦中有哀怨之声。伯牙停琴不操。"呀！商弦哀声凄切，吾弟必遭忧在家。去岁曾言父母年高，若非父丧，必是母亡。他为人至孝，事有轻重，宁失信于我，不肯失礼于亲，所以不来也。来日天明，我亲上崖探望。"叫童子收拾琴桌，下舱就寝。伯牙一夜不睡，真个巴明不明，盼晓不晓。看看月移帘影，日出山头。伯牙起来梳洗整衣，命童子携琴相随，又取黄金十镒带去。"倘吾弟居丧，可为赙礼。"踹跳登崖，行于樵径，约莫十数里，出一谷口，伯牙站住。童子禀道："老爷为何不行？"伯牙道："山分南北，路列东西。从山谷出来，两头都是大路，都去得。知道哪一路往集贤村去？等个识路之人，问明了他，方才可行。"伯牙就石上少憩，童儿退立于后。不多时，左手官路上有一老叟，髯垂玉线，发挽银丝，箬冠野服，左手举藤杖，右手携竹篮，徐步而来。伯牙起身整衣，向前施礼。那老者不慌不忙，将右手竹篮轻轻放下，双手举藤杖还礼，道："先生有何见教？"伯牙问："请问两头路，哪一条路往集贤村去的？"老者道："那两头路，就是两个集贤村。左手是上集贤村，右手是下集贤村。通衢三十里官道。先生从谷出来，正当其半。东去十五里，西去也是十五里。不知先生要往哪一个集贤村？"伯牙默默无言，暗想道："吾弟是个聪明人，怎么说话这等糊涂！相会之日，你知道此间有两个集贤村，或上或下，就该说个明白了。"伯牙却才沉吟，那老者道："先生这等吟想，一定那说路的，不曾分上下，总说了个集贤村，叫先生没处抓寻了。"伯牙道："便是。"

老者道："两个集贤村中，有一二十家庄户，大抵都是隐遁避世之辈。老夫在这山里，多住了几年，正是土居三十载，无有不亲人。这些庄户，不是舍亲，就是敝友。先生到集贤村必是访友。只说先生所访之友，姓甚名谁，老夫就知道他住处了。"伯牙道："学生要往钟家庄去。"老者闻"钟家庄"三字，一双昏花眼内，扑簌簌掉下泪来，道："先生别家可去，若说钟家庄，不必去了。"伯牙惊问："却是为何？"老者道："先生到钟家庄，要访何人？"伯牙说："要访子期。"老者闻言，放声大哭道："子期钟徽，乃吾儿也。去年八月十五日采樵晚归，遇晋国上大夫俞伯牙先生。讲论之间，意气相投，临行赠黄金二笏。吾儿买书攻读，老拙无才，不曾禁止。旦则采樵负重，暮则诵读辛勤，心力耗废，染成怯疾，数月之间，已亡故了。"伯牙闻言，五内崩裂，泪如涌泉，大叫一声，傍山崖跌倒，昏绝于地。钟公用手搀扶，回顾小童道："此位先生是谁？"小童低低附耳道："就是俞伯牙老爷。"钟公道："原来是吾儿好友。"扶起伯牙。苏醒，伯牙坐于地下，口吐痰涎，双手捶胸，恸哭不已，道："贤弟呵，我昨夜泊舟，还说你爽信，岂知已为泉下之鬼！你有才无寿了！"钟公拭泪相劝。伯牙哭罢起来，重与钟公施礼。不敢呼老丈，称为老伯，以见通家兄弟之意。伯牙道："老伯，令郎还是停柩在家，还是出瘗郊外了？"钟公道："一言难尽。亡儿临终，老夫与拙荆坐于卧榻之前。亡儿遗语嘱咐道：'修短由天。儿生前不能尽人子事亲之道，死后乞葬于马安山江边。与晋大夫俞伯牙有约，欲践前言耳。'老夫不负亡儿临终之言。适才先生来的小路之右，一丘新土，即吾儿钟徽之冢。今日是百日之忌，老夫提一陌纸钱，往坟前烧化。何期与先生相遇！"伯牙道："既如此，奉陪老伯，就坟前一拜。"命小童："代太公提了竹篮。"钟公策杖引路，伯牙随后，小童跟定，复进谷口。果见一丘新土，在于路左。伯牙整衣下拜："贤弟在世为人聪明，死后为神灵应。愚兄此一拜，诚永别矣！"拜罢，放声又哭。惊动山前山后、山左山右黎民百姓，不问行的住的、远的近的，闻得朝中大臣来祭钟子期，回绕坟前，争先观看。伯牙却不曾摆得祭礼，无以为情。命童子把瑶琴取出囊来，放于祭石台上，盘膝坐于坟前，挥泪两行，抚琴一操。那些看者，闻琴韵铿锵，鼓掌大笑而散。伯牙问："老伯，下官抚琴，吊令郎贤弟，悲不能已，众人为何而笑？"钟公道："乡野之人，不知音律。闻琴声以为取乐之具，故此长笑。"伯牙道："原来如此。老伯可知所奏何曲？"钟公道："老夫幼年也颇习，如今年迈，五官半废，模糊不懂久矣。"伯牙道："这就是下官随心应手一曲短歌，以吊令郎者。口诵于老伯听之。"钟公道："老夫愿闻。"伯牙诵云：

忆昔去年春，江边曾会君。今日重来访，不见知音人。但见一抔土，惨然伤我心。伤心伤心复伤心，不忍珠泪纷！来欢去何苦，江畔起愁云。子期子期兮，你我千金义。历尽天涯无足语，此曲终兮不复弹，三尺瑶琴为君死！

伯牙于衣夹间取出解手刀，割断琴弦，双手举琴，向祭石台上用力一摔，摔得玉轸抛残，金徽零乱。钟公大惊道："先生为何摔碎此琴？"伯牙道：

摔碎瑶琴凤尾寒，子期不在对谁弹？春风满面皆朋友，欲觅知音难上难。

钟公道："原来如此，可怜可怜！"伯牙道："老伯高居，端的在上集贤，还是下集贤村？"钟公道："荒居在上集贤村第八家就是。先生如今又问他怎的？"伯牙道："下官伤感在心，不敢随老伯登堂了。随身带得有黄金二镒，一半代令郎甘旨之奉，一半买几亩祭田，为令郎春秋扫墓之费。待下官回本朝时，上表告归林下。那时却到上集贤村，迎接老伯与老伯母同到寒家，以尽天年。吾即子期，子期即吾也。老伯勿以下官为外人相嫌。”说罢，命小童取出黄金，亲手递于钟公，哭拜于地。钟公答拜。盘桓半晌而别。

这回书，题作《俞伯牙摔琴谢知音》。后人有诗赞云：

势利交怀势利心，斯文谁复念知音！伯牙不作钟期逝，千古令人说破琴。

庄子休鼓盆成大道

富贵五更春梦，功名一片浮云。眼前骨肉亦非真，恩爱翻成仇恨。　莫把金枷套颈，休将玉锁缠身。清心寡欲脱凡尘，快乐风光本分。

这首〔西江月〕词，是个劝世之言。要人割断迷情，逍遥自在。且如父子天性，兄弟手足，这是一本连枝，割不断的。儒、释、道三教虽殊，总抹不得孝悌二字。至于生子生孙，就是下一辈事，十分周全不得了。常言道得好：

儿孙自有儿孙福，莫与儿孙作马牛。

若论到夫妇，虽说是红线缠腰，赤绳系足，到底是剜肉粘肤，可离可合。常言又说得好：

夫妻本是同林鸟，巴到天明各自飞。

近世人情恶薄，父子兄弟倒也平常，儿孙虽有疼痛，总比不得夫妇之情。他溺的是闺中之爱，听的是枕上之言。多少人被妇人迷惑，做出不孝不悌的事来，这断不是高明之辈。如今说这庄生鼓盆的故事，不是唆人夫妻不睦，只要人辨出贤愚，参破真假。从第一着迷处，把这念头放淡下来。渐渐六根清净，道念滋生，自有受用。昔人看田夫插秧，咏诗四句，大有见解。诗曰：

手把青秧插野田，低头便见水中天。六根清净方为稻，退步原来是向前。

话说周末时，有一高贤，姓庄名周，字子休，宋国蒙邑人也，曾仕周为漆园吏。师事一个大圣人，是道教之祖，姓李名耳，字伯阳。伯阳生而白发，人都呼为老子。庄生常昼寝，梦为蝴蝶，栩栩然于园林花草之间，其意甚适。醒来时，尚觉臂膊如两翅飞动，心甚异之。以后不时有此梦。庄生一日在老子座间讲《易》之暇，将此梦诉之于师。却是个大圣人，晓得三生来历。向庄生指出夙世因由，那庄生原是混沌初分时一个白蝴蝶。天一生水，二生木，木荣花茂。那白蝴蝶采百花之精，夺日月之秀，得了气候，长生不死，翅如车轮。后游于瑶池，偷采蟠桃花蕊，被王母娘娘位下守花的青鸾啄死，其神不散，托生于世，做了庄周。因他根器不凡，道心坚固，师事老子，学清净无为之教。今日被老子点破了前生，如梦初醒。自觉两腋风生，有栩栩然蝴蝶之意，把世情荣枯得丧，看做行云流水，一丝不挂。老子知他心下大悟，把《道德》五千字的秘诀，倾囊而授。庄生嘿嘿诵习修炼，遂能分身隐形，出神变化。从此弃了漆园吏的前程，辞别老子，周游访道。他虽宗清净之教，原不绝夫妇之伦，一连娶过三遍妻房。第一妻得疾夭亡，第二妻有过被出。如今说的是第三妻，姓田，乃田齐族中之女。庄生游于齐国，田宗重其人品，以女妻之。那田氏比先前二妻，更有姿色，肌肤若冰雪，绰约似神仙。庄生不是好色之徒，却也十分相敬，真个如鱼似水。楚威王闻庄生之贤，遣使持黄金百镒，文锦千端，安车驷马，聘为上相。庄生叹道：“牺牛身被文绣，口食刍菽，见耕牛力作辛苦，自夸其荣。及其迎入太庙，刀俎在前，欲为耕牛而不可得也。”遂却之不受，挈妻归宋，隐于曹州之南华山。一日，庄生出游山下，见荒冢累累，叹道：“老少俱无辨，贤愚同所归。人归冢中，冢中岂能复为人乎？”嗟咨了一回。再行几步，忽见一新坟，封土未干。一年少妇人浑身缟素，坐于此冢之旁，手运齐纨素扇，向冢连扇不已。庄生怪而问之：“娘子，冢中所葬何人？为何举扇扇土？必有其故。”那妇人并不起身，运扇如故。口中莺啼燕语，说出几句不通道理的话来。正是：

庄子休鼓盆成大道

听时笑破千人口，说出加添一段羞。

那妇人道：“冢中乃妾之拙夫，不幸身亡，埋骨于此。生时与妾相爱，死不能舍。遗言叫妾如要改适他人，直待葬事毕后，坟土干了，方才可嫁。妾思新筑之土，如何得就干，因此举扇扇之。”庄生含笑，想道：“这妇人好性急！亏他还说生前相爱。若不相爱的，还要怎么？”乃问道：“娘子，要这新土干燥极易。因娘子手腕娇软，举扇无力。不才愿替娘子代一臂之劳。”那妇人方才起身，深深道个万福：“多谢官人！”双手将素白纨扇，递与庄生。庄生行起道法，举手照冢顶连扇数扇，水气都尽，其土顿干。妇人笑容可掬，谢道：“有劳官人用力。”将纤手向鬓旁拔下一股银钗，连那纨扇送庄生，权为相谢。庄生却其银钗，受其纨扇。妇人欣然而去。

庄子心下不平，回到家中，坐于草堂，看了纨扇，口中叹出四句：

不是冤家不聚头，冤家相聚几时休？早知死后无情义，索把生前恩爱够。

田氏在背后，闻得庄生嗟叹之语，上前相问。那庄生是个有道之士，夫妻之间亦称为先生。田氏道：“先生有何事感叹？此扇从何而得？”庄生将妇人扇冢，要土干改嫁之言述了一遍。“此扇即扇土之物。因我助力，以此相赠。”田氏听罢，忽发忿然之色，向空中把那妇人“千不贤”、“万不贤”骂了一顿。对庄生道：“如此薄情之妇，世间少有！”庄生又道出四句：

生前个个说恩深，死后人人欲扇坟。画龙画虎难画骨，知人知面不知心。

田氏闻言大怒。自古道：“怨废亲，怒废礼。”那田氏怒中之言，不顾体面，向庄生面上一啐，说道：“人类虽同，贤愚不等。你何得轻出此语，将天下妇道家看做一例？却不道歉，带累好人。你却也不怕罪过！”庄生道：“莫要弹空说嘴。假如不幸，我庄周死后，你这般如花似玉的年纪，难道挨得过三年五载？”田氏道：“‘忠臣不事二君，烈女不更二夫。’那见好人家妇女吃两家茶，睡两家床。若不幸轮到我身上，这样没廉耻的事，莫说三年五载，就是一世也成不得。梦儿里也还有三分的志气。”庄生道：“难说，难说！”田氏口出詈语道：“有志妇人胜如男子。似你这般没仁没义的，死了一个，又讨一个；出了一个，又纳一个。只道别人也是一般见识。我们妇道家一鞍一马，到是站得脚头定的，怎么肯把话与他人说，惹后世耻笑。你如今又不死，直恁枉杀了人！”就庄生手中夺过纨扇，扯得粉碎。庄生道：“不必发怒，只愿得如此争气甚好！”自此无话。

过了几日，庄生忽然得病，日加沉重。田氏在床头，哭哭啼啼。庄生道：“我病势如此，永别只在早晚。可惜前日纨扇扯碎了。留得在此，好把与你扇坟。”田氏道：“先生休要多心。妾读书知礼，从一而终，誓无二志。先生若不见信，妾愿死于先生之前，以明心迹。”庄生道：“足见娘子高志，我庄某死亦瞑目。”说罢，气就绝了。田氏抚尸大哭。少不得央及东邻西舍，制备衣衾棺椁殡殓。田氏穿了一身素缟，真个朝朝忧闷，夜夜悲啼。每想着庄生生前恩爱，如痴如醉，寝食俱废。山前山后庄户，也有晓得庄生是个逃名的隐士，来吊孝的，到底不比城市热闹。到了第七日，忽有一年少秀士，生得面如傅粉，唇若涂朱，俊俏无双，风流第一。穿扮的紫衣玄冠，绣带朱履。带着一个老苍头，自称楚国王孙，向年曾与庄子休先生有约，欲拜在门下，今日特来相访。见庄生已死，口称：“可惜！”慌忙脱下色衣，叫苍头于行囊内取出素服穿了，向灵前四拜道：“庄先生，弟子无缘，不得面会侍教，愿为先生执百日之丧，以尽私淑之理。”说罢，又拜了四拜，洒泪而起。便请田氏相见。田氏初次推辞。王孙道：“古礼：通家朋友，妻妾都不相避，何况小子与庄先生有师弟之约。”田氏只得步出孝堂，与楚王孙相见，叙了寒温。田氏一见楚王孙人才标致，就动了怜爱之心，只恨无由厮近。楚王孙道：“先生虽死，弟子难忘思慕。欲借尊居，暂住百日。一来守先师之丧，二者先师留下有什么著述，小子告借一观，以领遗训。”田氏道：“通家之谊，久住何妨。”当下治饭相款。饭罢，田氏将庄子所著《南华真经》及老子《道德》五千言，和盘托出，献与王孙。王孙殷勤感谢。草堂中间占了灵位。楚王孙在左边厢安顿。田氏每日假以哭灵为由，就左边厢与王孙攀话。日渐情熟，眉来眼去，情不能已。楚王孙只有五分，那田氏倒有十分。所喜者深山隐僻，就做差了些事，没人传说。所恨者新丧未久，况且女求于男，难以启齿。又挨了几日，约莫有半月了。那婆娘心猿意马，按捺不住。悄地唤老苍头进房，赏以美酒，将好言抚慰，从容问：“你家主人曾婚配否？”老苍头道：“未曾婚配。”婆娘又问道：“你家主人要拣什么样人物才肯婚配？”老苍头带醉道：“我家王孙曾有言，若得像娘子一般丰韵的，他就心满意足。”婆娘道：“果有此话？ 莫非你说谎？”老苍头道：“老汉一把年纪，怎么说谎？”婆娘道：“我央你老人家为媒说合。若不弃嫌，奴家情愿伏事你主人。”老苍头道：“我家主人也曾与老汉说来，道一段好姻缘，只碍师弟二字，恐惹人议论。”婆娘道：“你主人与先夫，原是生前空约，没有北面听教的事，算不得师弟。又且山僻荒居，邻舍罕有，谁人议论？ 你老人家是必委曲成就，叫你吃杯喜酒。”老苍头应允。临去时，婆娘又唤转来嘱咐道：“若是说得允时，不论早晚，便来房中，回复奴家一声。奴家在此专等。”老苍头去后，婆娘悬悬而望。孝堂边张了数十遍，恨不得一条细绳缚了那俏后生俊脚，扯将入来，搂做一处。将及黄昏，那婆娘等得个不耐烦，黑暗里走入孝堂，听左边厢声息。忽然灵座上作响。婆娘唬了一跳，只道亡灵出现。急急走转内室，取灯火来照。原来是老苍头吃醉了，直挺挺的卧于灵座桌上。婆娘又不敢嗔责他，又不敢声唤他，只得回房。挨更挨点，又过了一夜。次日，见老苍头行来步去，并不来回复那话儿。婆娘心下发痒，再唤他进房，问其前事。老苍头道：“不成不成！”婆娘道：“为何不成？ 莫非不曾将昨夜这些话剖豁明白？”老苍头道：“老汉都说了，我家王孙也说得有理。他道：‘娘子容貌，自不必言。未拜师徒，亦可不论。但有三件事未妥，不好回复得娘子。’”婆娘道：“哪三件事？”老苍头道：“我家王孙道：‘堂中现摆着个凶器，我却与娘子行吉礼，心中何忍，且不雅相；二来庄先生与娘子是恩爱夫妻，况且他是个有道德的名贤，我的才学万分不及，恐被娘子轻薄；三来我家行李尚在后边未到，空手来此，聘礼筵席之费，一无所措。为此三件，所以不成。'"婆娘道："这三件都不必虑。凶器不是生根的，屋后还有一间破空房，唤几个庄客抬他出去就是。这是一件了；第二件，我先夫哪里就是个有道德的名贤？当初不能正家，致有出妻之事，人称其薄德。楚威王慕其虚名，以厚礼聘他为相。他自知才力不胜，逃走在此。前月独行山下，遇一寡妇，将扇扇坟，待坟土干燥，方才嫁人。拙夫就与他调戏，夺他纨扇，替他扇土，将那把纨扇带回，是我扯碎了。临死时几日还为他淘了一场气，又什么恩爱？你家主人青年好学，进不可量。况他乃是王孙之贵，奴家亦是田宗之女，门第相当。今日到此，姻缘天合；第三件，聘礼筵席之费，奴家做主，谁人要得聘礼？筵席也是小事。奴家更积得私房白银二十两，赠与你主人，做一套新衣服。你再去道达。若成就时，今夜是合婚吉日，便要成亲。"老苍头收了二十两银子，回复楚王孙。楚王孙只得顺从。老苍头回复了婆娘。那婆娘当时欢天喜地，把孝服除下，重匀粉面，再点朱唇，穿了一套新鲜色衣，叫苍头顾唤近山庄客，扛抬庄生尸柩，停于后面破屋之内。打扫草堂，准备做合婚筵席。有诗为证：

俊俏孤孀别样娇，王孙有意更相挑。一鞍一马谁人语？今夜思将快婿招。

是夜，那婆娘收拾香房，草堂内摆得灯烛辉煌。楚王孙簪缨袍服，田氏锦袄绣裙，双双立于花烛之下。一对男女，如玉琢金装，美不可说。交拜已毕，千恩万爱的，携手入于洞房。吃了合卺杯，正欲上床解衣就寝。忽然楚王孙眉头双皱，寸步难移，登时倒于地下，双手摩胸，只叫心疼难忍。田氏心爱王孙，顾不得新婚廉耻，近前抱住，替他抚摩，问其所以。王孙痛极不语，口吐涎沫，奄奄欲绝。老苍头慌做一堆。田氏道："王孙平日曾有此症候否？"老苍头代言："此症平日常有，或一二年发一次，无药可治。只有一物，用之立效。"田氏急问："所用何物？"老苍头道："太医传一奇方，必得生人脑髓，热酒吞之，其痛立止。平日此病举发，老殿下奏过楚王，拨一名死囚来，缚而杀之，取其脑髓。今山中如何可得？其命合休矣！"田氏道："生人脑髓，必不可致。第不知死人的可用得么？"老苍头道："太医说，凡死未满四十九日者，其脑尚未干枯，亦可取用。"田氏道："吾夫死方二十余日，何不斫棺而取之？"老苍头道："只怕娘子不肯。"田氏道："我与王孙成其夫妇，妇人以身事夫，自身尚且不惜，何有于将朽之骨乎？"即命老苍头服侍王孙，自己寻了砍柴板斧，右手提斧，左手携灯，往后边破屋中，将灯檠放于棺盖之上，觑定棺头，双手举斧，用力劈去。妇人家气力单微，如何劈得棺开？有个缘故，那庄周是达生之人，不肯厚敛。桐棺三寸，一斧就劈去了一块木头。再一斧去，棺盖便裂开了。只见庄生从棺内叹口气，推开棺盖，挺身坐起。田氏虽然心狠，终是女流。唬得腿软筋麻，心头乱跳，斧头不觉坠地。庄生叫："娘子扶起我来。"那婆娘不得已，只得扶庄生出棺。庄生携灯，婆娘随后同进房来。婆娘心知房中有楚王孙主仆二人，捏两把汗。行一步，反退两步。比及到房中看时，铺设依然灿烂，那主仆二人，阒然不见。婆娘心下虽然暗暗惊疑，却也放下了胆，巧言抵饰，向庄生道："奴家自你死后，日夕思念。方才听得棺中有声响，想古人中多有还魂之事，望你复活，所以用斧开棺。谢天谢地，果然重生！实乃奴家之万幸也！"庄生道："多谢娘子厚意。只是一件，娘子守孝未久，为何锦袄绣裙？"婆娘又解释道："开棺见喜，不敢将凶服冲动，权用锦绣，以取吉兆。"庄生道："罢了！还有一节，棺木何不放在正寝，却撇在破屋之内？难道也是吉兆？"婆娘无言可答。庄生又见杯盘罗列，也不问其故，叫暖酒来饮。庄生放开大量，满饮数觥。那婆娘不达时务，指望煨热老公，重做夫妻，紧捱着酒壶，撒娇撒痴，甜言美语，要哄庄生上床同寝。庄生饮得酒大醉，索纸笔写出四句：

从前了却冤家债，你爱之时我不爱。若重与你做夫妻，怕你巨斧劈开天灵盖。

那婆娘看了这四句诗，羞惭满面，顿口无言。庄生又写出四句：

夫妻百夜有何恩？见了新人忘旧人。甫得盖棺遭斧劈，如何等待扇干坟！

庄生又道："我则叫你看两个人。"庄生用手将外面一指。婆娘回头而看，只见楚王孙和老苍头踱将进来。婆娘吃了一惊，转身不见了庄生。再回头时，连楚王孙主仆都不见了。哪里有什么楚王孙、老苍头，此皆庄生分身隐形之法也。那婆娘精神恍惚，自觉无颜。解腰间绣带，悬梁自缢，呜呼哀哉。这倒是真死了。

庄生见田氏已死，解将下来，就将劈破棺木盛放了他。把瓦盆为乐器，鼓之成韵，倚棺而作歌。歌曰：

大块无心兮，生我与伊。我非伊夫兮，伊非我妻。偶然邂逅兮，一室同居。大限既终兮，有合有离。人之无良兮，生死情移。真情既见兮，不死何为？伊生兮拣择去取，伊死兮还返空虚。伊吊我兮，赠我以巨斧。我吊伊兮，慰伊以歌词。斧声起兮我复活，歌声发兮伊可知？噫嘻！敲碎瓦盆不再鼓，伊是何人我是谁？

庄生歌罢，又吟诗四句：

你死我必埋，我死你必嫁。我若真个死，一场大笑话！

庄生大笑一声，将瓦盆打碎。取火从草堂放起，屋宇俱焚，连棺木化为灰烬。只有《道德经》、《南华经》不毁。山中有人捡取，传流至今。庄生遨游四方，终身不娶。或云：遇老子于函谷关，相随而去，已得大道成仙矣。诗云：

杀妻吴起太无知，荀令伤神亦可嗤。请看庄生鼓盆事，逍遥无碍是吾师。

王安石三难苏学士

海鳖曾欺井内蛙，大鹏张翅绕天涯。强中更有强中手，莫向人前满自夸。

这四句诗，奉劝世人虚己下人，勿得自满。古人说得好，道是："满招损，谦受益。"俗谚又有四不可尽的话。哪四不可尽？"势不可使尽，福不可享尽，便宜不可占尽，聪明不可用尽。"你看如今有势力的，不做好事，往往任性使气，损人害人，如毒蛇猛兽，人不敢近。他见别人惧怕，没奈他何，意气扬扬，自以为得计。却不知八月潮头，也有平下来的时节。危滩急浪中，趁着这刻儿顺风，扯了满篷，望前只顾使去，好不畅快。不思去时容易，转时甚难。当时夏桀、商纣，贵为天子，不免窜身于南巢、悬头于太白。那桀纣有何罪过？也无非倚贵欺贱，恃强凌弱，总来不过是使势而已。假如桀纣是个平民百姓，还造得许多恶业否？所以说势不可使尽。怎么说"福不可享尽"？常言道："惜衣有衣，惜食有食。"又道："人无寿夭，禄尽则亡。"晋时石崇太尉，与皇亲王恺斗富。以酒沃釜，以蜡代薪。锦步障大至五十里，坑厕间皆用绫罗供帐，香气袭人。跟随家僮，都穿火浣布衫，一衫价值千金。买一妾，费珍珠十斛。后来死于赵王伦之手，身首异处。

此乃享福太过之报。怎么说"便宜不可占尽"？假如做买卖的错了分文入己，满脸堆笑。却不想小经纪若折了分文，一家不得吃饱饭。我贪此些须小便宜，亦有何益？昔人有占便宜诗云：

我被盖你被，你毡盖我毡。你若有钱我共使，我若无钱用你钱。上山时你扶我脚，下山时我靠你肩。我有子时做你婿，你有女时伴我眠。你依此誓时，我死在你后；我违此誓时，你死在我前。

若依得这诗时，人人都要如此，谁是呆子，肯束手相让！就是一时得利，暗中损福折寿，自己不知。所以佛家劝化世人，吃一分亏，受无量福。有诗为证：

得便宜处欣欣乐，不遂心时闷闷忧。不讨便宜不折本，也无欢乐也无愁。

说话的，这三句都是了。则那"聪明"二字，求之不得。如何说"聪明不可用尽"？见不尽者，天下之事；读不尽者，天下之书；参不尽者，天下之理。宁可懵懂而聪明，不可聪明而懵懂。如今且说一个人，古来第一聪明的。他聪明了一世，懵懂在一时。留下花锦般一段话文，传与后生小子，恃才夸己的看样。那第一聪明的是谁？

吟诗作赋般般会，打诨猜谜件件精。不是仲尼重出世，定知颜子再投生。

话说宋神宗皇帝在位时，有一名儒，姓苏名轼，字子瞻，别号东坡，乃四川眉州眉山人氏。一举成名，官拜翰林学士。此人天资高妙，过目成诵，出口成章，有李太白之风流，胜曹子建之敏捷，在宰相荆公王安石先生门下。荆公甚重其才。东坡自恃聪明，颇多讥诮。荆公因作《字说》，一字解作一义。偶论东坡的坡字，从土从皮，谓坡乃土之皮。东坡笑道："如相公所言，滑字乃水之骨也。"一日，荆公又论及鲵字，从鱼从儿，合是鱼子；四马曰驷，天虫为蚕，古人制字，定非无义。东坡拱手进言："鸠字九鸟，可知有故。"荆公认以为真，欣然请教。东坡笑道："《毛诗》云：'鸣鸠在桑，其子七兮。'连娘带爷，共是九个。"荆公默然，恶其轻薄。左迁为湖州刺史。正是：

是非只为多开口，烦恼皆因巧弄唇。

东坡在湖州做官，三年任满朝京，作寓于大相国寺内。想当时因得罪于荆公，自取其咎。常言道："未去朝天子，先来谒相公。"吩咐左右备脚色手本，骑马投王丞相府来。离府一箭之地，东坡下马步行而前。见府门首许多听事官吏，纷纷站立。东坡举手问道："列位，老太师在堂上否？"守门官上前答道："老爷昼寝未醒，且请门房中少坐。"从人取交床在门房中，东坡坐下，将门半掩。不多时，相府中有一少年人，年方弱冠，戴缠鬃大帽，穿青绢直摆，摇手洋洋，出府下阶。众官吏皆躬身揖让。此人从东向西而去。东坡命从人去问，相府中适才出来者何人？从人打听明白回复，是丞相老爷府中掌书房的，姓徐。东坡记得荆公书房中宠用的有个徐伦，三年前还未冠。今虽冠了，面貌依然。叫从人："既是徐掌家，与我赶上一步，快请他转来。"从人飞奔去了，赶上徐伦，不敢于背后呼唤，从旁边抢上前去，垂手侍立于街旁，道："小的是湖州府

王安石三难苏学士

苏爷的长班。苏爷在门房中，请徐老爹相见，有句话说。”徐伦问：“可是长胡子的苏爷？”从人道：“正是”。东坡是个风流才子，见人一团和气，平昔与徐伦相爱，时常写扇送他。徐伦听说是苏学士，微微而笑，转身便回。从人先到门房，回复徐掌家到了。徐伦进门房来见苏爷，意思要跪下去。东坡用手挽住。这徐伦立身相府，掌内书房，外府州县首领官员到京参谒丞相，知会徐伦，俱有礼物，单帖通名，今是见苏爷怎么就要下跪？因苏爷久在丞相门下往来，徐伦自小书房答应，职任烹茶，就如旧主人一般，一时大不起来。苏爷却全他的体面，用手搀住道：“徐掌家，不要行此礼。”徐伦道：“这门房中不是苏爷坐处，且请进府，到东书房待茶。”这东书房，便是王丞相的外书房了。凡门生知友往来，都到此处。徐伦引苏爷到东书房，看了坐，命童儿烹好茶伺候。“禀苏爷，小的奉老爷遣差，往太医院取药，不得在此服侍，怎么好？”东坡道：“且请治事。”徐伦去后，东坡见四壁书橱关闭有锁，文几上只有笔砚，更无余物。东坡开砚匣，看了砚池，是一方绿色端砚，甚有神采。砚上余墨未干。方欲掩盖，忽见砚匣下露出些纸角儿。东坡扶起砚匣，乃是一方素笺，叠做两折。取而观之，原来是两句未完的诗稿。认得荆公笔迹，题是《咏菊》。东坡笑道：“士别三日，换眼相待。昔年我曾在京为官时，此老下笔数千言，不由思索。三年后，也就不同了。正是江淹才尽。”两句诗不曾终韵，念了一遍，“呀，原来连这两句诗都是乱道。”这两句诗怎么样写？

西风昨夜过园林，吹落黄花满地金。

东坡为何说这两句诗是乱道？一年四季，风各有名：春天为和风，夏天为薰风，秋天为金风，冬天为朔风。和、薰、金、朔四样风配着四时。这诗首句说西风，西方属金，金风乃秋令也。那金风一起，梧叶飘黄，群芳零落。第二句说“吹落黄花满地金”，黄花即菊花。此花开于深秋，其性属火，敢与秋霜鏖战，最能耐久，随你老来焦干枯烂，并不落瓣。说个“吹落黄花满地金”，岂不是错误了？兴之所发，不能自已，举笔舐墨，依韵续诗二句：

秋花不比春花落，说与诗人仔细吟。

写便写了，东坡愧心复萌：“倘此老出书房相待，见了此诗，当面抢白，不像晚辈体面。”欲待袖去以灭其迹，又恐荆公寻诗不见，带累徐伦。思算不妥，只得仍将诗稿折叠，压于砚匣之下，盖上砚匣，步出书房。到大门首取脚色手本，付与守门官吏嘱咐道：“老太师出堂，通禀一道，说苏某在此伺候多时。因初到京中，文表不曾收拾，明日早朝赍过表章，再来谒见。”说罢，骑马回下处去了。

不多时，荆公出堂。守门官吏虽蒙苏爷嘱咐，没有纸包相送，哪个与他禀话。只将脚色手本和门簿缴纳。荆公也只当常规，未及观看。心下记着菊花诗二句未完韵。恰好徐伦从太医院取药回来，荆公唤徐伦送置东书房，荆公也随后入来。坐定，揭起砚匣，取出诗稿一看，问徐伦道：“适才何人到此？”徐伦跪下禀道：“湖州府苏爷伺候老爷曾到。”荆公看其字迹，也认得是苏学士之笔。口中不语，心下踌躇：“苏轼这个小畜生，虽遭挫折，轻薄之性不改！不道自己学疏才浅，敢来讥讪老夫？明日早朝，奏过官里，将他削职为民。”又想道：“且住，他也不晓得黄州菊花落瓣，也怪他不得！”叫徐伦取湖广缺官册籍来看，单看黄州府。余官俱在，只缺少个团练副使。荆公暗记在心。命徐伦将诗稿贴于书房柱上。明日早朝，密奏天子，言苏轼才力不及，左迁黄州团练副使。天下官员到京上表章，升降勾除，各自安命。惟有东坡心中不服。心下明知荆公为改诗触犯，公报私仇。没奈何，也只得谢恩。朝房中才卸朝服，长班禀道：“丞相爷出朝。”东坡露堂一恭。荆公肩舆中举手道："午后老夫有一饭。"东坡领命。回下处修书，打发湖州跟官人役兼本衙管家，往旧任接取家眷黄州相会。

午牌过后，东坡素服角带，写下新任黄州团练副使脚手本，乘马来见丞相领饭。门吏通报。荆公吩咐请进到大堂拜见。荆公待以师生之礼。手下点茶。荆公开言道："子瞻左迁黄州，乃圣上主意，老夫爱莫能助。子瞻莫错怪老夫否？"东坡道："晚学生自知才力不及，岂敢怨老太师！"荆公笑道："子瞻大才，岂有不及！只是到黄州为官，闲暇无事，还要读书博学。"东坡目穷万卷，才压千人。今日劝他读书博学，还读什么样书？口中称谢道："承老太师指教。"心下愈加不服。荆公为人至俭，肴不过四器，酒不过三杯，饭不过一箸。东坡告辞。荆公送下滴水檐前，携东坡手道："老夫幼年灯窗十载，染成一症，老年举发。太医院看是痰火之症。虽然服药，难以除根。必得阳羡茶，方可治。有荆溪进贡阳羡茶，圣上就赐与老夫。老夫问太医院官如何烹服。太医院官说：'须用瞿塘中峡水'。瞿塘在蜀，老夫几欲差人往取，未得其便，兼恐所差之人未必用心。子瞻桑梓之邦，倘尊眷往来之便，将瞿塘中峡水，携一瓮寄与老夫，则老夫衰老之年，皆子瞻所延也。"东坡领命，回相国寺。次日辞朝出京，星夜奔黄州道上。黄州合府官员知东坡天下有名才子，又是翰林谪官，出郭远迎。选良时吉日公堂上任。过月之后，家眷方到。

东坡在黄州，与蜀客陈季常为友。不过登山玩水，饮酒赋诗，军务民情，秋毫无涉。光阴迅速，将及一载。时当重九之后，连日大风。一日风息，东坡兀坐书斋。忽想："定惠院长老曾送我黄菊数种，栽于后园，今日何不去赏玩一番？"足犹未动，恰好陈季常相访。东坡大喜，便拉陈慥同往后园看菊。到得菊花棚下，只见满地铺金，枝上全无一朵。唬得东坡目瞪口呆，半晌无语。陈慥问道："子瞻见菊花落瓣，缘何如此惊诧？"东坡道："季常有所不知。平常见此花只是焦干枯烂，并不落瓣。去岁在王荆公府中，见他《咏菊》诗二句道：'西风昨夜过园林，吹落黄花满地金。'小弟只道此老错误了，续诗二句道：'秋花不比春花落，说与诗人仔细吟。'却不知黄州菊花果然落瓣！此老左迁小弟到黄州，原来使我看菊花也。"陈慥笑道："古人说得好：

广知世事休开口，纵会人前只点头。假若连头俱不点，一生无恼亦无愁。

东坡道："小弟初然被谪，只道荆公恨我摘其短处，公报私仇。谁知他到不错，我到错了。真知灼见者，尚且有误，何况其他！吾辈切记，不可轻易说人笑人。正所谓经一失长一智耳。"东坡命家人取酒，与陈季常就落花之下，席地而坐。正饮酒间，门上报道："本府马太爷拜访，将到。"东坡吩咐："辞了他罢。"是日，两人对酌闲谈，至晚而散。

次日，东坡写了名帖，答拜马太守。马公出堂迎接。彼时没有迎宾馆，就在后堂分宾而坐。茶罢，东坡因叙出去年相府错题了菊花诗，得罪荆公之事。马太守微笑道："学生初到此间，也不知黄州菊花落瓣。亲见一次，此时方信。可见老太师学问渊博，有包罗天地之抱负。学士大人一时忽略，陷于不知，何不到京中太师门下赔罪一番，必然回嗔作喜。"东坡道："学生也要去，恨无其由。"太守道："将来有一事方便，只是不敢轻劳。"东坡问何事。太守道："常规：冬至节必有贺表到京，例差地方官一员。学士大人若不嫌琐屑，假进表为由，到京也好。"东坡道："承堂尊大人用情，学生愿往。"太守道："这道表章，只得借重学士大笔。"东坡应允。别了马太守回衙。想起荆公嘱咐要取瞿塘中峡水的话来。初时心中不服，连这取水一节，置之度外。如今却要替他出力做这件事，以赎妄言之罪。但此事不可轻托他人。现今夫人有恙，思想家乡。既承贤守公美意，不若告假，亲送家眷还乡，取得瞿塘中峡水，庶为两便。黄州至眉州，一水之地，路正从瞿塘三峡过。哪三峡？西陵峡、巫峡、归峡。西陵峡为上峡，巫峡为中峡，归峡为下峡，那西陵峡又唤做瞿塘峡，在夔州府城之东。两岸对峙，中贯一江。滟滪堆当其口，乃三峡之门。所以总唤做瞿塘三峡。此三峡共长七百余里，两岸连山无阙，重峦叠嶂，隐天蔽日。风无南北，惟有上下。自黄州到眉州，总有四千余里之程，夔州适当其半。东坡心下计较："若送家眷直到眉州，往回将及万里，把贺冬表又耽误了。我如今有个道理，叫做公私两尽。从陆路送家眷至夔州，却令家眷自回。我在夔州换船下峡，取了中峡之水，转回黄州，方往东京。可不是公私两尽。"算计已定，对夫人说知，收拾行李，辞别了马太守，衙门上悬一个告假的牌面，择了吉日，准备车马，唤集人夫，合家起程。一路无事，自不必说。

才过夷陵州，早是高唐县。驿卒报好音，夔州在前面。

东坡到了夔州，与夫人分手。嘱咐得力管家，一路小心服侍夫人回去。东坡讨个江船，自夔州开发，顺流而下。原来这滟滪堆，是江口一块孤石，亭亭独立，夏即浸没，冬即露出。因水满石没之时，舟人取途不定，故又名犹豫堆。俗谚云：

犹豫大如象，瞿塘不可上；犹豫大如马，瞿塘不可下。

东坡在重阳后起身，此时尚在秋后冬前。又其年是闰八月，迟了一个月的节气，所以水势还大。上水时，舟行甚迟，下水时却甚快。东坡来时正怕迟慢，所以舍舟从陆。回时乘着水势，一泻千里，好不顺溜。东坡看见那峭壁千寻，沸波一线，想要做一篇《三峡赋》，结构不就。因连日鞍马困倦，凭几构思，不觉睡去，不曾吩咐得水手打水。及至醒来问时，已是下峡，过了中峡了。东坡吩咐："我要取中峡之水，快与我拨转船头。"水手禀道："老爷，三峡相连，水如瀑布，船如箭发。若回船便是逆水。日行数里，用力甚难。"东坡沉吟半晌，问："此地可以泊船，有居民否？"水手禀道："上二峡悬崖峭壁，船不能停。到归峡，山水之势渐平，崖上不多路，就有市井街道。"东坡叫泊了船，吩咐苍头："你上崖去看有年长知事的居民，唤一个上来，不要声张惊动了他。"苍头领命。登崖不多时，带一个老人上船，口称居民叩头。东坡以美言抚慰："我是过往客官，与你居民没有统属，要问你一句话。那瞿塘三峡，哪一峡的水好？"老者道："三峡相连，并无阻隔。上峡流于中峡，中峡流于下峡，昼夜不断。一般样水，难分好歹。"东坡暗想道："荆公胶柱鼓瑟。三峡相连，一般样水，何必定要中峡！"叫手下，给官价与百姓买个干净瓷瓮，自己立于船头，看水手将下峡水满满的汲了一瓮，用柔皮纸封固，亲手签押，即刻开船。直至黄州拜了马太守，夜间草成贺冬表，送去府中。

马太守读了表文，深赞苏君大才。赍表官就签了苏轼名讳。择了吉日，与东坡饯行。东坡赍了表文，带了一瓮蜀水，星夜来到东京，仍投大相国寺内。天色还早，命手下抬了水瓮，乘马到相府来见荆公。荆公正当闲坐，阍门上通报："黄州团练使苏爷求见。"荆公笑道："已经一载矣！"吩咐守门官："缓着些出去，引他东书房相见。"守门官领命。荆公先到书房。见柱上所贴诗稿，经年尘埃迷目。亲手于鹊尾瓶中，取拂尘将尘拂去，俨然如旧。荆公端坐于书房。

却说守门官延挨了半晌，方请苏爷。东坡听说东书房相见，想起改诗的去处，面上赧然。勉强进府，到书房见了荆公下拜，荆公用手相扶道：“不在大堂相见，惟思远路风霜，休得过礼。”命童儿看坐。东坡坐下，偷看诗稿，贴于对面。荆公用拂尘往左一指道：“子瞻，可见光阴迅速，去岁作此诗，又经一载矣！”东坡起身拜伏于地。荆公用手扶住道：“子瞻为何？”东坡道：“晚学生甘罪了！”荆公道：“你见了黄州菊花落瓣么？”东坡道：“是。”荆公道：“目中未见此一种，也怪不得子瞻！”东坡道：“晚学生才疏识浅，全仗老太师海涵。”茶罢，荆公问道：“老夫烦足下带瞿塘中峡水，可有么？”东坡道：“见携府外。”荆公命堂候官两员，将水瓮抬进书房。荆公亲以衣袖拂拭纸封打开。命童儿茶灶中煨火，用银铫汲水烹之。先取白定碗一只，投阳羡茶一撮于内。候汤如蟹眼，急取起倾入，其茶色半晌方见。荆公问：“此水何处取来？”东坡道：“巫峡。”荆公道：“是中峡了？”东坡道：“正是。”荆公笑道：“又来欺老夫了！此乃下峡之水，如何假名中峡？”东坡大惊。述土人之言：“三峡相连，一般样水。晚学生误听了，实是取下峡之水。老太师何以辨之？”荆公道：“读书人不可轻举妄动，须是细心察理。老夫若非亲到黄州，看过菊花，怎么诗中敢乱道黄花落瓣？这瞿塘水性，出于《水经补注》。上峡水性太急，下峡太缓。惟中峡缓急相半。太医院官乃明医，知老夫乃中脘变症，故用中峡水引经。此水烹阳羡茶，上峡味浓，下峡味淡，中峡浓淡之间。今见茶色半晌方见，故知是下峡。”东坡离席谢罪。荆公道：“何罪之有？皆因子瞻过于聪明，以致疏略如此。老夫今日偶然无事，幸子瞻光顾。一向相处，尚不知子瞻学问真正如何？老夫不自揣量，要考子瞻一考。”东坡欣然答道：“晚学生请题。”荆公道：“且住！老夫若遽然考你，只说老夫恃了一日之长。子瞻到先考老夫一考，然后老夫请教。”东坡鞠躬道：“晚学生怎么敢？”荆公道：“子瞻既不肯考老夫，老夫却不好僭妄。也罢，叫徐伦把书房中书橱尽数与我开了。左右二十四橱，书皆积满。但凭于左右橱内，上中下三层取书一册，不拘前后，念上文一句，老夫答下句不来，就算老夫无学。”东坡暗想道：“这老甚迂阔！难道这些书都记在腹内？虽然如此，不好去考他。”答应道：“这个晚学生不敢！”荆公道：“咳！道不得个‘恭敬不如从命’了！”东坡使乖，只拣尘灰多处，料久不看，也忘记了，任意抽书一本，未见签题，揭开居中，随口念一句道：“如意君安乐否？”荆公接口道：“‘窃已啖之矣。’可是？”东坡道：“正是。”荆公取过书来，问道：“这句书怎么讲？”东坡不曾看得书上详细。暗想：“唐人讥则天后，曾称薛敖曹为如意君。或者差人问候，曾有此言。只是下文说，‘窃已啖之矣’，文理却接上面不来。”沉吟了一会，又想道：“不要惹这老头儿。千虚不如一实。”答应道：“晚学生不知。”荆公道：“这也不是什么秘书，如何就不晓得？这是一桩小故事。汉末灵帝时，长沙郡武冈山后有一狐穴，深入数丈。内有九尾狐狸二头，日久年深，皆能变化，时常化作美妇人，遇着男子往来，诱入穴中行乐。小不如意，分而食之。后有一人姓刘名玺，善于采战之术。入山采药，被二妖所掳，夜晚求欢。刘玺用抽添火候工夫。枕席之间，二狐快乐，称为如意君。大狐出山打食，则小狐看守。小狐出山，则大狐亦如之。日就月将，并无忌惮。酒后露其本形。刘玺有恐怖之心，精力衰倦。一日，大狐出山打食，小狐在穴，求其云雨，不果其欲。小狐大怒，生啖刘玺于腹内。大狐回穴，心记刘生。问道：‘如意君安乐否？’小狐答道：‘窃已啖之矣。’二狐相争追逐，满山喊叫。樵人窃听，遂得其详，记于《汉末全书》。子瞻想未涉猎？”东坡道：“老太师学问渊深，非晚辈浅学可及！”荆公微笑道：“这也算考过老夫了。老夫还席，也要考子瞻一考。子瞻休得吝教！”东坡道：“求老太师命题平易。”荆公道：“考别件事，又道老夫作难。久闻子瞻善于作对。今年闰了个八月，正月立春，十二月又是立春，是个两头春。老夫就将此为题，出句求对，以观子瞻妙才。”命童儿取纸笔过来。荆公写出一对道：

一岁二春双八月，人间两度春秋。

东坡虽是妙才，这对出得跷蹊，一时寻对不出。羞颜可掬，面皮通红了。荆公问道：“子瞻从湖州至黄州，可从苏州润州经过么？”东坡道：“此是便道。”荆公道：“苏州金阊门外，至于虎丘，这一带路叫做山塘，约有七里之遥，其半路名为半塘。润州古名铁瓮城，临于大江，有金山、银山、玉山，这叫做三山。俱有佛殿僧房，想子瞻都曾游览？”东坡答应道：“是。”荆公道：“老夫再将苏、润二州各出一对，求子瞻对之。”苏州对云：

七里山塘，行到半塘三里半。

润州对云：

铁瓮城西，金玉银山三宝地。

东坡思想多时，不能成对，只得谢罪而出。荆公晓得东坡受了些腌臜，终惜其才。明日奏过神宗天子，复了他翰林学士之职。后人评这篇话道：以东坡天才，尚然三被荆公所屈，何况才不如东坡者！因作诗戒世云：

项托曾为孔子师，荆公反把子瞻嗤。为人第一谦虚好，学问茫茫无尽期。

拗相公饮恨半山堂

得岁月，延岁月；得欢悦，且欢悦。万事乘除总在天，何必愁肠千万结。放心宽，莫量窄，古今兴废言不彻。金谷繁华眼底尘，淮阴事业锋头血。临潼会上胆气消，丹阳县里箫声绝。时来弱草胜春花，运去精金逊顽铁。逍遥快乐是便宜，到老方知滋味别。粗衣淡饭足家常，养得浮生一世拙。

开话已毕，未入正文，且说唐诗四句：

周公恐惧流言日，王莽谦恭下士时。假使当年身便死，一生真伪有谁知！

此诗大抵说人品有真有伪，须要恶而知其美，好而知其恶。第一句说周公。那周公，姓姬名旦，是周文王少子，有圣德，辅其兄武王伐商，定了周家八百年天下。武王病，周公为册文告天，愿以身代。藏其册于金匮，无人知之。以后武王崩，太子成王年幼。周公抱成王于膝，以朝诸侯。有庶兄管叔、蔡叔将谋不轨，心忌周公，反布散流言，说周公欺侮幼主，不久篡位。成王疑之。周公辞了相位，避居东国，心怀恐惧。一日天降大风，疾雷击开金匮，成王见了册文，方知周公之忠，迎归相位，诛了管叔、蔡叔，周室危而复安。假如管叔、蔡叔流言方起，说周公有反叛之心，周公一病而亡，金匮之文未开，成王之疑未释，谁人与他分辨？后世却不把好人当做恶人？第二句说王莽。王莽字巨君，乃西汉平帝之舅，为人奸诈。自恃椒房宠势，相国威权，阴有篡汉之意。恐人心不服，乃折节谦恭，尊礼贤士，假行公道，虚张功业。天下郡县称莽功德者，共四十八万七千五百七十二人。莽知人心归己，乃鸩平帝，迁太后，自立为君。改国号曰新，一十八年。直至南阳刘文叔起兵复汉，被诛。假如王莽早死了十八年，却不是完名全节，一个贤宰相，垂之史册，不把恶人当做好人么？所以古人说："日久见人心。"又道："盖棺论始定。"不可以一时之誉，断其为君子；不可以一时之谤，断其为小人。有诗为证：

毁誉从来不可听，是非终久自分明。一时轻信人言语，自有明人话不平。

如今说先朝一个宰相，他在下位之时，也着实有名有誉的。后来大权到手，任性胡为，做错了事，惹得万口唾骂，饮恨而终。假若有名誉的时节，一个瞌睡死去了不醒，人还千惜万惜，道国家没福，恁般一个好人，未能大用，不尽其才，却到也留名于后世。及至万口唾骂时，就死也迟了。这到是多活了几年的不是！那位宰相是谁？在哪一个朝代？这朝代不近不远，是北宋神宗皇帝年间一个首相。姓王名安石，临川人也。此人目下十行，书穷万卷。名臣文彦博、欧阳修、曾巩、韩维等，无不奇其才而称之。方及二旬，一举成名。初任浙江庆元府鄞县知县，兴利除害，大有能声，转在扬州佥判。每读书达旦不寐，日已高，闻太守坐堂，多不及畲漱而往。时扬州太守乃韩魏公名琦者，见安石头面垢污，知未盥漱，疑其夜饮，劝以勤学。安石谢教，绝不分辨。后韩魏公察听他彻夜读书，心甚异之，更夸其美。升江宁府知府，贤声愈著，直达帝聪。正是：

只因前段好，误了后来人。

神宗天子励精图治，闻王安石之贤，特召为翰林学士。天子问为治何法，安石以尧舜之道为对，天子大悦。不二年，拜为首相，封荆国公，举朝以为皋夔复出，伊周再生，同声相庆。惟李承之见安石双眼多白，谓是奸邪之相，他日必乱天下。苏老泉见安石衣服垢敝，经月不洗面，以为不近人情，作《辨奸论》以刺之。此两个人是独得之见，谁人肯信？不在话下。

安石既为首相，与神宗天子相知，言听计从，立起一套新法来。哪几件新法？农田法、水利法、青苗法、均输法、保甲法、免役法、市易法、保马法、方田法、免行法。

专听一个小人，姓吕名惠卿，及伊子王雱，朝夕商议，斥逐忠良，拒绝直谏。民间怨声载道，天变迭兴。荆公自以为是，复倡为三不足之说：

天变不足畏，人言不足恤，祖宗之法不足守。

因他性子执拗，主意一定，佛菩萨也劝他不转，人皆呼为拗相公。文彦博、韩琦许多名臣，先夸佳说好的，到此也自悔失言。一个个上表争论。不听，辞官而去。自此持新法益坚。祖制纷更，万民失业。

拗相公饮恨半山堂

一日，爱子王雱病疽而死。荆公痛思之甚。招天下高僧，设七七四十九日斋醮，荐度亡灵。荆公亲自行香拜表。其日，第四十九日斋醮已完，漏下四鼓，荆公焚香送佛，忽然昏倒于拜毡之上，左右呼唤不醒。到五更，如梦初觉。口中道："诧异，诧异！"左右扶进中门。吴国夫人命丫鬟接入内寝，问其缘故。荆公眼中垂泪道："适才昏愦之时，恍恍惚惚到一个去处，如大官府之状，府门尚闭。见吾儿王雱荷巨枷约重百斤，力殊不胜，蓬首垢面，流血满体，立于门外，对我哭诉其苦道：'阴司以儿父久居高位，不思行善，专一任性执拗，行青苗等新法，蠹国害民，怨气腾天。儿不幸阳禄先尽，受罪极重，非斋醮可解。父亲宜及早回头，休得贪恋富贵！……'说犹未毕，府中开门吆喝，惊醒回来。"夫人道："宁可信其有，不可信其无。妾亦闻外面人言籍籍，归怨相公。相公何不急流勇退？早去一日，也省了一日的咒詈。"荆公从夫人之言，一连十来道表章，告病辞职。天子风闻外边公论，亦有厌倦之意。遂从其请，以使相判江宁府。故宋时，凡宰相解位，都要带个外任的职衔，到那地方资禄养老，不必管事。荆公想江宁乃金陵古迹之地，六朝帝王之都，江山秀丽，人物繁华，足可安居，甚是得意。夫人临行，尽出房中钗钏衣饰之类，及所藏宝玩约数千金，布施各庵院寺观，打醮焚香，以资亡儿王雱冥福。择日辞朝起身。百官设饯送行。荆公托病，都不相见。府中有一亲吏，姓江名居，甚会答应。荆公只带此一人，与僮仆随家眷同行。东京至金陵，都有水路。荆公不用官船，微服而行，驾一小艇，由黄河溯流而下。将次开船，荆公唤江居及众僮仆吩咐："我虽宰相，今已挂冠而归。凡一路马头歇船之处，有问我何姓何名何官何职，汝等但言过往游客，切莫对他说实话，恐惊动所在官府，前来迎送，或起夫防护，骚扰居民不便。若或泄漏风声，必是汝等需索地方常例，诈害民财。吾若知之，必皆重责。"众人都道："谨领钧旨。"江居禀道："相公白龙鱼服，隐姓潜名。倘或途中小辈不识高低，有毁谤相公者，何以处之？"荆公道："常言'宰相腹中撑得船过'，从来人言不足恤。言吾善者，不足为喜；道吾恶者，不足为怒。只当耳边风过去便了，切莫揽事。"江居领命，并晓谕水手知悉。自此水路无话。

不觉二十余日，已到钟离地方。荆公原有痰炎症，住在小舟多日，情怀抑郁，火症复发。思欲舍舟登陆，观看市井风景，少舒愁绪。吩咐管家道："此去金陵不远。你可小心服侍夫人家眷，从小路，由瓜步淮扬过江。我从陆路而来，约到金陵江口相会。"安石打发家眷开船，自己只带两个僮仆，并亲吏江居，主仆共是四人登岸。

只因水陆舟车扰，断送南来北往人。

江居禀道："相公陆行，必用脚力。还是拿钧帖到县驿取讨，还是自家用钱雇赁？"荆公道："我吩咐在前，不许惊动官府，只自家雇赁便了。"江居道："若自家雇赁，须要投个主家。"当下僮仆携了包裹，江居引荆公到一个经纪人家来。主人迎接上坐，问道："客官要往哪里去？"荆公道："要往江宁，欲觅肩舆一乘，或骡或马三匹，即刻便行。"主人道："如今不比当初，忙不得哩！"荆公道："为何？"主人道："一言难尽！自从拗相公当权，创立新法，伤财害民，户口逃散。虽留下几户穷民，只好奔走官差，哪有空役等雇？况且民穷财尽，百姓饔餐不饱，没闲钱去养马骡。就有几头，也不够差使。客官坐稳，我替你抓寻去。寻得下，莫喜；寻不来，莫怪。只是比往常一倍钱，要两倍哩！"江居问道："你说那拗相公是谁？"主人道："叫做王安石。闻说一双白眼睛，恶人自有恶相。"荆公垂下眼皮，叫江居莫管别人家闲事。主人去了多时，来回复道："轿夫只许你两个，要三个也不能够，没有替换，却要把四个人的夫钱雇他。马是没有，只寻得一头骡，一个叫驴，明日五鼓到我店里。客官将就去得时，可付些银子与他。"荆公听了前番许多恶话，不耐烦，巴不得走路。想道："就是两个夫子，缓缓而行也罢，只是少一个头口。没奈何，把一匹与江居坐，那一匹，叫他两个轮流坐罢。"吩咐江居但凭主人定价，不要与他计较。江居把银子称付主人。日光尚早，荆公在主人家闷不过，唤童儿跟随，走出街市闲行。果然市井萧条，店房稀少，荆公暗暗伤感。步到一个茶坊，到也洁净。荆公走进茶坊，正欲唤茶，只见壁间题一绝句云：

祖宗制度至详明，百载余黎乐太平。白眼无端偏固执，纷纷变乱拂人情。

后款云："无名子慨世之作。"荆公默然无语，连茶也没兴吃了，慌忙出门。又走了数百步，见一所道院。荆公道："且去随喜一回，消遣则个。"走进大门，就是三间庙宇。荆公正欲瞻礼，尚未跨进殿槛，只见朱壁外面粘着一幅黄纸，纸上有诗句：

五叶明良致太平，相君何事苦纷更？既言尧舜宜为法，当效伊周辅圣明！

排尽旧臣居散地，尽为新法误苍生。翻思安乐窝中老，先识天津杜宇声。

先前英宗皇帝时，有一高士，姓邵名雍，别号尧夫，精于数学，通天彻地，自名其居为安乐窝。常与客游洛阳天津桥上，闻杜宇之声，叹道："天下从此乱矣！"客问其故。尧夫答道："天下将治，地气自北而南；天下将乱，地气自南而北。洛阳旧无杜宇，今忽有之，乃地气自南而北之征。不久天子必用南人为相，变乱祖宗法度，终宋世不得太平。"这个兆，正应在王安石身上。荆公默诵此诗一遍，问香火道人："此诗何人所做？没有落款。"道人道："数日前，有一道侣到此索纸题诗，粘于壁上，说是骂什么拗相公的。"荆公将诗纸揭下，藏于袖中，默然而出。回到主人家，闷闷的过了一夜。

五鼓鸡鸣，两名轿夫和一个赶脚的牵着一头骡一个叫驴都到了。荆公素性不十分梳洗，上了肩舆。江居乘了驴子，让那骡子与僮仆两个更换骑坐。约行四十余里，日光将午，到一村镇。江居下了驴，走上一步，禀道："相公，该打中火了。"荆公因痰火病发，随身扶手，带得有清肺干糕，及丸药茶饼等物。吩咐手下："只取沸汤一瓯来，你们自去吃饭。"荆公将沸汤调茶，用了点心。众人吃饭，兀自未了。荆公见屋旁有个坑厕，讨一张毛纸，走去登东。只见坑厕土墙上，白石灰画诗八句：

初知鄞邑未升时，为负虚名众所推。苏老《辨奸》先有识，李丞劾奏已前知。

斥除贤正专威柄，引进虚浮起祸基。最恨邪言"三不足"，千年流毒臭声遗。

荆公登了东，觑个空，就左脚脱下一只方舄，将舄底向土墙上抹得字迹糊涂，方才罢手。众人中火已毕，荆公复上肩舆而行。

又三十里，遇一驿舍。江居禀道："这官舍宽敞，可以止宿。"荆公道："昨日叮咛汝辈是甚言语！今宿于驿亭，岂不惹人盘问。还到前村，择僻静处民家投宿，方为安稳。"又行五里许，天色将晚。到一村家，竹篱茅舍，柴扉半掩。荆公叫江居上前借宿。江居推扉而入。内一老叟扶杖走出，问其来由。江居道："某等游客，欲暂宿尊居一宵，房钱依例奉纳。"老叟道："但随官人们尊便。"江居引荆公进门，与主人相见。老叟延荆公上坐。见江居等三人侍立，知有名分，请到侧屋里另坐。老叟安排茶饭去了。荆公看新粉壁上，有大书律诗一首，诗云：

文章谩说自天成，曲学偏邪识者轻。强辨鹑刑非正道，误餐鱼饵岂真情。

奸谋已遂生前志，执拗空遗死后名。亲见亡儿阴受梏，始知天理报分明。

荆公阅毕，惨然不乐。须臾，老叟搬出饭来，从人都饱餐，荆公也略用了些。问老叟道："壁上诗何人写作？"老叟道："往来游客所书，不知名姓。"公俯首寻思："我曾辨帛勒为鹑刑及误餐鱼饵，二事人颇晓得。只亡儿阴府受梏事，我单对夫人说，并没第二人得知，如何此诗言及！好怪好怪！"荆公因此诗末句刺着他痛心之处，狐疑不已。因问老叟："高寿几何？"老叟道："年七十八了。"荆公又问："有几位贤郎？"老叟扑簌簌泪下，告道："有四子，都死了。与老妻独居于此。"荆公道："四子何为俱夭？"老叟道："十年以来，苦为新法所害。诸子应门，或殁于官，或丧于途。老汉幸年高，得以苟延残喘。倘若少壮，也不在人世了。"荆公惊问："新法有何不便，乃至于此？"老叟道："官人只看壁间诗可知矣。自朝廷用王安石为相，变易祖宗制度，专以聚敛为急，拒谏饰非，驱忠立佞。始设青苗法以虐农民，继立保甲、助役、保马、均输等法，纷纭不一。官府奉上而虐下，日以捶掠为事。吏卒夜呼于门，百姓不得安寝。弃产业，携妻子，逃于深山者，日有数十。此村百有余家，今所存八九家矣。寒家男女共一十六口，今只有四口仅存耳！"说罢，泪如雨下。荆公亦觉悲酸。又问道："有人说新法便民，老丈今言不便，愿闻其详。"老叟道："王安石执拗，民间称为拗相公。若言不便，便加怒贬；说便，便加升擢。凡说新法便民者，都是谄佞辈所为，其实害民非浅！且如保甲上番之法，民家每一丁，教阅于场，又以一丁朝夕供送。虽说五日一教，那做保正的，日聚于教场中，受贿方释。如没贿赂，只说武艺不熟，拘之不放。以致农时俱废，往往冻馁而死。"言毕，问道："如今那拗相公何在？"荆公哄他道："见在朝中辅相天子。"老叟唾地大骂道："这等奸邪，不行诛戮，还要用他，公道何在！朝廷为何不相了韩琦、富弼、司马光、吕诲、苏轼诸君子，而偏用此小人乎！"江居等听得客坐中喧嚷之声，走来看时，见老叟说话太狠，咤叱道："老人家不可乱言！倘王丞相闻知此语，获罪非轻了。"老叟矍然怒起道："吾年近八十，何畏一死！若见此奸贼，必手刃其头，刳其心肝而食之。虽赴鼎镬刀锯，亦无恨矣！"众人皆吐舌缩项。荆公面如死灰，不敢答言。起立庭中，对江居说道："月明如昼，还宜赶路。"江居会意，去还了老叟饭钱，安排轿马。荆公举手与老叟分别。老叟笑道："老拙自骂奸贼王安石，与官人何干，乃怫然而去，莫非官人与王安石有甚亲故么？"荆公连声答道："没有，没有！"荆公登舆，吩咐快走。从者跟随，踏月而行。

又走十余里，到树林之下。只有茅屋三间，并无邻比。荆公道："此颇幽寂，可以息劳。"命江居叩门。内有老妪启扉。江居亦告以游客贪路。错过邸店，特来借宿，来早奉谢。老妪指中一间屋道："此处空在，但宿何妨。只是草房窄狭，放不下轿马。"江居道："不妨，我有道理。"荆公降舆入室。江居吩咐将轿子置于檐下，骡驴放在树林之中。荆公坐于室内，看那老妪时，衣衫褴褛，鬓发蓬松，草舍泥墙，颇为洁净。老妪取灯火安置荆公，自去睡了。荆公见牖间有字，携灯看时，亦是律诗八句。诗云：

生已沽名炫气豪，死犹虚伪惑儿曹。既无好语遗吴国，却有浮辞诳叶涛。
四野逃亡空白屋，千年嗔恨说青苗。想因过此来亲睹，一夜愁添雪鬓毛。

荆公阅之，如万箭攒心，好生不乐。想道："一路来，茶坊道院，以至村镇人家，处处有诗讥诮。这老妪独居，谁人到此，亦有诗句？足见怨词詈语遍于人间矣！那第二联说'吴国'，乃吾之夫人也。叶涛，是吾故友。此二句诗意犹不可解。"欲唤老妪问之，闻隔壁打鼾之声。江居等马上辛苦，俱已睡去。荆公辗转寻思，抚膺顿足，懊悔不迭。想道："吾只信福建子之言，道民间甚便新法，故吾违众而行之。焉知天下怨恨至此？此皆福建子误我也！"——吕惠卿是闽人，故荆公呼为福建子。是夜，荆公长吁短叹，和衣偃卧，不能成寐。吞声暗泣，两袖皆沾湿了。将次天明，老妪起身，蓬着头同一赤脚蠢婢，赶二猪出门外。婢携糠秕，老妪取水，用木杓搅于木盆之中，口中呼："罗，罗，罗，拗相公来。"二猪闻呼，就盆吃食。婢又呼鸡："咢，咢，咢，咢，咢，王安石来。"群鸡俱至。江居和众人看见，无不惊讶。荆公心愈不乐。因问老妪道："老人家何为呼鸡豕之名如此？"老妪道："官人难道不知，王安石即当今之丞相，拗相公是他的诨名。自王安石做了相公，立新法以扰民。老妾二十年孀妇，子媳俱无，只与一婢同处。妇女二口，也要出免役、助役等钱。钱既出了，差役如故。老妾以桑麻为业，蚕未成眠，便预借丝钱用了；麻未上机，又借布钱用了。桑麻失利，只得畜猪养鸡，等候吏胥里保来征役钱。或准与他，或烹来款待他，自家不曾尝一块肉。故此民间怨恨新法，入于骨髓。畜养鸡豕，都呼为拗相公王安石，把王安石当做畜生。今生没奈何他，后世得他变为异类，烹而食之，以快胸中之恨耳！"荆公暗暗垂泪，不敢开言。左右惊讶。荆公容颜改变，索镜自照，只见须发俱白，两目皆肿。心下凄惨，自己忧恚所致。思想"一夜愁添雪鬓毛"之句，岂非数乎！命江居取钱谢了老妪，收拾起身。

江居走到舆前，禀道："相公施美政于天下，愚民无知，反以为怨。今宵不可再宿村舍。还是驿亭官舍，省些闲气。"荆公口虽不答，点头道是。上路多时，到一邮亭。江居先下驴，扶荆公出轿，升亭而坐，安排早饭。荆公看亭子壁间，亦有绝句二首，第一首云：

富韩司马总孤忠，恳谏良言过耳风。只把惠卿心腹待，不知杀羿是逢蒙！

第二首云：

高谈道德口悬河，变法谁知有许多！他日命衰时败后，人非鬼责奈愁何？

荆公看罢，怫然大怒。唤驿卒问道："何物狂夫，敢毁谤朝政如此！"有一老卒应道："不但此驿有诗，是处皆有留题也。"荆公问道："此诗为何而作？"老卒道："因王安石立新法以害民，所以民恨入骨。近闻得王安石辞了相位，判江宁府，必从此路经过，早晚常有村农数百在此左近，伺候他来。"荆公道："伺他来，要拜谒他么？"老卒笑道："仇怨之人，何拜谒之有！众百姓持白梃，候他到时，打杀了他，分而啖之耳。"荆公大骇。不等饭熟，趋出邮亭上轿。江居唤众人随行。一路只买干粮充饥。

荆公更不出轿，吩咐兼程赶路，直至金陵，与吴国夫人相见。羞入江宁城市，乃卜居于钟山之半，名其堂曰半山。荆公只在半山堂中，看经念佛，冀消罪愆。他原是过目成诵、极聪明的人，一路所见之诗，无字不记。私自写出，与吴国夫人看之。方信亡儿王雱阴府受罪，非偶然也。以此终日忧愤，痰火大发。兼以气膈，不能饮食。延及岁余，奄奄待尽，骨瘦如柴，支枕而坐。吴国夫人在旁堕泪，问道："相公有甚好言语吩咐？"荆公道："夫妇之情，偶合耳。我死，更不须挂念。只是散尽家财，广修善事便了……"言未已，忽报故人叶涛特来问疾。夫人回避。荆公请叶涛床头相见。执其手嘱道："君聪明过人，宜多读佛书，莫作没要紧文字，徒劳无益。王某一生枉费精力，欲以文章胜人。今将死之时，悔之无及。"叶涛安慰道："相公福寿正远，何出此言？"荆公叹道："生死无常，老夫只恐大限一至，不能发言，故今日为君叙及此也。"叶涛辞去。荆公忽然想起老妪草舍中诗句第二联道：

既无好语遗吴国，却有浮词诳叶涛。

今日正应其语。不觉抚髀长叹道："事皆前定，岂偶然哉！做此诗者，非鬼即神。不然，如何晓得我未来之事？吾被鬼神诮让如此，安能久于人世乎！"不几日，疾革，发谵语，将手批颊自骂道："王某上负天子，下负百姓，罪不容诛。九泉之下，何面目见唐子方诸公乎？"一连骂了三日，呕血数升而死。那唐子方名介，乃是宋朝一个直臣，苦谏新法不便，安石不听，也是呕血而死的。一般样死，比王安石死得有名声。至今山间人家，尚有呼猪为拗相公者。后人论宋朝元气，都为熙宁变法所坏，所以有靖康之祸。有诗为证：

熙宁新法谏书多，执拗行私奈尔何！不是此番元气耗，虏军岂得渡黄河？

又有诗惜荆公之才：

好个聪明介甫翁，高才历任有清风。可怜覆悚因高位，只合终身翰苑中。

崔待诏生死冤家

山色晴岚景物佳，暖烘回雁起平沙；东郊渐觉花供眼，南陌依稀草吐芽。堤上柳，未藏鸦，寻芳趁步到山家；陇头几树红梅落，红杏枝头未着花。

这首〔鹧鸪天〕说孟春景致，原来又不如〔仲春词〕做得好：

每日青楼醉梦中，不知城外又春浓；杏花初落疏疏雨，杨柳轻摇淡淡风。浮画舫，跃青骢，小桥门外绿阴笼；行人不入神仙地，人在珠帘第几重？

这首词说仲春景致，原来又不如黄夫人做着〔季春词〕又好：

先自春光似酒浓，时听燕语透帘栊；小桥杨柳飘香絮，山寺绯桃散落红。莺渐老，蝶西东，春归难觅恨无穷；侵阶草色迷朝雨，满地梨花逐晓风。

这三首词都不如王荆公看见花瓣儿片片风吹下地来，原来这春归去，是东风断送的。有诗道：

春日春风有时好，春日春风有时恶。不得春风花不开，花开又被风吹落！

苏东坡道："不是东风断送春归去，是春雨断送春归去。"有诗道：

雨前初见花间蕊，雨后全无叶底花；蜂蝶纷纷过墙去，却疑春色在邻家。

秦少游道："也不干风事，也不干雨事，是柳絮飘将春色去。"有诗道：

三月柳花轻复散，飘飏澹荡送春归；此花本是无情物，一向东飞一向西。

邵尧夫道："也不干柳絮事，是蝴蝶采将春色去。"有诗道：

花正开时当三月，蝴蝶飞来忙劫劫；采将春色向天涯，行人路上添凄切！

曾两府道："也不干蝴蝶事，是黄莺啼得春归去。"有诗道：

花正开时艳正浓，春宵何事恼芳丛？黄鹂啼得春归去，无限园林转首空。

朱希真道："也不干黄莺事，是杜鹃啼得春归去。"有诗道：

杜鹃叫得春风去，吻边啼血尚犹存。庭院日长空悄悄，叫人生怕到黄昏！

苏小小道："都不干这几件事，是燕子衔将春色去。"有〔蝶恋花〕词为证：

妾本钱塘江上住，花开花落，不管流年度。燕子衔将春色去，纱窗几阵黄梅雨。斜插犀梳云半吐，檀板轻敲，唱彻黄金缕。歌罢彩云无觅处，梦回明月生南浦。

王岩叟道："也不干风事，也不干雨事，也不干柳絮事，也不干蝴蝶事，也不干黄莺事，也不干杜鹃事，也不干燕子事；是九十日春光已过，春归去。"曾有诗道：

怨风怨雨两俱非，风雨不来春亦归；腮边红褪青梅小，口角黄消乳燕飞。蜀魄健啼花影去，吴蚕强食柘桑稀；直恼春归无觅处，江湖辜负一蓑衣！

说话的，因甚说这《春归词》？绍兴年间，行在有个关西延州延安府人，本身是三镇节度使咸安郡王。当时怕春归去，将带着许多钧眷游春。至晚回家，来到钱塘门里，车桥前面，钧眷轿子过了，后面是郡王轿子到来，则听得桥下裱褙铺里一人叫道："我儿出来看郡王！"当时郡王在轿里看见，叫帮窗虞候道："我从前要寻这个人，今日却在这里。只在你身上，明日要这个人入府中来。"当时虞候声诺，来寻这个看郡王的人，是甚色目人？正是：

尘随车马何年尽？情系人心早晚休。

只见车桥下一个人家，门前出着一面招牌，写着"璩家装裱古今书画"。铺里一个老儿，引着一个女儿，生得如何？

云鬓轻笼蝉翼，蛾眉淡拂春山；朱唇缀一颗樱桃，皓齿排两行碎玉。莲步半折小弓弓，莺啭一声娇滴滴。

便是出来看郡王轿子的人。虞候即时来他家对门一个茶坊里坐定。婆婆把茶点来。虞候道："启请婆婆，过对门裱褙铺里请璩大夫来说话。"婆婆便去请到来。两个相揖了就坐。璩待诏问："府干有何见谕？"虞候道："无甚事，闲问则个。适来叫出来看郡王轿子的人是令爱么？"待诏道："正是拙女。只有三口。"虞候又问："小娘子贵庚？"待诏应道："一十八岁。"再问："小娘子如今要嫁人，却是趋奉官员？"待诏道："老拙家寒，那讨钱来嫁人。将来也只是献与官员府第。"虞候道："小娘子有甚本事？"待诏说出女孩儿一件本事来，有词寄〔眼儿媚〕为证：

深闺小院日初长，娇女绮罗裳；不做东君造化，金针刺绣群芳。　　斜枝嫩叶包开蕊，唯只欠馨香；曾向园林深处，引教蝶乱蜂狂。

原来这女儿会绣作。虞候道："适来郡王在轿里，看见令爱身上系着一条绣裹肚。府中正要寻一个绣作的人，老丈何不献与郡王。"璩公归去，与婆婆说了，到明日写一纸献状，献来府中。郡王给与身价，因此取名秀秀养娘。

不则一日，朝廷赐下一领团花绣战袍。当时秀秀依样绣出一件来。郡王看了欢喜道："主上赐与我团花战袍，却寻什么奇巧的物事献与官家？"去府库里寻出一块透明的羊脂美玉来，即时叫将门下碾玉待诏，问："这块玉堪做什么？"内中一个道："好做一副劝杯。"郡王道："可惜恁般一块玉，如何将来只做得一副劝杯？"又一个道："这块玉上尖下圆，好做一个摩侯罗儿。"郡王道："摩侯罗儿，只是七月七日乞巧使用，寻常间又无用处。"数中一个后生，年纪二十五岁，姓崔名宁，趋事郡王数年，是升州建康府人。当时叉手向前，对着郡王道："告恩王，这块玉上尖下圆，甚是不好，只好碾一个南海观音。"郡王道："好！正合我意。"就叫崔宁下手。不过两个月，碾成了这个玉观音。郡王即时写表进上御前，龙颜大喜。崔宁就本府增添请给，遭遇郡王。

不则一日，时遇春天，崔待诏游春回来，入得钱塘门，在一个酒肆，与三四个相知方才吃得数杯，则听得街上闹吵吵。连忙推开楼窗看时，见乱烘烘道："井亭桥有遗漏。"吃不得这酒成，慌忙下酒楼看时，只见：

初如萤火，次若灯光，千条蜡烛焰难当，万座橼盆敌不住。六丁神推倒宝天炉，八力士放起焚山火。骊山会上，料应褒姒逞娇容；赤壁矶头，想是周郎施妙策。五通神牵住火葫芦，宋无忌赶番赤骡子。又不曾泻烛浇油，直恁的烟飞火猛！

崔待诏生死冤家

崔待诏望见了，急忙道：“在我本府前不远。”奔到府中看时，已搬挈得罄尽，静悄悄地无一个人。崔待诏既不见人，且循着左手廊下入去，火光照得如同白日。去那左廊下，一个妇女摇摇摆摆，从府堂里出来，自言自语，与崔宁打个胸厮撞。崔宁认得是秀秀养娘，倒退两步，低身唱个喏。原来郡王当日，尝对崔宁许道：“待秀秀满日，把来嫁与你。”这些众人，都撺掇道：“好对夫妻！”崔宁拜谢了，不则一番。崔宁是个单身，却也痴心。秀秀见恁地个后生，却也指望。当日有这遗漏，秀秀手中提着一帕子金珠富贵，从左廊下出来，撞见崔宁便道：“崔大夫，我出来得迟了。府中养娘各自四散，管顾不得，你如今没奈何，只得将我去躲避则个。”当下崔宁和秀秀出府门，沿着河，走到石灰桥。秀秀道：“崔大夫，我脚疼了走不得。”崔宁指着前面道：“更行几步，哪里便是崔宁住处，小娘子到家中歇脚，却也不妨。”到得家中坐定。秀秀道：“我肚里饥，崔大夫与我买些点心来吃。我受了些惊，得杯酒吃更好。”当时崔宁买将酒来，三杯两盏，正是：

三杯竹叶穿心过，两朵桃花上脸来。

道不得个“春为花博士，酒是色媒人”。秀秀道：“你记得当时在月台上赏月，把我许你，你兀自拜谢。你记得也不记得？”崔宁叉着手，只应得：“喏。”秀秀道：“当日众人都替你喝彩，‘好对夫妻！’你怎地倒忘了？”崔宁又则应得：“喏。”秀秀道：“比似只管等待，何不今夜我和你先做夫妻？不知你意下何如？”崔宁道：“岂敢。”秀秀道：“你知道不敢！我叫将起来，教坏了你，你却如何将我到家中？我明日府里去说。”崔宁道：“告小娘子，要和崔宁做夫妻不妨。只一件，这里住不得了，要好趁这个遗漏人乱时，今夜就走开去，方才使得。”秀秀道：“我既和你做夫妻，凭你行。”当夜做了夫妻。四更以后，各带着随身金银物件出门。离不得饥餐渴饮，夜住晓行，迤逦来到衢州。崔宁道：“这里是五路总头，是打哪条路去好？不若取信州路上去，我是碾玉作，信州有几个相识，怕哪里安得身。”即时取路到信州。住了几日，崔宁道：“信州常有客人到行在往来，若说道我等在此，郡王必然使人来追捉，不当稳便。不若离了信州，再往别处去。”两个又起身上路，径取潭州。不则一日，到了潭州。却是走得远了。就潭州市里讨间房屋，出面招牌，写着“行在崔待诏碾玉生活”。崔宁便对秀秀道：“这里离行在有二千余里了，料得无事，你我安心，好做长久夫妻。”潭州也有几个寄居官员，见崔宁是行在待诏，日逐也有生活得做。崔宁密使人打探行在本府中事。有曾到都下的，得知府中当夜失火，不见了一个养娘，出赏钱寻了几日，不知下落。也不知道崔宁将他走了，现在潭州住。

时光似箭，日月如梭，也有一年之上。忽一日方早开门，见两个着皂衫的，一似虞候府干打扮，入来铺里坐地，问道：“本官听得说有个行在崔待诏，叫请过来做生活。”崔宁吩咐了家中，随这两个人到湘潭县路上来。便将崔宁到宅里相见官人，承揽了玉作生活，回路归家。正行间，只见一个汉子，头上带个竹丝笠儿，穿着一领白缎子两上领布衫，青白行缠找着裤子口，着一双多耳麻鞋，挑着一个高肩担儿，正面来把崔宁看了一看。崔宁却不见这汉面貌，这个人却见崔宁，从后大踏步尾着崔宁来。正是：

谁家稚子鸣榔板，惊起鸳鸯两处飞。

这汉子毕竟是何人？且听下回分解。

竹引牵牛花满街，疏篱茅舍月光筛；琉璃盏内茅柴酒，白玉盘中簇豆梅。休懊恼，且开怀，平生赢得笑颜开；三千里地无知己，十万军中挂印来。

这只〔鹧鸪天〕词，是关西秦州雄武军刘两府所作。从顺昌大战之后，闲在家中，寄居湖南潭州湘潭县。他是个不爱财的名将，家道贫寒；时常到村店中吃酒。店中人不识刘两府，喧呼罗唣。刘两府道："百万番人，只如等闲，如今却被他们诬罔！"做了这只〔鹧鸪天〕，流传直到都下。当时殿前太尉是阳和王，见了这词好伤感，"原来刘两府直恁孤寒！"叫提辖官差人送一项钱与这刘两府。今日崔宁的东人郡王，听得说刘两府恁地孤寒，也差人送一项钱与他，却经由潭州路过。见崔宁从湘潭路上来，一路尾着崔宁到家，正见秀秀坐在柜身子里。便撞破他们道："崔大夫多时不见，你却在这里。秀秀养娘他如何也在这里？郡王叫我下书来潭州，今日遇着你们。原来秀秀养娘嫁了你，也好！"当时唬杀崔宁夫妻两个，被他看破。那人是谁？却是郡王府中一个排军，从小服侍郡王。见他朴实，差他送钱与刘两府。这个姓郭名立，叫做郭排军。当下夫妻请住郭排军，安排酒来请他。吩咐道："你到府中，千万莫说与郡王知道！"郭排军道："郡王怎知得你两个在这里。我没事，却说什么。"当下酬谢了出门，回到府中，参见郡王，纳了回书。看着郡王道："郭立前日下书回，打潭州过，却见两个人在哪里住。"郡王问："是谁？"郭立道："见秀秀养娘并崔待诏两个，请郭立吃了酒食，叫休来府中说知。"郡王听说便道："叵耐这两个做出这事来，却如何直走到哪里？"郭立道："也不知他仔细，只见他在哪里住地，依旧挂招牌做生活。"郡王叫干办去吩咐临安府，即时差一个缉捕使臣，带着做公的，备了盘缠，径来湖南潭州府，下了公文，同来寻崔宁和秀秀，却似：

皂雕追紫燕，猛虎啖羊羔。

不两月，捉将两个来，解到府中。报与郡王得知。即时升厅。原来郡王杀番人时，左手使一口刀，叫做"小青"；右手使一口刀，叫做"大青"。这两口刀不知剁了多少番人。那两口刀，鞘内藏着，挂在壁上。郡王升厅，众人声喏。即将这两个人押来跪下。郡王好生焦躁，左手去壁牙上取下"小青"，右手一掣，掣刀在手，睁起杀番人的眼儿，咬得牙齿剥剥地响。当时唬杀夫人，在屏风背后道："郡王，这里是帝辇之下，不比边庭上面，若有罪过，只消解去临安府施行，如何胡乱凯得人？"郡王听说道："叵耐这两个畜生逃走，今日捉将来，我恼了，如何不凯？既然夫人来劝，且捉秀秀入府后花园去。把崔宁解去临安府断治。"当下喝赐钱酒，赏犒捉事人。解这崔宁到临安府，一一从头供说："自从当夜遗漏，来到府中，都搬尽了。只见秀秀养娘从廊下出来，揪住崔宁道：'你如何安手在我怀中？若不依我口，教坏了你！'要共崔宁逃走。崔宁不得已，只得与他同走。只此是实。"临安府把文案呈上郡王，郡王是个刚直的人，便道："既然恁地，宽了崔宁。且与从轻断治，崔宁不合在逃，䟽杖，发遣建康府居住。"当下差人押送，方出北关门，到鹅项头，见一顶轿儿，两个人抬着，从后面叫："崔待诏，且不得去！"崔宁认得像是秀秀的声音，赶将来又不知恁地，心下好生疑惑。伤弓之鸟，不敢揽事，且低着头只顾走。只见后面赶将上来，歇了轿子，一个妇人走出来，不是别人，便是秀秀，道："崔待诏，你如今去建康府，我却如何？"崔宁道："却是怎地好？"秀秀道："自从解你去临安府断罪，把我捉入后花园，打了三十竹篦，遂便赶我出来。我知道你建康府去，赶将来同你去。"崔宁道："恁地却好。"讨了船，直到建康府，押发人自回。若是押发人是个学舌的，就有一场是非出来。因晓得郡王性如烈火，惹着他不是轻放手的。他又不是王府中人，去管这闲事怎地？况且崔宁一路买酒买食，奉承得他好，回去时就隐恶而扬善了。

再说崔宁两口在建康居住，既是问断了，如今也不怕有人撞见，依旧开个碾玉作铺。浑家道："我两口却在这里住得好，只是我家爹妈自从我和你逃去潭州，两个老的吃了些苦。当日捉我入府时，两个去寻死觅活，今日也好叫人去行在取我爹妈来这里同住。"崔宁道："最好。"便叫人来行在取他丈人丈母。写了他地理脚色与来人。到临安府寻见他住处，问他邻舍，指道："这一家便是。"来人去门首看时，只见两扇门关着，一把锁锁着，一条竹竿封着。问邻舍："他老夫妻哪里去了？"邻舍道："莫说！他有个花枝也似女儿，献在一个奢遮去处。这个女儿不受福德，却跟一个碾玉的待诏逃走了。前日从湖南潭州捉将回来，送在临安府吃官事。那女儿被郡王捉进后花园里去。老夫妻见女儿捉去，就当下寻死觅活，至今不知下落。只恁地关着门在这里。"来人见说，再回建康府来，兀自未到家。且说崔宁正在家中坐，只见外面有人道："你寻崔待诏住处？这里便是。"崔宁叫出浑家来看时，不是别人，认得是璩公璩婆。都相见了，喜欢的做一处。那去取老儿的人，隔一日才到，说如此这般，寻不见，却空走了这遭。两个老的且自来到这里了。两个老人道："却生受你，我不知你们在建康住，叫我寻来发去，直到这里。"其时四口同住，不在话下。

且说朝廷官里，一日到偏殿看玩宝器，拿起这玉观音来看，这个观音身上，当时有一个玉铃儿，失手脱下。即时问近侍官员："却如何修理得？"官员将玉观音反复看了，道："好个玉观音！怎地脱落了铃儿？"看到底下，下面碾着三字："崔宁造。""恁地容易，既是有人造，只消得宣这个人来，叫他修整。"敕下郡王府，宣取碾玉匠崔宁。郡王回奏："崔宁有罪，在建康府居住。"即时使人去建康，取得崔宁到行在歇泊了。当时宣崔宁见驾，将这玉观音叫他领去，用心整理。崔宁谢了恩，寻一块一般的玉，碾一个铃儿，接住了，御前交纳。破分请给养了崔宁，令只在行在居住。崔宁道："我今日遭际御前，争得气。再来清湖河下，寻间屋儿开个碾玉铺，须不怕你们撞见！"可煞事有凑巧，方才开得铺三两日，一个汉子从外面过来，就是那郭排军。见了崔待诏，便道："崔大夫恭喜了！你却在这里住？"抬起头来，看柜身里却立着崔待诏的浑家。郭排军吃了一惊，拽开脚步就走。浑家说与丈夫道："你与我叫住那排军，我相问则个。"正是：

平生不作皱眉事，世上应无切齿人。

崔待诏即时赶上扯住，只见郭排军把头只管侧来侧去，口里喃喃地道："作怪！作怪！"没奈何，只得与崔宁回来，到家中坐地。浑家与他相见了，便问："郭排军，前者我好意留你吃酒，你却归来说与郡王，坏了我两个的好事。今日遭际御前，却不怕你去说。"郭排军被他相问得无言可答，只道得一声"得罪"，相别了，便来到府里，对着郡王道："有鬼！"郡王道："这汉则甚？"郭立道："告恩王，有鬼！"郡王问道："有甚鬼？"郭立道："方才打清湖河下过，见崔宁开个碾玉铺，却见柜身里一个妇女，便是秀秀养娘。"郡王焦躁道："又来胡说！"秀秀被我打杀了，埋在后花园，你须也看见，如何又在哪里？却不是取笑我！"郭立道："告恩王，怎敢取笑！方才叫住郭立，相问了一回。怕恩王不信，勒下军令状了去。"郡王道："真个在时，你勒军令状来！"那汉也是合苦，真个写一纸军令状来。郡王收了，叫两个当直的轿番，抬一顶轿子，叫取这妮子来，"若真个在，把来凯取一刀。若不在，郭立，你须替他凯取一刀！"郭立同两个轿番来取秀秀。正是：

麦穗两歧，农人难辨。

郭立是关西人，朴直，却不知军令状如何胡乱勒得。三个一径来到崔宁家里，那秀秀兀自在柜身里坐地。见那郭排军来得恁地慌忙，却不知他勒了军令状来取你。郭排军道："小娘子，郡王钧旨，叫来取你则个。"秀秀道："既如此，你们少等，待我梳洗了同去。"即时入去梳洗，换了衣服出来，上了轿，吩咐了丈夫。两个轿番便抬着，径到府前。郭立先入去，郡王正在厅上等待。郭立唱了喏，道："已取到秀秀养娘。"郡王道："着他入来！"郭立出来道："小娘子，郡王叫你进来。"掀起帘子看一看，便是一桶水倾在身上，开着口，则合不得，就轿子里不见了秀秀养娘。问那两个轿番道："我不知，则见他上轿，抬到这里，又不曾转动。"那汉叫将入来道："告恩王，恁地真个有鬼！"郡王道："却不叵耐！"叫人："捉这汉，等我取过军令状来，如今凯了一刀。"先去取下"小青"来。那汉从来服侍郡王，身上也有十数次官了。盖缘是粗人，只叫他做排军。这汉慌了道："见有两个轿番见证，乞叫来问。"即时叫将轿番来道："见他上，抬到这里，却不见了。"说得一般，想必真个有鬼，只消得叫将崔宁来问。便使人叫崔宁来到府中。崔宁从头至尾说了一遍。郡王道："恁地，又不干崔宁事，且放他去。"崔宁拜辞去了。郡王焦躁，把郭立打了五十背花棒。崔宁听得说浑家是鬼，到家中问丈人丈母。两个面面厮觑，走出门，看着清湖河里，扑通地都跳下水去了。当下叫救人打捞，便不见了尸首。原来当时打杀秀秀时，两个老的听得说，便跳在河里，已自死了。这两个也是鬼。崔宁到家中，没情没绪，走进房中，只见浑家坐在床上。崔宁道："告姐姐，饶我性命！"秀秀道："我因为你，被郡王打死了，埋在后花园里。却恨郭排军多口，今日已报了冤仇，郡王已将他打了五十背花棒。如今都知道我是鬼，容身不得了。"道罢起身，双手揪住崔宁，叫得一声，匹然倒地。邻舍都来看时，只见：

两部脉尽总皆沉，一命已归黄壤下。

崔宁也被扯去，和父母四个，一块儿做鬼去了。

后人评论得好：

咸安王捺不下烈火性，郭排军禁不住闲磕牙；

璩秀娘舍不得生眷属，崔待诏撇不脱鬼冤家。

李谪仙醉草吓蛮书

堪羡当年李谪仙，吟诗斗酒有连篇；蟠胸锦绣欺时彦，落笔风云迈古贤。

书草和番威远塞，词歌倾国媚新弦；莫言才子风流尽，明月长悬采石边。

话说唐玄宗皇帝朝，有个才子，姓李名白，字太白，乃西梁武昭兴圣皇帝李暠九世孙，西川锦州人也。其母梦长庚入怀而生。那长庚星又名太白星，所以名字俱用之。那李白生得姿容美秀，骨格清奇，有飘然出世之表。十岁时，便精通书史，出口成章，人都夸他锦心绣口，又说他是神仙降生，以此又呼为李谪仙。有杜工部赠诗为证：

昔年有狂客，号尔谪仙人。笔落惊风雨，诗成泣鬼神！

声名从此大，汩没一朝伸。文采承殊渥，流传必绝伦。

李白又自称青莲居士。一生好酒，不求仕进，志欲遨游四海，看尽天下名山，尝遍天下美酒。先登峨眉，次居云梦，复隐于徂徕山竹溪，与孔巢父等六人日夕酣饮，号为“竹溪六逸”。有人说湖州乌程酒甚佳，白不远千里而往。到酒肆中，开怀畅饮，旁若无人。时有迦叶司马经过，闻白狂歌之声，遣从者问其何人。白随口答诗四句：

青莲居士谪仙人，酒肆逃名三十春。湖州司马何须问，金粟如来是后身。

迦叶司马大惊，问道：“莫非蜀中李谪仙么？闻名久矣。”遂请相见。留饮十日，厚有所赠。临别问道：“以青莲高才，取青紫如拾芥，何不游长安应举？”李白道：“目今朝政紊乱，公道全无，请托者登高第，纳贿者获科名。非此二者，虽有孔孟之贤，晁董之才，无由自达。白所以流连诗酒，免受盲试官之气耳。”迦叶司马道：“虽则如此，足下谁人不知，一到长安，必有人荐拔。”李白从其言，乃游长安。

一日到紫极宫游玩，遇了翰林学士贺知章，通姓道名，彼此相慕。知章遂邀李白于酒肆中，解下金貂，当酒同饮，至夜不舍，遂留李白于家中下榻，结为兄弟。次日，李白将行李搬至贺内翰宅，每日谈诗饮酒，宾主甚是相得。时光荏苒，不觉试期已迫。贺内翰道：“今春南省试官，正是杨贵妃兄杨国忠太师，监视官，乃太尉高力士。二人都是爱财之人。贤弟却无金银买嘱他，便有冲天学问，见不得圣天子。此二人与下官皆有相识。下官写一封札子去，预先嘱托，或者看薄面一二。”李白虽则才大气高，遇了这等时势，况且内翰高情，不好违阻。贺内翰写了柬帖，投与杨太师、高力士。二人接开看了，冷笑道：“贺内翰受了李白金银，却写封空书在我这里讨白人情，到那日专记，如有李白名字卷子，不问好歹，即时批落。”时值三月三日，大开南省，会天下才人，尽呈卷子。李白才思有余，一笔挥就，第一个交卷。杨国忠见卷子上有李白名字，也不看文字，乱笔涂抹道：“这样书生，只好与我磨墨。”高力士道：“磨墨也不中，只好与我着袜脱靴。”喝令将李白推抢出去。正是：

不愿文章中天下，只愿文章中试官。

李白被试官屈批卷子，怨气冲天，回至内翰宅中，立誓：“久后吾若得志，定叫杨国忠磨墨，高力士与我脱靴，方才满愿。”贺内翰劝白：“且休烦恼，权在舍下安歇。待三年，再开试场，别换试官，必然登第。”终日共李白饮酒赋诗。日往月来，不觉一载。

忽一日，有番使赍国书到。朝廷差使命急宣贺内翰陪接番使。在馆驿安下。次日，阁门舍人接得番使国书一道。玄宗敕宣翰林学士拆开番书，全然不识一字，拜伏金阶启奏：“此书皆是鸟兽之迹，臣等学识浅短，不识一字。”天子闻奏，将与南省试官杨国忠开读。杨国忠开看，双目如盲，亦不晓得。天子宣问满朝文武，并无一人晓得，不知书上有何吉凶言语。龙颜大怒，喝骂朝臣：“枉有许多文武，并无一个饱学之士，与朕分忧。此书识不得，将何回答发落番使？却被番邦笑耻，欺侮南朝，必动干戈，来侵边界，如之奈何？敕限三日，若无人识此番书，一概

李谪仙醉草吓蛮书

停俸；六日无人，一概停职；九日无人，一概问罪。别选贤良，共扶社稷。”圣旨一出，诸官默默无言，再无一人敢奏。天子转添烦恼。贺内翰朝散回家，将此事述于李白。白微微冷笑：“可惜我李某去年不曾及第为官，不得与天子分忧。”贺内翰大惊道：“想必贤弟博学多能，辨识番书，下官当于驾前保奏。”次日，贺知章入朝，越班奏道：“臣启陛下，臣家有一秀才，姓李名白，博学多能，要辨番书，非此人不可。”天子准奏，即遣使命，赍诏前去内翰宅中，宣取李白。李白告天使道：“臣乃远方布衣，无才无识，今朝中有许多官僚，都是饱学之儒，何必问及草莽？臣不敢奉诏，恐得罪于朝贵。”说这句“恐得罪于朝贵”，隐隐刺着杨、高二人。使命回奏。天子初问贺知章：“李白不肯奉诏，其意云何？”知章奏道：“臣知李白文章盖世，学问惊人。只为去年试场中，被试官屈批了卷子，羞抢出门。今日叫他白衣入朝，有愧于心。乞陛下赐以恩典，遣一位大臣再往，必然奉诏。”玄宗道：“依卿所奏。钦赐李白进士及第，着紫袍金带，纱帽象简见驾。就烦卿自往迎取，卿不可辞！”贺知章领旨回家，请李白开读。备述天子拳拳求贤之意。李白穿了御赐袍服，望阙拜谢。遂骑马随贺内翰入朝。玄宗于御座专待李白。李白至金阶拜舞，山呼谢恩，躬身而立。天子一见李白，如贫得宝，如暗得灯，如饥得食，如旱得云。开金口，动玉音，道：“今有番国赍书，无人能晓，特宣卿至，为朕分忧。”白躬身奏道：“臣因学浅，被太师批卷不中，高太尉将臣推抢出门。今有番书，何不令试官回答，却乃久滞番官在此？臣是批黜秀才，不能称试官之意，怎能称皇上之意？”天子道：“朕自知卿，卿其勿辞！”遂命侍臣捧番书赐李白观看。李白看了一遍，微微冷笑，对御座前，将唐音译出，宣读如流。番书云：

渤海国大可毒书达唐朝官家。自你占了高丽，与俺国逼近，边兵屡屡侵犯吾界，想出自官家之意。俺如今不可耐者，差官来讲，可将高丽一百七十六城，让与俺国。俺有好物事相送：太白山之菟、南海之昆布、栅城之鼓、扶余之鹿、鄚颉之豕、率宾之马、沃州之棉、湄沱河之鲫、九都之李、乐游之梨。你官家都有分。若还不肯，俺起兵来厮杀，且看哪家胜败？

众官听得读罢番书，不觉失惊，面面相觑，尽称：“难得。”天子听了番书，龙情不悦。沉吟良久，方问两班文武：“今被番家要兴兵抢占高丽，有何策可以应敌？”两班文武，如泥塑木雕，无人敢应。贺知章启奏道：“自太宗皇帝三征高丽，不知杀了多少生灵，不能取胜，府库为之虚耗。天幸盖苏文死了，其子男生兄弟争权，为我向导。高宗皇帝遣老将李勣、薛仁贵统百万雄兵，大小百战，方才殄灭。今承平日久，无将无兵，倘干戈复动，难保必胜。兵连祸结，不知何时而止？愿吾皇圣鉴！”天子道：“似此如何回答他？”知章道：“陛下试问李白，必然善于辞命。”天子乃召白问之。李白奏道：“臣启陛下，此事不劳圣虑。来日宣番使入朝，臣当面回答番书，与他一般字迹，书中言语，羞辱番家，须要番国可毒拱手来降。”天子问：“可毒何人也？”李白奏道：“渤海风俗，称其王曰可毒，犹回纥称可汗，吐番称赞普，六诏称诏，诃陵称悉莫城，各从其俗。”天子见其应对不穷，圣心大悦，即日拜为翰林学士。遂设宴于金銮殿，宫商迭奏，琴瑟喧阗，嫔妃进酒，彩女传杯。御音传示：“李卿可开怀畅饮，休拘礼法。”李白尽量而饮，不觉酒浓身软。天子令内官扶于殿侧安寝。

次日五鼓，天子升殿。

净鞭三下响，文武两班齐。

李白宿酲犹未醒，内官催促进朝。百官朝见已毕，天子召李白上殿，见其面尚带酒容，两眼兀自有朦胧之意。天子吩咐内侍，叫御厨中造三分醒酒酸鱼羹来。须臾，内侍将金盘捧到鱼羹一碗。天子见羹气太热，御手取牙箸调之良久，赐与李学士。李白跪而食之，顿觉爽快。是时百官见天子恩幸李白，且惊且喜：惊者怪其破格，喜者喜其得人。惟杨国忠、高力士怏然有不乐之色。圣旨宣番使入朝，番使山呼见圣已毕。李白紫衣纱帽，飘飘然有神仙凌云之态，手捧番书，立于左侧柱下，朗声而读，一字无差，番使大骇。李白道：“小邦失礼，圣上洪度如天，置而不较，有诏批答，汝宜静听！”番官战战兢兢，跪于阶下。天子命设七宝床于御座之旁，取于阗白玉砚，象管兔毫笔，独草龙香墨，五色金花笺，排列停当。赐李白近御榻前，坐锦墩草诏。李白奏道：“臣靴不净，有污前席，望皇上宽恩，赐臣脱靴结袜而登。”天子准奏，命一小内侍：“与李学士脱靴。”李白又奏道：“臣有一言，乞陛下赦臣狂妄，臣方敢奏。”天子道：“任卿失言，朕亦不罪。”李白奏道：“臣前入试春闱，被杨太师批落，高太尉赶逐，今日见二人押班，臣之神气不旺。乞玉音吩咐杨国忠与臣捧砚磨墨，高力士与臣脱靴结袜，臣意气始得自豪，举笔草诏，口代天言，方可不辱君命。”天子用人之际，恐拂其意，只得传旨，叫杨国忠捧砚，高力士脱靴。二人心里暗暗自揣：“前日科场中轻薄了他‘这样书生，只好与我磨墨脱靴’，今日恃了天子一时宠幸，就来还话，报复前仇。”出于无奈，不敢违背圣旨，正是敢怒而不敢言。常言道：

冤家不可结，结了无休歇；侮人还自侮，说人还自说。

李白此时昂昂得意，蹦袜登褥，坐于锦墩。杨国忠磨得墨浓，捧砚侍立。论来爵位不同，怎么李学士坐了，杨太师到侍立？因李白口代天言，天子宠以殊礼。杨太师奉旨磨墨，不曾赐坐，只得侍立。李白左手将须一拂，右手举起中山兔颖，向五花笺上，手不停挥，须臾草就吓蛮书。字画齐整，并无差落，献于龙案之上。天子看了大惊，都是照样番书，一字不识。传与百官看了，各各骇然。天子命李白诵之。李白就御座前朗诵一遍：

大唐开元皇帝诏谕渤海可毒：自昔石卵不敌，蛇龙不斗。本朝应运开天，抚有四海，将勇卒精，甲坚兵锐。颉利背盟而被擒，弄赞铸鹅而纳誓。新罗奏织锦之颂，天竺致能言之鸟，波斯献捕鼠之蛇，拂菻进曳马之狗。白鹦鹉来自诃陵，夜光珠贡于林邑。骨利干有名马之纳，泥婆罗有良酢之献。无非畏威怀德，买静求安。高丽拒命，天讨再加，传世九百，一朝殄灭，岂非逆天之咎征，衡大之明鉴与？况尔海外小邦，高丽附国，比之中国，不过一郡，士马刍粮，万分不及。若螳怒是逞，鹅骄不逊，天兵一下，千里流血，君同颉利之俘，国为高丽之续。方今圣度汪洋，恕尔狂悖，急宜悔祸，勤修岁事；毋取诛戮，为四夷笑。尔其三思哉！故谕。

天子闻之大喜，再命李白对番官面宣一通，然后用宝入函。李白仍叫高太尉着靴，方才下殿，唤番官听诏。李白重读一遍，读得声韵铿锵，番使不敢则声，面如土色，不免山呼拜舞辞朝。贺内翰送出都门。番官私问道：“适才读诏者何人？”内翰道：“姓李名白，官拜翰林学士。”番使道：“多大的官，使太师捧砚，太尉脱靴。”内翰道：“太师大臣，太尉亲臣，不过人间之极贵。那李学士乃天上神仙下降，赞助天朝，更有何人可及！”番使点头而别，归至本国，与国王述之。国王看了国书，大惊，与国人商议：“天朝有神仙赞助，如何敌得？”写了降表，愿年年进贡，岁岁来朝。此是后话。

话分两头，却说天子深敬李白，欲重加官职。李白启奏：“臣不愿受职，愿得逍遥散淡，供奉御前，如汉东方朔故事。”天子道：“卿既不受职，朕所有黄金白璧，奇珍异宝，惟卿所好。”李白奏道：“臣亦不愿受金玉，愿得从陛下游幸，日饮美酒三千觞，足矣！”天子知李白清高，不忍相强。从此时时赐宴，留宿于金銮殿中，访以政事，恩幸日隆。

一日，李白乘马游长安街，忽听得锣鼓齐鸣，见一簇刀斧手，拥着一辆囚车行来。白停骖问之，乃是并州解到失机将官，今押赴东市处斩。那囚车中，囚着个美丈夫，生得甚是英伟，叩其姓名，声如洪钟，答道：“姓郭名子仪。”李白相他容貌非凡，他日必为国家柱石，遂喝住刀斧手：“待我亲往驾前保奏。”众人知是李谪仙学士，御手调羹的，谁敢不依？李白当时回马，直叩宫门，求见天子，讨了一道赦敕，亲往东市开读。打开囚车，放出子仪，许他戴罪立功。子仪拜谢李白活命之恩，异日衔环结草，不敢忘报。此事搁过不题。

是时，宫中最重木芍药，是扬州贡来的。如今叫做牡丹花，唐时谓之木芍药。宫中种得四本，开出四样颜色，哪四样？大红，深紫，浅红，通白。玄宗天子移植于沉香亭前，与杨贵妃娘娘赏玩，诏梨园子弟奏乐。天子道：“对妃子，赏名花，新花安用旧曲？”遽命梨园长李龟年召李学士入宫。有内侍说道：“李学士往长安市上酒肆中去了。”龟年不往九街，不走三市，一径寻到长安市去。只听得一个大酒楼上，有人歌云：

三杯通大道，一斗合自然；但得酒中趣，勿为醒者传。

李龟年道：“这歌的不是李学士是谁？”大踏步上楼梯来，只见李白独占一个小小座头，桌上花瓶内供一枝碧桃花，独自对花而酌，已吃得酩酊大醉，手执巨觥，兀自不放。龟年上前道：“圣上在沉香亭宣召学士，快去！”众酒客闻得有圣旨，一时惊骇，都站起来闲看。李白全然不理，张开醉眼，向龟年念一句陶渊明的诗，道是：“我醉欲眠君且去。”念了这句诗，就瞑然欲睡。李龟年也有三分主意，向楼窗往下一招，七八个从者，一齐上楼，不由分说，手忙脚乱，抬李学士到于门前，上了玉花骢。众人左扶右持，龟年策马在后相随，直跑到五凤楼前。天子又遣内侍来催促了。敕赐“走马入宫”。龟年遂不扶李白下马，同内侍帮扶，直至后宫。过了兴庆池，来到沉香亭。天子见李白在马上双眸紧闭，兀自未醒，命内侍铺紫氍毹于亭侧，扶白下马少卧，亲往省视。见白口流涎沫，天子亲以龙袖拭之。贵妃奏道：“妾闻冷水沃面，可以解醒。”乃命内侍汲兴庆池水，使宫女含而喷之。白梦中惊醒，见御驾，大惊，俯伏道：“臣该万死！臣乃酒中之仙，幸陛下恕臣！”天子御手搀起道：“今日同妃子赏名花，不可无新词，所以召卿，可作《清平调》三章。”李龟年取金花笺授白。白带醉一挥，立成三首。其一曰：

云想衣裳花想容，春风拂槛露华浓；若非群玉山头见，会向瑶台月下逢。

其二曰：

一枝红艳露凝香，云雨巫山枉断肠。借问汉宫谁得似？可怜飞燕倚新妆！

其三曰：

名花倾国两相欢，长得君王带笑看。解释春风无限恨，沉香亭北倚栏杆。

天子览词，称美不已：“似此天才，岂不压倒翰林院许多学士。”即命龟年按调而歌，梨园众子弟丝竹并进，天子自吹玉笛以和之。歌毕，贵妃敛绣巾，再拜称谢。天子道：“莫谢朕，可谢学士也！”贵妃持玻璃七宝杯，亲酌西凉葡萄酒，命宫女赐李学士饮。天子敕赐李白遍游内苑，令内侍以美酒随后，恣其酣饮。自是宫中内宴，李白每每被召，连贵妃亦爱而重之。

高力士深恨脱靴之事，无可奈何。一日，贵妃重吟前所制《清平调》三首，倚栏叹羡。高力士见四下无人，乘间奏道：“奴婢初意娘娘闻李白此词，怨入骨髓，何反拳拳如是？”贵妃道：“有何可怨？”力士奏道：“‘可怜飞燕倚新妆。’那飞燕姓赵，乃西汉成帝之后。则今画图中，画着一个武士，手托金盘，盘中有一女子，举袖而舞，那个便是赵飞燕。生得腰肢细软，行步轻盈，若人执花枝颤颤然，成帝宠幸无比。谁知飞燕私与燕赤凤相通，匿于复壁之中。成帝入宫，闻壁衣内有人咳嗽声，搜得赤凤杀之。欲废赵后，赖其妹合德力救而止，遂终身不入正宫。今日李白以飞燕比娘娘，此乃谤毁之语，娘娘何不熟思？”原来贵妃那时以胡人安禄山为养子，出入宫禁，与之私通，满宫皆知，只瞒得玄宗一人。高力士说飞燕一事，正刺其心。贵妃于是心下怀恨，每于天子前说李白轻狂使酒，无人臣之礼。天子见贵妃不乐李白，遂不召他内宴，亦不留宿殿中。李白情知被高力士中伤，天子有疏远之意，屡次告辞求去，天子不允。乃益纵酒自废，与贺知章、李适之、汝阳王琎、崔宗之、苏晋、张旭、焦遂为酒友，时人呼为“饮中八仙”。

却说玄宗天子心下实是爱重李白，只为宫中不甚相得，所以疏了些儿。见李白屡次乞归，无心恋阙，乃向李白道：“卿雅志高蹈，许卿暂还，不日再来相召。但卿有大功于朕，岂可白手还山？卿有所需，朕当一一给与。”李白奏道：“臣一无所需，但得杖头有钱，日沽一醉足矣。”天子乃赐金牌一面，牌上御书：“敕赐李白为天下无忧学士，逍遥落拓秀才，逢坊吃酒，遇库支钱，府给千贯，县给五百贯。文武官员军民人等，有失敬者，以违诏论。”又赐黄金千两，锦袍玉带，金鞍龙马，从者二十人。白叩头谢恩。天子又赐金花二朵，御酒三杯，于驾前上马出朝，百官俱给假，携酒送行。自长安街直接到十里长亭，樽罍不绝。只有杨太师、高太尉二人怀恨不送。内中惟贺内翰等酒友七人，直送到百里之外，流连三日而别。李白集中有《还山别金门知己诗》，略云：

恭承丹凤诏，欻起烟萝中；一朝去金马，飘落成飞蓬。闲来东武吟，曲尽情未终。书此谢知己，扁舟寻钓翁。

李白锦衣纱帽，上马登程，一路只称锦衣公了。果然逢坊饮酒，遇库支钱。不一日，回至锦州，与许氏夫人相见。官府闻李学士回家，都来拜贺，无日不醉。日往月来，不觉半载。一日白对许氏说要出外游玩山水，打扮做秀才模样，身边藏了御赐金牌，带一个小仆，骑一健驴，任意而行。府县酒资，照牌供给。忽一日，行到华阴界上，听得人言华阴县知县贪财害民，李白生气，要去治他。来到县前，令小仆退去，独自倒骑着驴子，于县门首连打三回。那知县在厅上取问公事，观见了，连声：“可恶，可恶！怎敢调戏父母官！”速令公吏人等拿至厅前取问。李白微微诈醉，连问不答。知县令狱卒押入牢中，待他酒醒，着他好生供状，来日决断。狱卒将李白领入牢中，见了狱官，掀髯年长。狱官道：“想此人是疯癫的。”李白道：“也不疯，也不癫。”狱官道：“既不疯癫，好生供状。

你是何人？为何到此骑驴，唐突县主？”李白道：“要我供状，取纸笔来。”狱卒将纸笔置于案上，李白扯狱官在一边说道：“让开一步，待我写。”狱官笑道：“且看这疯汉写出什么来！”李白写道：

供状锦州人，姓李单名白。弱冠广文章，挥毫神鬼泣。长安列八仙，竹溪称六逸。曾草吓蛮书，声名播绝域。玉辇每趋陪，金銮为寝室。啜羹御手调，流涎御袍拭。高太尉脱靴，杨太师磨墨。天子殿前尚容乘马行，华阴县里不许我骑驴入？请验金牌，便知来历。

写毕，递与狱官看了。狱官唬得魂惊魄散，低头下拜道：“学士老爷，可怜小人蒙官发遣，身不由己，万望海涵赦罪！”李白道：“不干你事，只要你对知县说，我奉金牌圣旨而来，所得何罪，拘我在此？”狱官拜谢了，即忙将供状呈与知县，并述有金牌圣旨。知县此时如小儿初闻霹雳，无孔可钻，只得同狱官到牢中参见李学士，叩头哀告道：“小官有眼不识泰山，一时冒犯，乞赐怜悯！”在职诸官，闻知此事，都来拜求。请学士到厅上正面坐下，众官庭参已毕。李白取出金牌，与众官看。牌上写道：“学士所到，文武官员军民人等有不敬者，以违诏论。”“汝等当得何罪？”众官看罢圣旨，一齐低头礼拜：“我等都该万死。”李白见众官苦苦哀求，笑道：“你等受国家爵禄，如何又去贪财害民？如若改过前非，方免汝罪。”众官听说，人人拱手，个个遵依，不敢再犯。就在厅上大排筵宴，管待学士饮酒三日方散。自是知县洗心涤虑，遂为良牧。此信闻于他郡，都猜道朝廷差李学士出外私行，观风考政，无不化贪为廉，化残为善。

李白遍历赵、魏、燕、晋、齐、梁、吴、楚，无不流连山水，极诗酒之趣。后因安禄山反叛，明皇车驾幸蜀，诛国忠于军中，缢贵妃于佛寺。白避乱隐于庐山。永王璘时为东南节度使，阴有乘机自立之志。闻白大才，强逼下山，欲授伪职。李白不从，拘留于幕府。未几，肃宗即位于灵武，拜郭子仪为天下兵马大元帅，克复两京。有人告永王璘谋叛，肃宗即遣子仪移兵讨之。永王兵败，李白方得脱身，逃至浔阳江口，被守江把总擒拿，把做叛党，解到郭元帅军前。子仪见是李学士，即喝退军士，亲解其缚，置于上位，纳头便拜道：“昔日长安东市，若非恩人相救，焉有今日？”即命治酒压惊，连夜修本，奏上天子，为李白辩冤。且追叙其吓蛮书之功，荐其才可以大用。此乃施恩而得报也。正是：

两叶浮萍归大海，人生何处不相逢。

时杨国忠已死，高力士亦远贬他方，玄宗皇帝自蜀迎归，为太上皇，亦对肃宗称李白奇才。肃宗乃征白为左拾遗。白叹宦海沉迷，不得逍遥自在，辞而不受。

别了郭子仪，遂泛舟游洞庭，岳阳，再过金陵，泊舟于采石江边。是夜，月明如昼。李白在江头畅饮，忽闻天际乐声嘹亮，渐近舟次，舟人都不闻，只有李白听得。忽然江中风浪大作，有鲸鱼数丈，奋鬣而起。仙童二人，手持旌节，到李白面前，口称：“上帝奉迎星主还位。”舟人都惊倒，须臾苏醒，只见李学士坐于鲸背，音乐前导，腾空而去。明白将此事告于当涂县令李阳冰，阳冰具表奏闻。天子敕建李谪仙祠于采石山上，春秋二祭。到宋太平兴国年间，有书生于月夜渡采石江，见锦帆西来，船头上有白牌一面，写“诗伯”二字。书生遂朗吟二句道：

谁人江上称诗伯？锦绣文章借一观。

舟中有人和云：

夜静不堪题绝句，恐惊星斗落江寒。

书生大惊，正欲傍舟相访，那船泊于采石之下。舟中人紫衣纱帽，飘然若仙，径投李谪仙祠中。书生随后求之祠中，并无人迹，方知和诗者即李白也。至今人称“酒仙”、“诗伯”，皆推李白为第一云。

吓蛮书草见天才，天子调羹亲赐来。一自骑鲸天上去，江流采石有余哀。

范鳅儿双镜重圆

帘卷水西楼，一曲新腔唱打油；宿雨眠云年少梦，休讴，且尽生前酒一瓯。　明日又登舟，却指今宵是旧游；同是他乡沦落客，休愁！月子弯弯照几州。

这首词末句，乃借有吴歌成语，吴歌云：

月子弯弯照几州，几家欢乐几家愁？几家夫妇同罗帐，几家飘散在他州？

此歌出自南宋建炎年间，述民间离乱之苦。只为宣和失政，奸佞专权，延至靖康，金虏凌城，掳了徽、钦二帝北去。康王泥马渡江，弃了汴京，偏安一隅，改元建炎。其时东京一路百姓，惧怕鞑虏，都跟随车驾南渡。又被虏骑追赶，兵火之际，东逃西躲，不知拆散了几多骨肉！往往父子夫妻，终身不复相见。其中又有几个散而复合的，民间把作新闻传说。正是：

剑气分还合，荷珠碎复圆；万般皆是命，半点尽由天！

话说陈州有一人姓徐名信，自小学得一身好武艺，娶妻崔氏，颇有容色。家道丰裕，夫妻二人正好过活。却被金兵入寇，二帝北迁。徐信共崔氏商议，此地安身不牢，收拾细软家财，打做两个包裹，夫妻各背了一个，随着众百姓晓夜奔走。行至虞城，只听得背后喊声振天，只道鞑虏追来，却原来是南朝杀败的溃兵。只因武备久弛，军无纪律，叫他杀贼，一个个胆寒心骇，不战自走，及至遇着平民，抢掳财帛子女，一般会扬威耀武。徐信虽然有三分本事，那溃兵如山而至，寡不敌众。舍命奔走，但闻四野号哭之声，回头不见了崔氏。乱军中无处寻觅，只得前行。行了数日，叹了口气，没奈何，只索罢了。行到睢阳，肚中饥渴，上一个村店，买些酒饭。原来离乱之时，店中也不比往昔，没有酒卖了。就是饭，也不过是粗粝之物，又怕众人抢夺，交了足钱，方才取出来与你充饥。徐信正在数钱，猛听得有妇女悲泣之声，事不关心，关心者乱。徐信且不数钱，急走出店来看，果见一妇人，单衣蓬首，露坐于地上。虽不是自己的老婆，年貌也相仿佛。徐信动了个恻隐之心，以己度人道：“这妇人想也是遭难的，不免上前问其来历。”妇人诉道：“奴家乃郑州王氏，小字进奴。随夫避兵，不意中途奔散，奴孤身被乱军所掠。行了两日一夜，到于此地，两脚俱肿，寸步难移，贼徒剥取衣服，弃奴于此。衣单食缺，举

范鳅儿双镜重圆

目无亲，欲寻死路，故此悲泣耳。”徐信道：“我也在乱军中不见了妻子，正是同病相怜了。身边幸有盘缠，娘子不若权时在这店里住几日，将息贵体。等在下探问荆妻消耗，就便访取尊夫。不知娘子意下如何？”妇人收泪而谢道：“如此甚好。”徐信解开包裹，将几件衣服与妇人穿了。同他在店中吃了些饭食，借半间房子，做一块儿安顿。徐信殷殷勤勤，每日送茶送饭。妇人感其美意，料道寻夫访妻也是难事，今日一鳏一寡，亦是天缘，热肉相凑，不容人不成就了。又过数日，妇人脚不痛了。徐信和他做了一对夫妻，上路直到建康。正值高宗天子南渡即位，改元建炎，出榜招军，徐信去充了个军校，就于建康城中居住。

日月如流，不觉是建炎三年。一日，徐信同妻城外访亲回来，天色已晚。妇人口渴，徐信引到一个茶肆中吃茶。那肆中先有一个汉子坐下，见妇人入来，便立在一边，偷看那妇人，目不转睛。妇人低眉下眼，哪个在意。徐信甚以为怪。少顷吃了茶，还了茶钱出门，那汉又远远相随。比及到家，那汉还站在门首，依依不去。徐信心头火起，问道：“什么人？如何窥觑人家的妇女！”那汉拱手谢罪道：“尊兄休怒！某有一言奉询。”徐信忿气尚未息，答应道：“有什么话，就讲罢！”那汉道：“尊兄倘不见责，权借一步，某有实情告诉。若还嗔怪，某不敢言。”徐信果然相随，到一个僻静巷里。那汉临欲开口，又似有难言之状。徐信道：“我徐信也是个慷慨丈夫，有话不妨尽言。”那汉方才敢问道：“适才妇人是谁？”徐信道：“是荆妻。”那汉道：“娶过几年了？”徐信道：“三年矣。”那汉道：“可是郑州人，姓王，小字进奴么？”徐信大惊道：“足下何以知之？”那汉道：“此妇乃吾之妻也。因兵火失散，不意落于君手。”徐信闻言，甚局蹐不安，将自己虞城失散，到睢阳村店，遇见此妇始末，细细述了：“当时实是怜他孤身无倚，初不晓得是尊阃，如之奈何？”那汉道：“足下休疑，我已别娶浑家，旧日伉俪之盟，不必再提。但仓忙拆开，未及一言分别。倘得暂会一面，叙述悲苦，死亦无恨。”徐信亦觉心中凄惨，说道：“大丈夫腹心相照，何处不可通情？明日在舍下相候。足下既然别娶，可携新阃同来，做个亲戚，庶于邻里耳目不碍。”那汉欢喜拜谢。临别，徐信问其姓名，那汉道：“吾乃郑州列俊卿是也。”是夜，徐信先对王进奴述其缘由。进奴思想前夫恩义，暗暗偷泪，一夜不曾合眼。到天明，盥漱方毕，列俊卿夫妇二人到了。徐信出门相迎，见了俊卿之妻，彼此惊骇，各各恸哭。原来俊卿之妻，却是徐信的浑家崔氏。自虞城失散，寻丈夫不着，却随个老妪同至建康，解下随身簪珥，赁房居住。三个月后，丈夫并无消息。老妪说他终身不了，与他为媒，嫁与列俊卿。谁知今日一双两对，恰恰相逢，真个天缘凑巧，彼此各认旧日夫妻，相抱而哭。当下徐信遂与列俊卿八拜为交。置酒相待。至晚将妻子兑转，各还其旧。从此通家往来不绝，有诗为证：

夫换妻兮妻换夫，这场交易好糊涂；相逢总是天公巧，一笑灯前认故吾。

此段话题做“交互姻缘”，乃建炎三年建康城中故事。同时又有一事，叫做“双镜重圆”。说来虽没有十分奇巧，论起夫义妇节，有关风化，到还胜似几倍。正是：

话须通俗方传远，语必关风始动人。

话说南宋建炎四年，关西一位官长，姓吕名忠翊，职授福州监税。此时七闽之地，尚然全盛。忠翊带领家眷赴任。一来福州凭山负海，东南都会，富庶之邦；二来中原多事，可以避难。于本年起程，到次年春间，打从建州经过。《舆地志》说：“建州碧水丹山，为东闽之胜地。”今日合着了古语两句：

洛阳三月花如锦，偏我来时不遇春。

自古“兵荒”二字相连，金虏渡河，两浙都被他残破。闽地不遭兵火，也就见个荒年，此乃天数。话中单说建州饥荒，斗米千钱，民不聊生。却为国家正值用兵之际，粮饷要紧，官府只顾催征上供，顾不得民穷财尽。常言“巧媳妇煮不得没米粥”，百姓既没有钱粮交纳，又被官府鞭笞逼勒，禁受不过，三三两两，逃入山间，相聚为盗。蛇无头而不行，就有个草头天子出来，此人姓范名汝为，仗义执言，救民水火。群盗从之如流，啸聚至十余万。无非是：

风高放火，月黑杀人；无粮同饿，得肉均分。

官兵抵挡不住，连败数阵。范汝为遂据了建州城，自称元帅，分兵四出抄掠。范氏门中子弟，都受伪号，做领兵官将。汝为族中有个侄儿，名唤范希周，年二十三岁，自小习得一件本事，能识水性，伏得在水底三四昼夜，因此起个异名，唤做范鳅儿。原是读书君子，功名未就，被范汝为所逼。凡族人不肯从他为乱者，先将斩首示众。希周贪了性命，不得已而从之，虽在贼中，专以方便救人为务，不做劫掠勾当。贼党见他凡事畏缩，就他鳅儿的外号，改做“范盲鳅”，是笑他无用的意思。

再说吕忠翊有个女儿，小名顺哥，年方二八，生得容颜清丽，情性温柔，随着父母福州之任。来到这建州相近，正遇着范贼一支游兵，劫夺行李财帛，将人口赶得三零四散。吕忠翊失散了女儿，无处寻觅，嗟叹了一回，只索赴任去了。单说顺哥脚小伶俜，行走不动，被贼兵掠进建州城来。顺哥啼啼哭哭，范希周中途见而怜之。问其家门，顺哥自叙乃是宦家之女。希周遂叱开军士，亲解其缚，留至家中，将好言抚慰，诉以衷情：“我本非反贼，被族人逼迫在此。他日受了朝廷招安，仍做良民。小娘子若不弃卑末，结为眷属，三生有幸。”顺哥本不愿相从，落在其中，出于无奈，只得许允。次日希周禀知贼首范汝为，汝为亦甚喜。希周送顺哥于公馆，择吉纳聘。希周有祖传宝镜，乃是两镜合扇的。清光照彻，可开可合，内铸成鸳鸯二字，名为“鸳鸯宝镜”，用为聘礼。遍请范氏宗族，花烛成婚。

一个是衣冠旧裔，一个是阀阅名姝；一个儒雅丰仪，一个温柔性格。一个纵居贼党，风云之气未衰；一个虽作囚俘，金玉之姿不改。绿林此日称佳客，红粉今宵配吉人。

自此夫妻和顺，相敬如宾。自古道：“瓦罐不离井上破。”范汝为造下弥天大罪，不过乘朝廷有事，兵力不及，岂期名将张浚、岳飞、张俊、张荣、吴玠、吴璘等，屡败金人，国家粗定。高宗卜鼎临安，改元绍兴。是年冬，高宗命韩蕲王讳世忠的，统领大军十万，前来讨捕。范汝为岂是韩公敌手，只得闭城自守。韩公筑长围以困之。原来韩公与吕忠翊先在东京有旧，今番韩公统兵征剿反贼，知吕公在福州为监税官，必知闽中人情土俗。其时将帅专征的，都带有空头敕，遇有地方人才，听凭填敕委用。韩公遂用吕忠翊为军中都提辖，同驻建州城下，指麾攻围之事。城中日夜号哭，范汝为几遍要夺门而出，都被官军杀回，势甚危急。顺哥向丈夫说道：“妾闻‘忠臣不事二君，烈女不更二夫’。妾被贼军所掠，自誓必死。蒙君救拔，遂为君家之妇，此身乃君之身矣。大军临城，其势必破。城既破，则君乃贼人之亲党，必不能免。妾愿先君而死，不忍见君之就戮也。”引床头利剑便欲自刎。希周慌忙抱住，夺去其刀，安慰道：“我陷在贼中，原非本意，今无计自明，玉石俱焚，已付之于命了。你是宦家儿女，掳劫在此，与你何干。韩元帅部下将士，都是北人，你也是北人，言语相合，岂无乡曲之情！或有亲旧相逢，宛转闻知于令尊，骨肉团圆，尚不绝望。人命至重，岂可无益而就死地乎？”顺哥道：“若果有再生之日，妾誓不再嫁。便恐被军校所掳，妾宁死于刀下，决无失节之理。”希周道：“承娘子志节自许，吾死亦瞑目。万一为漏网之鱼，苟延残喘，亦誓愿终身不娶，以答娘子今日之心。”顺哥道：“鸳鸯宝镜乃是君家行聘之物，妾与君共分一面，牢藏在身。他日此镜重圆，夫妻再合。”说罢相对而泣。这是绍兴元年冬十二月内的说话。到绍兴二年春正月，韩公将建州城攻破，范汝为情急，放火自焚而死。韩公竖黄旗招安余党，只有范氏一门不赦。范氏宗族一半死于乱军之中，一半被大军擒获，献俘临安。顺哥见势头不好，料道希周必死，慌忙奔入一间荒屋中，解下罗帕自缢。正是：

宁为短命全贞鬼，不作偷生失节人！

也是阳寿未终，恰好都提辖吕忠翊领兵过去，见破屋中有人自缢，急唤军校解下。近前观之，正是女儿顺哥。那顺哥死去重苏，半晌方能言语，父子重逢，且悲且喜。顺哥将贼兵掳劫，及范希周救取成亲之事，述了一遍。吕提辖默然无语。

却说韩元帅平了建州，安民已定，同吕提辖回临安面君奏凯。天子论功升赏，自不必说。一日，吕公与夫人商议，女儿青年无偶，终是不了之事，两口双双的来劝女儿改嫁。顺哥述与丈夫交誓之言，坚意不肯。吕公又道：“好人家儿女，嫁了反贼，一时无奈。天幸死了，出脱了你，你还想他怎么？”顺哥含泪而告道：“范家郎君，本是读书君子，为族人所逼，实非得已。他虽在贼中，每行方便，不做伤天理的事。倘若天公有眼，此人必脱虎口。大海浮萍，或有相逢之日。孩儿如今情愿奉道在家，侍养二亲，便终身守寡，死而不怨。若必欲孩儿改嫁，不如容孩儿自尽，不失为完节之妇。”吕公见他说出一班道理，也不去逼他了。光阴似箭，不觉已是绍兴十二年，吕公累官至都统制，领兵在封州镇守。一日，广州守将差指使贺承信捧了公牒，到封州将领司投递。吕公延于厅上，问其地方之事，叙话良久方去。顺哥在后堂帘中窃窥，等吕公入衙，问道：“适才赍公牒来的何人？”吕公道：“广州指使贺承信也。”顺哥道：“奇怪！看他言语行步，好似建州范家郎君。”吕公大笑道：“建州城破，凡姓范的都不赦，只有枉死，哪有枉活？广州差官自姓贺，又是朝廷命官，并无分毫干惹，这也是你妄想了。侍妾闻知，岂不可笑！”顺哥被父亲抢白了一场，满面羞惭，不敢再说。正是：

只为夫妻情爱重，致令父子语参差。

过了半年，贺承信又有军牒奉差到吕公衙门，顺哥又从帘下窥视，心中怀疑不已。对父亲说道：“孩儿今已离尘奉道，岂复有儿女之情。但再三详审广州姓贺的，酷似范郎。父亲何不召至后堂，赐以酒食，从容叩之。范郎小名鳅儿，昔年在围城中情知必败，有‘鸳鸯镜’各分一面，以为表记。父亲呼其小名，以此镜试之，必得其真情。”吕公应承了。次日贺承信又进衙领回文，吕公延至后堂，置酒相款。饮酒中间，吕公问其乡贯出身。承信言语支吾，似有羞愧之色。吕公道：“鳅儿非足下别号乎？老夫已尽知矣，但说无妨也！”承信求吕公屏去左右，即忙下跪，口称“死罪”。吕公用手搀扶道：“不须如此！”承信方敢吐胆倾心告诉道：“小将建州人，实姓范。建炎四年，宗人范汝为煽诱饥民，据城为叛，小将陷于贼中，实非得已。后因大军来讨，攻破城池，贼之宗族，尽皆诛戮。小将因平昔好行方便，有人救护，遂改姓名为贺承信，出就招安。绍兴五年，拨在岳少保部下，随征洞庭湖贼杨么。岳家军都是西北人，不习水战。小将南人，幼通水性，能伏水三昼夜，所以有'范鳅儿'之号。岳少保亲选小将为前锋，每战当先，遂平么贼。岳少保荐小将之功，得受军职，累任至广州指使。十年来未曾泄之他人。今既承钧问，不敢隐讳。"吕公又问道："令孺人何姓？是结发还是再娶？"承信道："在贼中时曾获一宦家女，纳之为妻。逾年城破，夫妻各分散逃走。曾相约：苟存性命，夫不再娶，妇不再嫁。小将后来到信州，又寻得老母。至今母子相依，只畜一粗婢炊爨，未曾娶妻。"吕公又问道："足下与先孺人相约时，有何为记？"承信道："有鸳鸯宝镜，合之为一，分之为二，夫妇各留一面。"吕公道："此镜尚在否？"承信道："此镜朝夕随身，不忍少离。"吕公道："可借一观。"承信揭开衣袂，在锦裹肚系带上，解下一个绣囊，囊中藏着宝镜。吕公取观，遂于袖中亦取一镜合之，俨如生成。承信见二镜符合，不觉悲泣失声。吕公感其情义，亦不觉泪下道："足下所娶，即吾女也。吾女现在衙中。"遂引承信至中堂，与女儿相见，各各大哭。吕公解劝了，且作庆贺筵席。是夜即留承信于衙门歇宿。过了数日，吕公将回文打发女婿起身，即令女儿相随，到广州任所同居。后一年承信任满，将赴临安，又领妻顺哥同过封州，拜别吕公。吕公备下千金妆奁，差官护送承信到临安。自谅前事年远，无人推剥，不可使范氏无后，乃打通状到礼部，复姓不复名，改名不改姓，叫做范承信。后累官至两淮留守，夫妻偕老。其鸳鸯二镜，子孙世传为至宝云。后人评论范鳅儿在逆党中涅而不淄，好行方便，救了许多人性命，今日死里逃生，夫妻再合，乃阴德积善之报也。有诗为证：

十年分散天边鸟，一旦团圆镜里鸳。莫道浮萍偶然事，总由阴德感皇天。

三现身包龙图断冤

甘罗发早子牙迟，彭祖颜回寿不齐；范丹贫穷石崇富，算来都是只争时。

话说大宋元祐年间，一个太常大卿，姓陈名亚，因打章子厚不中，除做江东留守安抚使，兼知建康府。一日，与众官宴于临江亭上，忽听得亭外有人叫道："不用五行四柱，能知祸福兴衰。"大卿问："甚人敢出此语？"众官有曾认的，说道："此乃金陵术士边瞽。"大卿吩咐："与我叫来。"即时叫至门下，但见：

破帽无檐，褴褛衣裾，霜髯瞽目，伛偻形躯。

边瞽手携节杖入来，长揖一声，摸着阶沿便坐。大卿怒道："你既瞽目，不能观古圣之书，辄敢轻五行而自高！"边瞽道："某善能听简笏声知进退，闻鞋履响辨死生。"大卿道："你术果验否？……"说言未了，见大江中画船一只，橹声咿轧，自上流而下。大卿便问边瞽："主何灾祸？"答言："橹声带哀，舟中必载大官之丧。"大卿遣人讯闻，果是知临江军李郎中，在任身故，载灵柩归乡。大卿大惊道："使汉东方朔复生，不能过汝。"赠酒十樽，银十两，遣之。

那边瞽能听橹声知灾福。今日且说个卖卦先生，姓李名杰，是东京开封府人。去兖州府奉符县前，开个卜肆，用金纸糊着一把太阿宝剑，底下一个招儿，写道："斩天下无学同声。"这个先生，果是阴阳有准。

精通《周易》，善辨六壬，瞻乾象遍识天文，观地理明知风水。五星深晓，决吉凶祸福如神；三命秘谈，断成败兴衰似见。

当日挂了招儿，只见一个人走将进来，怎生打扮？但见：

裹背系带头巾，着上两领皂衫，腰间系条丝绦，下面着一双干鞋净袜，袖里袋着一轴文字。

那人和金剑先生相揖罢，说了年月日时，铺下卦子。只见先生道："这命算不得。"那个买卦的，却是奉符县里第一名押司，姓孙名文，问道："如何不与我算这命？"先生道："上复尊官，这命难算。"押司道："怎地难算？"先生道："尊官有酒休买，护短休问。"押司道："我不曾吃酒，也不护短。"先生道："再请年月日时，恐有差误。"押司再说了八字。先生又把卦子布了道："尊官，且休算。"押司道："我不讳，但说不妨。"先生道："卦象不好。"写下四句来，道是：

白虎临身日，临身必有灾。不过明旦丑，亲族尽悲哀。

押司看了，问道："此卦主何灾祸？"先生道："实不敢瞒，主尊官当死。"又问："却是我几年上当死？"先生道："今年死。"又问："却是今年几月死？"先生道："今年今月死。"又问："却是今年今月几日死？"先生道："今年今月今日死。"再问："早晚时辰？"先生道："今年今月今日三更三点子时当死。"押司道："若今夜真个死，万事全休；若不死，明日和你县里理会。"先生道："今夜不死，尊官明日来取下这'斩无学同声'的剑，斩了小子的头。"押司听说，不觉怒从心上起，恶向胆边生，把那先生捽出卦铺去。怎地计结？那先生：

只因会尽人间事，惹得闲愁满肚皮。

只见县里走出数个司事人来拦住孙押司，问做甚闹。押司道："什么道理！我闲买个卦，却说我今夜三更三点当死。我本身又无疾病，怎地三更三点便死？待捽他去县中，官司究问明白。"众人道："若信卜，卖了屋；卖卦口，没量斗。"众人和哄孙押司去了，转来埋怨那先生道："李先生，你触了这个有名的押司，想也在此卖卦不成了。从来贫好断，贱好断，只有寿数难断。你又不是阎王的老子，判官的哥哥，哪里便断生断死，刻时刻日，这般有准？说话也该放宽缓些。"先生道："若要奉承人，卦就不准了，若说实话，又惹人怪。此处不留人，自有留人处！"叹口气，收了卦铺，搬在别处去了。

却说孙押司虽则被众人劝了，只是不好意思。当日县里押了文字归去，心中好闷。归到家中，押司娘见他眉头不展，面带忧容，便问丈夫："有甚事烦恼？想是县里有甚文字不了。"押司道："不是，你休问。"再问道："多是今日被知县责罚来？"又道："不是。"再问道："莫是与人争闹来？"押司道："也不是。我今日去县前买个卦，那先生道，我主在今年今月今日三更三点子时当死。"押司娘听得说，柳眉倒竖，杏眼圆睁，问道："怎地平白一个人，今夜便叫死！如何不捽他去县里官司？"押司道："便捽他去，众人劝了。"浑家道："丈夫，你且只在家里少待。我寻常有事，兀自去知县面前替你出头，如今替你去寻那个先生问他：我丈夫又不少官钱私债，又无甚官事临逼，做什么今夜三更便死？"押司道："你且休去。待我今夜不死，明日我自与他理会，却强如你妇人家。"当日天色已晚。押司道："且安排几杯酒来吃着。我今夜不睡，消遣这一夜。"三杯两盏，不觉吃得烂醉。只见孙押司在校椅上，矇眬着醉眼打瞌睡。浑家道："丈夫怎地便睡着？"叫迎儿："你且摇觉爹爹来。"迎儿到身边摇着不醒，叫一会不应。押司娘道："迎儿，我和你扶押司入房里去睡。"若还是说话的同年生，并肩长，拦腰抱住，把臂拖回。孙押司只吃着酒消遣一夜，千不合万不合上床去睡，却叫孙押司只就当年

三现身包龙图断冤

当月当日当夜，死得不如《五代史》李存孝，《汉书》里彭越。正是：

金风吹树蝉先觉，暗送无常死不知。

浑家见丈夫先去睡，吩咐迎儿厨下打灭了火烛，说与迎儿道："你曾听你爹爹说，日间卖卦的算你爹爹今夜三更当死？"迎儿道："告妈妈，迎儿也听得说来。哪里讨这话！"押司娘道："迎儿，我和你做些针线，且看今夜死也不死？若还今夜不死，明日却与他理会。"叫迎儿："你且莫睡。"迎儿道："哪里敢睡！……"道犹未了，迎儿打瞌睡。押司娘道："迎儿，我叫你莫睡，如何便睡着？"迎儿道："我不睡。"才说罢，迎儿又睡着。押司娘叫得应，问他如今甚时候了。迎儿听县衙更鼓正打三更三点。押司娘道："迎儿，且莫睡则个！这时辰正尴尬那！"迎儿又睡着，叫不应。只听得押司从床上跳将下来，兀底中门响。押司娘急忙叫醒迎儿，点灯看时，只听得大门响。迎儿和押司娘点灯去赶，只见一个着白的人，一只手掩着面，走出去，扑通地跳入奉符县河里去了。正是：

情到不堪回首处，一齐吩咐与东风。

那条河直通着黄河水，滴溜也似紧，哪里打捞尸首！押司娘和迎儿就河边号天大哭道："押司，你却怎地投河，叫我两个靠兀谁？"即时叫起四家邻舍来，上手住的刁嫂，下手住的毛嫂，对门住的高嫂、鲍嫂，一发都来。押司娘把上件事对他们说了一遍。刁嫂道："真有这般作怪的事！"毛嫂道："我日里兀自见押司着了皂衫，袖着文字归来，老媳妇和押司相叫来。"高嫂道："便是，我也和押司厮叫来。"鲍嫂道："我家里的早间去县前有事，见押司捽着卖卦的先生，兀自归来说。怎知道如今真个死了！"刁嫂道："押司，你怎地不吩咐我们邻舍则个，如何便死？"簌地两行泪下。毛嫂道："思量起押司许多好处来，如何不烦恼！"也眼泪出。鲍嫂道："押司，几时再得见你！"即时地方申呈官司，押司娘少不得做些功果，追荐亡灵。

捻指间过了三个月。当日押司娘和迎儿在家坐地，只见两个妇女，吃得面红颊赤。上手的提着一瓶酒，下手的把着两朵通草花，掀开布帘入来道："这里便是。"押司娘打一看时，却是两个媒人，无非是姓张姓李。押司娘道："婆婆多时不见。"媒婆道："押司娘烦恼！外日不知，不曾送得香纸来，莫怪则个！押司如今也死得几时？"答道："前日已做过百日了。"两个道："好快！早是百日了。押司在日，直恁地好人。有时老媳妇和他厮叫，还喏不迭。时今死了许多时，宅中冷静，也好说头亲事，是得。"押司娘道："何年月日再生得一个一似我那丈夫孙押司这般人？"媒婆道："恁地也不难。老媳妇却有一头好亲。"押司娘道："且住，如何得似我先头丈夫。"两个吃了茶，归去。过了数日，又来说亲。押司娘道："婆婆休只管来说亲。你若依得我三件事，便来说；若依不得我，一世不说这亲，宁可守孤孀度日。"当时押司娘启齿张舌，说出这三件事来。有分撞着五百年前夙世的冤家，双双受国家刑法。正是：

鹿迷秦相应难辨，蝶梦庄周未可知。

媒婆道："却是哪三件事"" 押司娘道："第一件，我死的丈夫姓孙，如今也要嫁个姓孙的；第二件，我先丈夫是奉符县里第一名押司，如今也只要恁般职役的人；第三件，不嫁出去，则要他入舍。"两个听得说，道："好也！你说要嫁个姓孙的，也要一似先押司职役的，叫他入舍的；若是说别件事，还费些计较，偏是这三件事，老媳妇都依得。好叫押司娘得知，先押司是奉符县里第一名押司，唤做大孙押司。如今来说亲的，原是奉符县第二名押司。如今死了大孙押司，钻上差役，做第一名押司，唤做小孙押司。他也肯来入舍。我叫押司娘嫁这小孙押司，是肯也不？"押司娘道："不信有许多凑巧！"张媒道："老媳妇今年七十二岁了。若胡说时，变做七十二只雌狗，在押司娘家吃屎。"押司娘道："果然如此，烦婆婆且去说看，不知缘分如何？"张媒道："就今日好日，讨一个利市团圆吉帖。"押司娘道："却不曾买在家里。"李媒道："老媳妇这里有。"便从抹胸内取出一幅五男二女花笺纸来，正是：

雪隐鹭鸶飞始见，柳藏鹦鹉语方知

当日押司娘叫迎儿取将笔砚来，写了帖子。两个媒婆接去。免不得下财纳礼，往来传话。不上两月，入舍小孙押司在家。夫妻两个好一对儿，果是说得着。

不则一日，两口儿吃得酒醉，叫迎儿做些个醒酒汤来吃。迎儿去厨下一头烧火，口里埋怨道："先的押司在时，恁早晚，我自睡了。如今却叫我做醒酒汤！"只见火筒塞住了孔，烧不着。迎儿低着头，把火筒去灶床脚上敲。敲未得几声，则见灶床脚渐渐起来，离地一尺以上，见一个人顶着灶床，肱项上套着井栏，披着一带头发，长伸着舌头，眼里滴出血来，叫道："迎儿，与爹爹做主则个！"唬得迎儿大叫一声，匹然倒地，面皮黄，眼无光，唇口紫，指甲青，未知五脏如何，先见四肢不举。正是：

身如五鼓衔山月，命似三更油尽灯。

夫妻两人急来救得迎儿苏醒，讨些安魂定魄汤与他吃了。问道："你适来见了什么，便倒了？"迎儿告妈妈："却才在灶前烧火，只见灶床渐渐起来，见先押司爹爹，肱项上套着井栏，眼中滴出血来，披着头发，叫声迎儿，便吃惊倒了。"押司娘见说，倒把迎儿打个漏风掌："你这丫头，叫你做醒酒汤，则说道懒做便了，直装出许多死模活样！莫做莫做！打灭了火去睡！"迎儿自去睡了。且说夫妻两个归房，押司娘低低叫道："二哥，这丫头见这般事，不中用。叫他离了我家罢。"小孙押司道："却叫他哪里去？"押司娘道："我自有个道理。"到天明，做饭吃了，押司自去官府承应。押司娘叫过迎儿来道："迎儿，你在我家里也有七八年，我也看你在眼里。如今比不得先押司在日做事。我看你肚里莫是要嫁个老公？如今我与你说头亲。"迎儿道："哪里敢指望。却叫迎儿嫁兀谁？"押司娘只因叫迎儿嫁这个人，与大孙押司索了命。正是：

风定始知蝉在树，灯残方见月临窗。

当时不由迎儿做主，把来嫁了一个人。那厮姓王名兴，诨名唤做王酒酒，又吃酒，又要赌。迎儿嫁将去，哪得三个月，把房卧都费尽了。那厮吃得醉，走来家把迎儿骂道："打脊贱人！见我恁般苦，不去问你使头借三五百钱来做盘缠？"迎儿吃不得这厮骂，把裙儿系了腰，一程走来小孙押司家中。押司娘见了道："迎儿，你自嫁了人，又来说什么？"迎儿告妈妈："实不敢瞒，迎儿嫁那厮不着，又吃酒，又要赌。如今未得三个月，有些房卧，都使尽了。没计奈何，告妈妈借换得三五百钱，把来做盘缠。"押司娘道："迎儿，你嫁人不着，是你的事。我今与你一两银子，后番却休要来。”迎儿接了银子，谢了妈妈归家。哪得四五日，又使尽了。当日天色晚，王兴那厮吃得酒醉，走来看着迎儿道：“打脊贱人！你见恁般苦，不去再告使头则个？”迎儿道：“我前番去，借得一两银子，吃尽千言万语。如今却叫我又怎地去？”王兴骂道：“打脊贱人！你若不去时，打折你一只脚！”迎儿吃骂不过，只得连夜走来孙押司门首看时，门却关了。迎儿欲待敲门，又恐怕他埋怨，进退两难。只得再走回来。过了两三家人家，只见一个人道：“迎儿，我与你一件物事。”只因这个人身上，我只替押司娘和小孙押司烦恼！正是：

龟游水面分开绿，鹤立松梢点破青。

迎儿回过头来看那叫的人，只见人家屋檐头一个人，舒角幞头，绯袍角带，抱着一骨碌文字，低声叫道：“迎儿，我是你先的押司。如今见在一个去处，未敢说与你知道。你把手来，我与你一件物事。”迎儿打一接，接了这件物事，随手不见了那个绯袍角带的人。迎儿看那物事时，却是一包碎银子。迎儿归到家中敲门。只听得里面道：“姐姐，你去使头家里，如何恁早晚才回？”迎儿道：“好叫你知，我去妈妈家借米，他家关了门，我又不敢敲，怕吃他埋怨。再走回来，只见人家屋檐头立着先的押司，舒角幞头，绯袍角带，与我一包银子在这里。”王兴听说道：“打脊贱人！ 你却来我面前说鬼话！ 你这一包银子，来得不明，你且进来。”迎儿入去，王兴道：“姐姐，你寻常说那灶前看见先押司的话，我也都记得。这事一定有些蹊跷。我却怕邻舍听得，故恁地如此说。你把银子收好，待天明去县里首告他。”正是：

着意种花花不活，等闲插柳柳成荫。

王兴到天明时，思量道：“且住，有两件事告首不得。第一件，他是县里头名押司，我怎敢恶了他；第二件，却无实迹，连这些银子也待入官，却打没头脑官司。不如赎几件衣裳，买下个盒子送去孙押司家里，到去谒索他则个。”计较已定，便去买下两个盒子送去。两人打扮身上干净，走来孙押司家。押司娘看见他夫妻二人身上干净，又送盒子来，便道：“你哪得钱钞？”王兴道：“昨日得押司一件文字，撰得有二两银子，送些盒子来。如今也不吃酒，也不赌钱了。”押司娘道：“王兴，你自归去，且叫你老婆在此住两日。”王兴去了。押司娘对着迎儿道：“我有一炷东峰岱岳愿香要还，我明日同你去则个。”当晚无话。明早起来，梳洗罢，押司自去县里去。押司娘锁了门，和迎儿同行。到东岳庙殿上烧了香，下殿来去那两廊下烧香。行到速报司前，迎儿裙带系得松，脱了裙带。押司娘先行过去。迎儿正在后面系裙带，只见速报司里有个舒角幞头，绯袍角带的判官，叫：“迎儿，我便是你先的押司。你与我申冤则个！ 我与你这件物事。”迎儿接得物事在手，看了一看道：“却不作怪！泥神也会说起话来！如何与我这物事？”正是：

开天辟地罕曾闻，从古至今希得见。

迎儿接得来，慌忙揣在怀里，也不敢说与押司娘知道。当日烧了香，各自归家。把上项事对王兴说了。王兴讨那物事看时，却是一幅纸。上写道：

大女子，小女子，前人耕来后人饵。要知三更事，掇开火下水。来年二三月，“句已”当解此。

王兴看了解说不出。吩咐迎儿不要说与别人知道。看来年二三月间有什么事。

捻指间，到来年二月间，换个知县，是庐州金斗城人，姓包名拯，就是今人传说有名的包龙图相公。他后来官至龙图阁学士，所以叫做包龙图。此时做知县还是初任。那包爷自小聪明正直，做知县时，便能剖人间暧昧之情，断天下狐疑之狱。到任三日，未曾理事。夜间得其一梦，梦见自己坐堂，堂上贴一联对子：

要知三更事，掇开火下水。

包爷次日早堂，唤合当吏书，将这两句叫他解说，无人能识。包公讨白牌一面，将这一联楷书在上。却就是小孙押司动笔。写毕，包公将朱笔判在后面："如有能解此语者，赏银十两。"将牌挂于县门，哄动县前县后官身私身，挨肩擦背，只为贪那赏物，都来睹先争看。

却说王兴正在县前买枣糕吃，听见人说知县相公挂一面白牌出来，牌上有二句言语，无人解得。王兴走来看时，正是速报司判官一幅纸上写的话。暗地吃了一惊："欲要出首，那新知县相公，是个古怪的人，怕去惹他；欲待不说，除了我，再无第二个人晓得这二句话的来历。"买了枣糕回去，与浑家说知此事。迎儿道："先押司三遍出现，叫我与他申冤，又白白里得了他一包银子。若不去出首，只怕鬼神见责。"王兴意犹不决。再到县前，正遇了邻人裴孔目。王兴平昔晓得裴孔目是知事的。一手扯到僻静巷里，将此事与他商议："该出首也不该？"裴孔目道："那速报司这一幅纸在哪里？"王兴道："现藏在我浑家衣服箱里。"裴孔目道："我先去与你禀官。你回去取了这幅纸，带到县里。待知县相公唤你时，你却拿将出来，做个证见。"当下王兴去了。裴孔目候包爷退堂，见小孙押司不在左右，就跪将过去，禀道："老爷，白牌上写这二句，只有邻舍王兴晓得来历。他说是岳庙速报司与他一幅纸，纸上还写许多言语，内中却有这二句。"包爷问道："王兴如今在哪里？"裴孔目道："已回家取那一幅纸去了。"包爷差人速拿王兴问话。却说王兴回家，开了浑家的衣箱，拣那幅纸出来看时，只叫得苦，原来是一张素纸，字迹全无。不敢到县里去，怀着鬼胎，躲在家里。知县相公的差人到了。新官新府，如火之急，怎好推辞。只得带了这张素纸，随着公差进县，直至后堂。包爷屏去左右，只留裴孔目在旁。包爷问王兴道："裴某说你在岳庙中收得一幅纸，可取上来看？"王兴连连叩头禀道："小人的妻子去年在岳庙烧香，走到速报司前，那神道出现，与他一幅纸。纸上写着一篇说话，中间其实有老爷白牌上写的两句。小的把来藏在衣箱里。方才去检看，变了一张素纸。如今这素纸见在，小人不敢说谎。"包爷取纸上来看了，问道："这一篇言语，你可记得？"王兴道："小人还记得。"即时念与包爷听了。包爷将纸写出，仔细推详了一会，叫："王兴，我且问你，那神道把这一幅纸与你的老婆，可再有什么言语吩咐？"王兴道："那神道只叫与他申冤。"包爷大怒，喝道："胡说！做了神道，有甚冤没处申得，偏你的婆娘会替他申冤？他到来央你！这等无稽之言，却哄谁来！"王兴慌忙叩头道："老爷，是有个缘故。"包爷道："你细细讲。讲得有理，有赏；如无理时，今日就是你开棒了。"王兴禀道："小人的妻子，原是服侍本县大孙押司的，叫做迎儿。因算命的算那大孙押司其年其月其日三更三点命里该死。何期果然死了。主母随了如今的小孙押司。却把这迎儿嫁出与小人为妻。小人的妻子，初次在孙家灶下，看见先押司现身，项上套着井栏，披发吐舌，眼中流血，叫道：'迎儿，可与你爹爹做主。'第二次夜间到孙家门首，又遇见先押司，舒角幞头，绯袍角带，把一包碎银与小人的妻子。第三遍岳庙里速报司判官出现，将这一幅纸与小人的妻子，又嘱咐与他申冤。那判官爷模样，就是大孙押司，原是小人妻子旧日的家长。"包爷闻言，呵呵大笑："原来如此！"喝叫左右去拿那小孙押司夫妇二人到来："你两个做得好事！"小孙押司道："小人不曾做什么事。"包爷将速报司一篇言语解说出来："'大女子，小女子'，女之子，乃外孙；是说外郎姓孙，分明是大孙押司、小孙押司；'前人耕来后人饵'，饵者食也，是说你白得他的老婆，享用他的家业；'要知三更事，掇开火下水'，大孙押司死于三更时分；要知死的根由，'掇开火下之水'，那迎儿见家长在灶下，披发吐舌，眼中流血，此乃勒死之状。头上套着井栏，井者水也，灶者火也，水在火下，你家灶必砌在井上，死者之尸，必在井中。'来年二三月'，正是今日。'句已当解此'，'句已'两字，合来乃是个包字。是说我包某今日到此为官，解其语意，与他雪冤。"喝叫左右，同王兴押着小孙押司，到他家灶下，不拘好歹，要勒死尸首回话。众人似疑不信。到孙家发开灶床脚，地下是一块石皮。揭起石皮，是一口井。唤集土工，将井水吊干，络了竹篮，放人下去打捞，捞起一个尸首来。众人齐来认看，面色不改，还有人认得是大孙押司。项上果有勒帛。小孙押司唬得面如土色，不敢开口。众人俱各骇然。

原来这小孙押司当初是大雪里冻倒的人。当时大孙押司见他冻倒，好个后生，救他活了，叫他识字，写文书。不想浑家与他有事。当日大孙押司算命回来时，恰好小孙押司正闪在他家。见说三更前后当死，趁这个机会，把酒灌醉了，就当夜勒死了大孙押司，撺在井里。小孙押司却掩着面走去，把一块大石头漾在奉符县河里，扑通地一声响。当时只道大孙押司投河死了。后来却把灶来压在井上。次后说成亲事。当下众人回复了包爷。押司和押司娘不打自招，双双的问成死罪，偿了大孙押司之命。包爷不失信于小民，将十两银子赏与王兴。王兴把三两谢了裴孔目，不在话下。包爷初任，因断了这件公事，名闻天下，至今人说包龙图日间断人，夜间断鬼。有诗为证：

诗句藏谜谁解明，包公一断鬼神惊。寄声暗室亏心者，莫道天公鉴不清。

小夫人金钱赠年少

谁言今古事难穷？大抵荣枯总是空；算得生前随分过，争如云外指溟鸿！
暗添雪色眉根白，旋落花光脸上红。惆怅凄凉两回首，暮林萧索起悲风。

这八句诗，乃西川成都府华阳县王处厚，年纪将及六旬，把镜照面，见须发有几根白的，有感而作。世上之物，少则有壮，壮则有老，古之常理，人人都免不得的。原来诸物都是先白后黑，惟有髭须却是先黑后白。又有戴花刘使君，对镜中见这头发斑白，曾作〔醉亭楼〕词：

平生性格，随分好些春色，沉醉恋花陌。虽然年老心未老，满头花压巾帽侧。鬓如霜，须似雪，自嗟恻！　　几个相知劝我染，几个相知劝我摘；染摘有何益！当初怕作短命鬼，如今已过中年客。且留些，妆晚景，尽叫白。

如今说东京汴州开封府界有个员外，年逾六旬，须发皤然。只因不伏老，兀自贪色，荡散了一个家计，几乎做了失乡之鬼。这员外姓甚名谁？却做什么事来？正是：

尘随车马何年尽，事系人心早晚休。

话说东京汴州开封府界身子里，一个开线铺的员外张士廉，年过六旬，妈妈死后，孑然一身，并无儿女。家有十万资财，用两个主管营运。张员外忽一日拍胸长叹，对二人说："我许大年纪，无儿无女，要十万家财何用？"二人曰：

小夫人金钱赠年少

"员外何不娶房娘子，生得一男半女，也不绝了香火。"员外甚喜，差人随即唤张媒、李媒前来。这两个媒人端的是：

开言成匹配，举口合姻缘；医世上凤只鸾孤，管宇宙单眠独宿。传言玉女，用机关把臂拖来；侍案金童，下说词拦腰抱住。调唆织女害相思，引得嫦娥离月殿。

员外道："我因无子，相烦你二人说亲。"张媒口中不道，心下思量道："大伯子许多年纪，如今说亲，说什么人是得？叫我怎地应他？"则见李媒把张媒推一推，便道："容易。"临行，又叫住了道："我有三句话。"只因说出这三句话来，叫员外：

青云有路，番为苦楚之人；白骨无坟，化作失乡之鬼。

媒人道："不知员外意下何如？"张员外道："有三件事，说与你两人：第一件，要一个人材出众，好模好样的；第二件，要门户相当；第三件，我家下有十万贯家财，须着个有十万贯房奁的亲来对付我。"两个媒人，肚里暗笑，口中胡乱答应道："这三件事都容易。"当下相辞员外自去。张媒在路上与李媒商议道："若说得这头亲事成，也有百十贯钱赚。只是员外说的话太不着人，有那三件事的，他不去嫁个年少郎君，却肯随你这老头子？偏你这几根白胡须是沙糖拌的？"李媒道："我有一头，倒也凑巧，人材出众，门户相当。"张媒道："是谁家？"李媒云："是王招宣府里出来的小夫人。王招宣初娶时，十分宠幸，后来只为一句话破绽些，失了主人之心，情愿白白里把与人，只要个有门风的便肯。随身房计少也有几万贯，只怕年纪忒小些。"张媒道："不愁小的忒小，还嫌老的忒老。这头亲张员外怕不中意，只是雌儿心下必然不美。如今对雌儿说，把张家年纪瞒过了一二十年，两边就差不多了。"李媒道："明日是个和合日，我同你先到张宅讲定财礼，随到王招宣府一说便成。"是晚各归无话。次日，二媒约会了，双双的到张员外宅里说："昨日员外吩咐的三件事，老媳寻得一头亲，难得恁般凑巧。第一件，人材十分足色；第二件，是王招宣府里出来，有名声的；第三件，十万贯房奁，则怕员外嫌他年小。"张员外问道："却几岁？"张媒应道："小如员外三四十岁。"张员外满脸堆笑道："全仗作成则个！"

话休絮烦，当下两边俱说允了。少不得行财纳礼，奠雁已毕，花烛成亲。次早参拜家堂，张员外穿紫罗衫、新头巾、新靴新袜。这小夫人着干红销金大袖团花霞帔，销金盖头，生得：

新月笼眉，春桃拂脸。意态幽花殊丽，肌肤嫩玉生光。说不尽万种妖娆，画不出千般艳冶！何须楚峡云飞过，便是蓬莱殿里人。

张员外从下至上看过，暗暗地喝彩！小夫人揭起盖头，看见员外须眉皓白，暗暗地叫苦。花烛夜过了，张员外心下喜欢，小夫人心下不乐。

过了月余，只见一人相揖道："今日是员外生辰，小道送疏在此。"原来员外但遇初一月半，本命生辰，须有道疏。那时小夫人开疏看时，扑簌簌两行泪下，见这员外年已六十，埋怨两个媒人将我误了。看那张员外时，这几日又添了四五件在身上：

腰便添疼，眼便添泪，耳便添聋，鼻便添涕。

一日，员外对小夫人道："出外薄干，夫人耐静。"小夫人勉强应道："员外早去早归。"说了，员外自出去。小夫人自思量："我恁地一个人，许多房奁，却嫁一个白须老儿！"心下正烦恼。身边立着从嫁道："夫人，今日何不门首看街消遣？"小夫人听说，便同养娘到外边来看。这张员外门首，是胭脂绒线铺，两壁装着厨柜，当中一片紫绢沿边帘子。养娘放下帘钩，垂下帘子。门前两个主管，一个李庆，五十来岁；一个张胜，年纪三十来岁。二人见放下帘子，问道："为什么？"养娘道："夫人出来看街。"两个主管躬身在帘子前参见。小夫人在帘子底下启一点朱唇，露两行碎玉，说不得数句言语，叫张胜惹场烦恼：

远如沙漠，何殊没底沧溟；重若丘山，难比无穷泰华。

小夫人先叫李主管问道："在员外宅里多少年了？"李主管道："李庆在此二十余年。"夫人道："员外寻常照管你也不曾？"李主管道："一饮一啄，皆出员外。"却问张主管。张主管道："张胜从先父在员外宅里二十余年，张胜随着先父便趋事员外，如今也有十余年。"小夫人问道："员外曾管顾你么？"张胜道："举家衣食，皆出员外所赐。"小夫人道："主管少待。"小夫人折身进去不多时，递些物与李主管，把袖包手来接，躬身谢了。小夫人却叫张主管道："终不成与了他不与你？这物件虽不值钱，也有好处。"张主管也依李主管接取，躬身谢了。小夫人又看了一回，自入去。两个主管，各自出门前支持买卖。原来李主管得的是十文银钱，张主管得的却是十文金钱。当时张主管也不知道李主管得的是银钱，李主管也不知张主管得的是金钱。当日天色已晚，但见：

野烟四合，宿鸟归林，佳人秉烛归房，路上行人投店。渔父负鱼归竹径，牧童骑犊返孤村。

当日晚算了账目，把文簿呈张员外，今日卖几文，买几文，人上欠几文，都佥押了。原来两个主管，各轮一日在铺中当值，其日却好正轮着张主管值宿。门外面一间小房，点着一盏灯。张主管闲坐半晌，安排歇息。则听得有人来敲门。张主管听得，问道："是谁？"应道："你快开门，却说与你！"张主管开了房门。那人跄将入来，闪身已在灯光背后。张主管看时，是个妇人。张主管吃了一惊，慌忙道："小娘子，你这早晚来有甚事？"那妇人应道："我不是私来，早间与你物事的叫我来。"张主管道："小夫人与我十文金钱，想是叫你来讨还？"那妇女道："你不理会得，李主管得的是银钱。如今小夫人又叫把一件物来与你。"只见那妇人背上取下一包衣服，打开来看道："这几件把与你穿的，又有几件妇女的衣服，把与你娘。"只见妇女留下衣服，作别出门，复回身道："还有一件要紧的倒忘了。"又向衣袖里取出一锭五十两大银，撇了自去。当夜张胜无故得了许多东西，不明不白，一夜不曾睡着。明日早起来，张主管开了店门，依旧做买卖。等得李主管到了，将铺面交割与他，张胜自归到家中，拿出衣服银子与娘看。娘问："这物事哪里来的？"张主管把夜来的话一一说与娘知。婆婆听得说道："孩儿，小夫人他把金钱与你，又把衣服银子与你，却是什么意思？娘如今六十已上年纪，自从没了你爷，便满眼只看你，若是你做出事来，老身靠谁？明日便不要去。"这张主管是个本分之人，况又是个孝顺的，听见娘说，便不往铺里去。张员外见他不去，使人来叫，问道："如何主管不来？"婆婆应道："孩儿感些风寒，这几日身子不快，来不得。传语员外得知，一好便来。"又过了几日，李主管见他不来，自来叫道："张主管如何不来？铺中没人相帮。"老娘只是推身子不快，这两日反重。李主管自去。张员外三五遍使人来叫，做娘的只是说未得好。张员外见三回五次叫他不来，猜道："必是别有去处。"张胜自在家中。

时光迅速，日月如梭，捻指之间，在家中早过了一月有余。道不得"坐吃山空"。虽然得这小夫人许多物事，那一锭大银子，容易不敢出笏，衣裳又不好变卖。不去营运，日来月往，手内使得没了。却来问娘道："不叫儿子去张员外宅里去，闲了经纪，如今在家中日逐盘费，如何措置？"那婆婆听得说，用手一指，指着屋梁上道："孩儿你见也不见？"张胜看时，原来屋梁上挂着一个包，取将下来道："你爷养得你这等大，则是这件物事身上。"打开纸包看时，是个花栲栲儿。婆婆道："你如今依先做这道路，习爷的生意，卖些胭脂绒线。"

当日时遇元宵，张胜道："今日元宵夜端门下放灯。"便问娘道："儿子欲去看灯则个。"娘道："孩儿，你许多时不行这条路，如今去端门看灯，从张员外门前过，又去惹是招非。"张胜道："是人都去看灯，说道今年好灯，儿子去去便归，不从张员外门前过便了。"娘道："要去看灯不妨，则是你自去看不得，同一个相识做伴去才好。"张胜道："我与王二哥同去。"娘道："你两个去看不妨，第一莫得吃酒，第二同去同回。"吩咐了两个来端门下看灯。正撞着当时赐御酒、撒金钱，好热闹。王二哥道："这里难看灯，一来我们身小力怯，着甚来由吃挨吃搅？不如去一处看，那里也抓缚着一座鳌山。"张胜问道："在哪里？"王二哥道："你倒不知，王招宣府里抓缚着小鳌山，今夜也放灯。"两个便复身回来，却到王招宣府前。原来人又热闹似端门下。就府门前不见了王二哥，张胜只叫得声苦："却是怎地归去？临出门时，我娘吩咐道：'你两个同去同回。'如何不见了王二哥？只我先到屋里，我娘便不焦躁；若是王二哥先回，我娘定道我哪里去。"当夜看不得那灯，独自一个行来行去。猛省道："前面是我那旧主人张员外宅里，每年到元宵夜，歇浪线铺，添许多烟火，今日想他也未收灯？"迤逦信步行到张员外门前，张胜吃惊，只见张员外家门便开着，十字两条竹竿，缚着皮革，底钉住一碗泡灯，照着门上一张手榜贴在。张胜看了，唬得目睁口呆，罔知所措。张胜去这灯光之下，看这手榜上写着道："开封府左军巡院，勘到百姓张士廉，为不合……"方才读到不合三个字，兀自不知道因甚罪？则见灯笼底下一人喝声道："你好大胆，来这里看甚的！"张主管吃了一惊，拽开脚步便走。那喝的人大踏步赶将来，叫道："是民么人？直恁大胆！夜晚间，看这榜做什么？"唬得张胜便走。渐次间行到巷口，待要转弯归去，相次二更，见一轮明月，正照着当空。正行之间，一个人从后面赶将来，叫道："张主管，有人请你。"张胜回头看时，是一个酒博士。张胜道："想是王二哥在巷口等我，买些酒吃归去，恰也好。"同这酒博士到店内，随上楼梯，到一个阁儿前面。量酒道："在这里。"掀开帘儿，张主管看见一个妇女，身上衣服不甚齐整，头上蓬松，正是：

乌云不整，唯思昔日豪华；粉泪频飘，为忆当年富贵。秋夜月蒙云笼罩，牡丹花被土沉埋。

这妇女叫："张主管，是我请你。"张主管看了一看，虽有些面熟，却想不起。这妇女道："张主管如何不认得我？我便是小夫人。"张主管道："小夫人如何在这里？"小夫人道："一言难尽！"张胜问："夫人如何恁地？"小夫人道："不合信媒人口，嫁了张员外。原来张员外因烧煅假银事犯，把张员外缚去左军巡院里去，至今不知下落。家计并许多房产，都封估了。我如今一身无所归着，特地投奔你。

你看我平昔之面，留我家中住几时则个。”张胜道：“使不得！第一家中母亲严谨，第二道不得‘瓜田不纳履，李下不整冠’。要来张胜家中，断然使不得。”小夫人听得道：“你将为常言俗语道：‘呼蛇容易遣蛇难。’怕日久岁深，盘费重大。我叫你看。”用手去怀里提出件物来：

闻钟始觉山藏寺，傍岸方知水隔村。

小夫人将一串一百单八颗西珠数珠，颗颗大如鸡豆子，明光灿烂。张胜见了，喝彩道：“有眼不曾见这宝物！”小夫人道：“许多房奁，尽被官府籍没了，则藏得这物。你若肯留在家中，慢慢把这件宝物逐颗去卖，尽可过日。”张主管听得说，正是：

归去只愁红日晚，思量犹恐马行迟。横财红粉歌楼酒，谁为三般事不迷？

当日张胜道：“小夫人要来张胜家中，也得我娘肯时方可。”小夫人道：“和你同去问婆婆。我只在对门人家等回报。”张胜回到家中，将前后事情逐一对娘说了一遍。婆婆是个老人家，心慈，听说如此落难，连声叫道：“苦恼，苦恼！小夫人在哪里？”张胜道：“现在对门等。”婆婆道：“请相见！”相见礼毕，小夫人把适来说的话，从头细说一遍：“如今都无亲戚投奔，特来见婆婆，望乞容留！”婆婆听得说道：“夫人暂住数日不妨，只怕家寒怠慢，思量别的亲戚再去投奔。”小夫人便从怀里取出数珠，递与婆婆。灯光下婆婆看见，就留小夫人在家住。小夫人道：“来日剪颗来货卖，开起胭脂绒线铺，门前挂着花栲栲儿为记。”张胜道：“有这件宝物，胡乱卖动，便是若干钱。况且五十两一锭大银未动，正好收买货物。”张胜自从开店，接了张员外一路买卖，其时人唤张胜做小张员外。小夫人屡次来缠张胜，张胜心坚似铁，只以主母相待，并不及乱。

当时清明节候，怎见得：

清明何处不生烟？郊外微风挂纸钱；人笑人歌芳草地，乍晴乍雨杏花天。
海棠枝上绵蛮语，杨柳堤边醉客眠；红粉佳人争画板，彩丝摇曳学飞仙。

满城人都出去金明池游玩，小张员外也出去游玩。到晚回来，却待入万胜门，则听得后面一人叫：“张主管。”当时张胜自思道：“如今人都叫我做小张员外，甚人叫我主管？”回头看时，却是旧主人张员外。张胜看张员外面上刺着四字金印，蓬头垢面，衣服不整齐，即时邀入酒店里，一个稳便阁儿坐下。张胜问道：“主人缘何如此狼狈？”张员外道：“不合成了这头亲事！小夫人原是王招宣府里出来的。今年正月初一日，小夫人自在帘儿里看街，只见一个安童托着盒儿打从面前过去。小夫人叫住问道：‘府中近日有甚事说？’安童道：‘府里别无甚事，则是前日王招宣寻一串一百单八颗西珠数珠不见，带累得一府的人，没一个不吃罪责。’小夫人听得说，脸上或青或红。小安童自去。不多时二三十人来家，把他房奁和我的家私，都搬将去。便捉我下左军巡院拷问，要这一百单八颗数珠。我从不曾见，回说‘没有’。将我打一顿毒棒，拘禁在监。倒亏当日小夫人入去房里自吊身死。官司没决撒，把我断了。则是一事，至今日那一串一百单八颗数珠，不知下落。”张胜闻言，心下自思道：“小夫人也在我家里，数珠也在我家里，早剪动几颗了。”甚是惶惑。劝了张员外些酒食，相别了，张胜沿路思量道：“好是惑人！”回到家中，见小夫人，张胜一步退一步道：“告夫人，饶了张胜性命！”小夫人问道：“怎恁地说？”张胜把适来大张员外说的话说了一遍。小夫人听得道：“却不作怪，你看我身上衣裳有缝，一声高似一声，你岂不理会得。他道我在你这里，故意说这话叫你不留我。”张胜道：“你也说得是。”又过了数日，只听得外面道："有人寻小员外！"张胜出来迎接，便是大张员外。张胜心中道："家里小夫人使出来相见，是人是鬼，便明白了。"叫养娘请小夫人出来。养娘入去，只没寻讨处，不见了小夫人。当时小员外既知小夫人真个是鬼，只得将前面事一一告与大张员外。问道："这串数珠却在哪里？"张胜去房中取出。大张员外叫张胜同来王招宣府中说，将数珠交纳，其余剪去数颗，将钱取赎讫。王招宣赎免张士廉罪犯，将家私给还，仍旧开胭脂绒线铺。大张员外仍请天庆观道士做醮，追荐小夫人。只因小夫人生前甚有张胜的心，死后犹然相从。亏杀张胜立心至诚，到底不曾有染，所以不受其祸，超然无累。如今财色迷人者纷纷皆是，如张胜者万中无一。有诗赞云：

谁不贪财不爱淫，始终难染正人心。少年得似张主管，鬼祸人非两不侵。

老门生三世报恩

买只牛儿学种田，结间茅屋向林泉。也知老去无多日，且向山中过几年。

为利为官终幻客，能诗能酒总神仙。世间万物俱增价，老去文章不值钱。

这八句诗，乃是达者之言，末句说"老去文章不值钱"这一句，还有个评论。大抵功名迟速，莫逃乎命，也有早成，也有晚达。早成者未必有成，晚达者未必不达。不可以年少而自恃，不可以年老而自弃。这老少二字，也在年数上，论不得的。假如甘罗十二岁为丞相，十三岁上就死了，这十二岁之年，就是他发白齿落、背曲腰弯的时候了。后头日子已短，叫不得少年。又如姜太公八十岁还在渭水钓鱼，遇了周文王以后车载之，拜为师尚父。文王崩，武王立，他又秉钺为军师，佐武王伐纣，定了周家八百年基业，封于齐国。又叫其子丁公治齐，自己留相周朝，直活到一百二十岁方死。你说八十岁一个老渔翁，谁知日后还有许多事业，日子正长哩！这等看将起来，那八十岁上还是他初束发、刚顶冠、做新郎、应童子试的时候，叫不得老年。世人只知眼前贵贱，哪知去后的日长日短？见个少年富贵的奉承不暇，多了几年年纪，蹉跎不遇，就怠慢他，这是短见薄识之辈。譬如农家，也有早谷，也有晚稻，正不知哪一种收成得好？不见古人云：

东园桃李花，早发还先萎；迟迟涧畔松，郁郁含晚翠。

闲话休提。却说国朝正统年间，广西桂林府兴安县有一秀才，复姓鲜于，名同，字大通。八岁时曾举神童，十一岁游庠，超增补廪。论他的才学，便是董仲舒、司马相如也不看在眼里，真个是胸藏万卷，笔扫千军。论他的志气，便像冯京、商辂连中三元，也只算他便袋里东西，真个是足蹑风云、气冲牛斗。何期才高而

老门生三世报恩

数奇，志大而命薄。年年科举，岁岁观场，不能得朱衣点额，黄榜标名。到三十岁上，循资该出贡了。他是个有才有志的人，贡途的前程是不屑就的。思量穷秀才家，全亏学中年规这几两廪银，做个读书本钱。若出了学门，少了这项来路，又去坐监，反费盘缠。况且本省比监里又好中，算计不通。偶然在朋友前露了此意，那下首该贡的秀才，就来打话要他让贡，情愿将几十金酬谢。鲜于同又得了这个利息，自以为得计。第一遍是个情，第二遍是个例，人人要贡，个个争先。鲜于同自三十岁上让贡起，一连让了八遍，到四十六岁，兀自沉埋于泮水之中，驰逐于青衿之队。也有人笑他的，也有人怜他的，又有人劝他的。那笑他的他也不睬，怜他的他也不受，只有那劝他的，他就勃然发怒起来道："你劝我就贡，只无过道俺年长，不能个科第了。却不知龙头属于老成。梁皓八十二岁中了状元，也替天下有骨气肯读书的男子争气。俺若情愿小就时，三十岁上就成了。肯用力钻刺，少不得做个府佐县正。昧着心田做去，尽可荣身肥家。只是如今是个科目的世界，假如孔夫子不得科第，谁说他胸中才学？若是三家村一个小孩子，粗粗里记得几篇烂旧时文，遇了个盲试官，乱圈乱点，睡梦里偷得个进士到手，一般有人拜门生，称老师，谈天说地，谁敢出个题目，将带纱帽的再考他一考么？不止于此，做官里头还有多少不平处，进士官就是个铜打铁筑的，撒漫做去，没人敢说他不字！科贡官兢兢业业，捧了卵子过桥，上司还要寻趁他。比及按院复命，参论的但是进士官，凭你叙得极贪极酷，公道看来，拿问也还透头，说到结末，生怕断绝了贪酷种子，道：'此一臣者，官箴虽玷，但或念初任，或念年轻，尚可望其自新，策其末路，姑照浮躁或不及例降调。'不够几年工夫，依旧做起。倘拼得些银子，央要道挽回，不过对调个地方，全然没事。科贡的官一分不是，就当做十分。晦气遇着别人有势有力，没处下手，随你清廉贤宰，少不得借重他替进士顶缸。有这许多不平处，所以不中进士，再做不得官。俺宁可老儒终身，死去到阎王面前高声叫屈，还博个来世出头，岂可屈身小就，终日受人懊恼，吃顺气丸度日！"遂吟诗一首，诗曰：

从来资格困朝绅，只重科名不重人。楚士凤歌诚恐殆，叶公好龙岂求真。
若还黄榜终无分，宁可青衿老此身；铁砚磨穿豪杰事，春秋晚遇说平津。

汉时有个平津侯，复姓公孙，名弘，五十岁读《春秋》，六十岁对策第一，做到丞相封侯。鲜于同后来六十一岁登第，人以为诗谶，此是后话。

却说鲜于同自吟了这八句诗，其志愈锐。怎奈时运不利，看看五十齐头，"苏秦还是旧苏秦"，不能够改换头面。再过几年，连小考都不利了。每到科举年分，第一个拦场告考的，就是他，讨了多少人的厌贱。到天顺六年，鲜于同五十七岁，鬓发都苍然了，兀自挤在后生家队里，谈文讲艺，娓娓不倦。那些后生见了他，或以为怪物，望而避之；或以为笑具，就而戏之。这都不在话下。

却说兴安县知县，姓蒯名遇时，表字顺之。浙江台州府仙居县人氏。少年科甲，声价甚高。喜的是谈文讲艺，商古论今。只是有件毛病，爱少贱老，不肯一视同仁。见了后生英俊，加意奖借；若是年长老成的，视为朽物，口呼"先辈"，甚有戏侮之意。其年乡试届期，宗师行文，命县里录科。蒯知县将合县生员考试，弥封阅卷，自恃眼力，从公品第，黑暗里拔了一个第一，心中十分得意。向众秀才面前夸奖道："本县拔得个首卷，其文大有吴越中气脉，必然连捷，通县秀才，皆莫能及。"众人拱手听命，却似汉皇筑坛拜将，正不知拜哪一个有名的豪杰。比及拆号唱名，只见一人应声而出，从人丛中挤将上来，你道这人如何？

矮又矮，胖又胖，须鬓黑白各一半。破儒巾，欠时样，蓝衫补孔重重绽。你也瞧，我也看，若还冠带像胡判。不枉夸，不枉赞，“先辈”今朝说嘴惯。休羡他，莫自叹，少不得大家做老汉。不须营，不须干，序齿轮流做领案。

那案首不是别人，正是那五十七岁的怪物笑具，名叫鲜于同。合堂秀才哄然大笑，都道：“鲜于‘先辈’，又起用了。”连蒯公也自羞得满面通红，顿口无言。一时间看错文字，今日众人属目之地，如何翻悔？忍着一肚子气，胡乱将试卷拆完。喜得除了第一名，此下一个个都是少年英俊，还有些嗔中带喜。是日蒯公发放诸生事毕，回衙闷闷不悦，不在话下。

却说鲜于同少年时本是个名士，因淹滞了数年，虽然志不曾灰，却也是：

泽畔屈原吟独苦，洛阳季子面多惭。

今日出其不意，考个案首，也自觉有些兴头。到学道考试，未必爱他文字，亏了县家案首，就搭上一名科举，喜孜孜去赴省试。众朋友都在下处看经书，温后场，只有鲜于同平昔饱学，终日在街坊上游玩。旁人看见，都猜道：“这位老相公，不知是送儿子孙儿进场的？事外之人，好不悠闲自在！”若晓得他是科举的秀才，少不得要笑他几声。

日居月诸，忽然八月初七日，街坊上大吹大擂，迎试官进贡院。鲜于同观看之际，见兴安县蒯公，正征聘做《礼记》房考官。鲜于同自想：我与蒯公同经，他考过我案首，必然爱我的文字，今番遇合，十有八九。谁知蒯公心里不然，他又是一个见识道：“我取个少年门生，他后路悠远，官也多做几年，房师也靠得着他。那些老师宿儒，取之无益。”又道：“我科考时不合昏了眼，错取了鲜于‘先辈’，在众人前老大没趣。今番再取中了他，却不又是一场笑话。我今阅卷，但是三场做得齐整的，多应是夙学之士，年纪长了，不要取他。只拣嫩嫩的口气，乱乱的文法，歪歪的四六，怯怯的策论，愦愦的判语，那定是少年初学。虽然学问未充，养他一两科，年还不长，且脱了鲜于同这件干纪。”算计已定，如法阅卷，取了几个不整不齐，略略有些笔资的，大圈大点，呈上主司。主司都批了“中”字。到八月廿八日，主司同各经房在至公堂上拆号填榜。《礼记》房首卷是桂林府兴安县学生，复姓鲜于，名同，习《礼记》，又是那五十七的怪物、笑具侥幸了。蒯公好生惊异。主司见蒯公有不乐之色，问其缘故。蒯公道：“那鲜于同年纪已老，恐置之魁列，无以压服后生，情愿把一卷换他。”主司指堂上扁额道：“此堂既名为‘至公堂’，岂可以老少而私爱憎乎？自古龙头属于老成，也好把天下读书人的志气鼓舞一番。”遂不肯更换，判定了第五名正魁。蒯公无可奈何。正是：

饶君用尽千般力，命里安排动不得；本心拣取少年郎，依旧取将老怪物。

蒯公立心不要中鲜于“先辈”，故此只拣不整齐的文字才中。那鲜于同是宿学之士，文字必然整齐，如何反投其机？原来鲜于同为八月初七日看了蒯公入帘，自谓遇合十有八九。回归寓中，多吃了几杯生酒，坏了脾胃，破腹起来。勉强进场，一头想文字，一头泄泻，泻得一丝两气，草草完篇。二场三场，仍复如此，十分才学，不曾用得一分出来。自谓万无中试之理，谁知蒯公倒不要整齐文字，以此竟占了个高魁。也是命里否极泰来，颠之倒之，自然凑巧。那兴安县刚刚只中他一个举人，当日鹿鸣宴罢，众同年序齿，他就居了第一。各房考官见了门生，俱各欢喜。惟蒯公闷闷不悦。鲜于同感蒯公两番知遇之恩，愈加殷勤。蒯公愈加懒散，上京会试，只照常规，全无作兴加厚之意。明年鲜于同五十八岁，会试又下第了。相见蒯公，蒯公更无别语，只劝他选了官罢。鲜于同做了四十余年秀才，不肯做贡生官，今日才中得一年乡试，怎肯就举人职。回家读书，愈觉有兴。每闻里中秀才会文，他就袖了纸墨笔砚，挨入会中同做。凭众人要他，笑他，嗔他，厌他，总不在意。做完了文字，将众人所作看了一遍，欣然而归，以此为常。

光阴荏苒，不觉转眼三年，又当会试之期。鲜于同时年六十有一，年齿虽增，矍铄如旧。在北京第二遍会试，在寓所得其一梦。梦见中了正魁，会试录上有名，下面却填做《诗经》，不是《礼记》。鲜于同本是个宿学之士，哪一经不通？他功名心急，梦中之言，不由不信，就改了《诗经》应试。事有凑巧，物有偶然。蒯知县为官清正，行取到京，钦授礼科给事中之职。其年又进会试经房。蒯公不知鲜于同改经之事，心中想道："我两遍错了主意，取了那鲜于'先辈'做了首卷，今番会试，他年纪一发长了。若《礼记》房里又中了他，这才是终身之玷。我如今不要看《礼记》，改看了《诗经》卷子，那鲜于'先辈'中与不中，都不干我事。"比及入帘阅卷，遂请看《诗》五房卷。蒯公又想道："天下举子像鲜于'先辈'的，谅也非止一人，我不中鲜于同，又中了别的老儿，可不是'躲了雷公，遇了霹雳'！我晓得了，但凡老师宿儒，经旨必然十分透彻，后生家专工四书，经义必然不精。如今倒不要取四经整齐，但是有些笔资的，不妨题旨影响，这定是少年之辈了。"阅卷进呈，等到揭晓，《诗》五房头卷，列在第十名正魁。拆号看时，却是桂林府兴安县学生，复姓鲜于，名同，习《诗经》，刚刚又是那六十一岁的怪物、笑具！气得蒯遇时目睁口呆，如槁木死灰模样！

早知富贵生成定，悔却从前枉用心。

蒯公又想道："论起世上同名姓的尽多，只是桂林府兴安县，却没有两个鲜于同，但他向来是《礼记》，不知何故又改了《诗经》。好生奇怪？"候其来谒，叩其改经之故。鲜于同将梦中所见，说了一遍。蒯公叹息连声道："真命进士，真命进士！"自此蒯公与鲜于同师生之谊，比前反觉厚了一分。

殿试过了，鲜于同考在二甲头上，得选刑部主事。人道他晚年一第，又居冷局，替他气闷。他欣然自如。却说蒯遇时在礼科衙门直言敢谏，因奏疏里面触突了大学士刘吉，被吉寻他罪过，下于诏狱。那时刑部官员，一个个奉承刘吉，欲将蒯公置之死地。却好天与其便，鲜于同在本部一力周旋看觑，所以蒯公不致吃亏。又替他纠合同年，在各衙门恳求方便，蒯公遂得从轻降处。蒯公自想道："'着意种花花不活，无心栽柳柳成荫。'若不中得这个老门生，今日性命也难保。"乃往鲜于"先辈"寓所拜谢。鲜于同道："门生受恩师三番知遇，今日小小效劳，只可少答科举而已，天高地厚，未酬万一！"当日师生二人欢饮而别。自此不论蒯公在家在任，每年必遣人问候，或一次或两次，虽俸金微薄，表情而已。

光阴荏苒，鲜于同只在部中迁转，不觉六年，应升知府。京中重他才品，敬他老成，吏部立心要寻个好缺推他。鲜于同全不在意。偶然仙居县有信至，蒯公的公子蒯敬共与豪户查家争坟地疆界，嚷骂了一场。查家走失了个小厮，赖蒯公子打死，将人命事告官。蒯敬共无力对理，一径逃往云南父亲任所去了。官府疑蒯公子逃匿，人命真情，差人雪片下来提人，家属也监了几个，阖门惊惧。鲜于同查得台州正缺知府，乃央人讨这地方。吏部知台州原非美缺，既然自己情愿，有何不从，即将鲜于同推升台州府知府。鲜于同到任三日，豪家已知新太守是蒯公门生，特讨此缺而来，替他解纷，必有偏向之情。先在衙门谣言放刁，鲜于同只推不闻。蒯家家属诉冤，鲜于同亦佯为不理。密差的当捕人访缉查家小厮，务在必获。约过两月有余，那小厮在杭州拿到。鲜于太守当堂审明，的系自逃，与蒯家无干。当将小厮责取查家领状。蒯氏家属即行释放。期会一日，亲往坟所踏看疆界。查家见小厮已出，自知所讼理虚，恐结讼之日必然吃亏。一面央大分上到太守处说方便，一面又央人到蒯家，情愿把坟界相让讲和。蒯家事已得白，也不愿结冤家。鲜于太守准了和息，将查家薄加罚治，申详上司，两家莫不心服。正是：

只愁堂上无明镜，不怕民间有鬼奸。

鲜于太守乃写书信一通，差人往云南府回复房师蒯公。蒯公大喜，想道："'树荆棘得刺，树桃李得荫'，若不曾中得这个老门生，今日身家也难保。"遂写恳切谢启一通，遣儿子蒯敬共赍回，到府拜谢。鲜于同道："下官暮年淹蹇，为世所弃，受尊公老师三番知遇，得掇科目，常恐身先沟壑，大德不报。今日恩兄被诬，理当暴白。下官因风吹火，小效区区，只可少酬老师乡试提拔之德，尚欠情多多也。"因为蒯公子经纪家事，劝他闭户读书，自此无话。

鲜于同在台州做了三年知府，声名大振，升在徽宁道做兵宪，累升河南廉使，勤于官职。年至八旬，精力比少年兀自有余，推升了浙江巡抚。鲜于同想道："我六十一岁登第，且喜儒途淹蹇，仕途到顺溜，并不曾有风波。今官至抚台，恩荣极矣。一向清勤自矢，不负朝廷。今日急流勇退，理之当然。但受蒯公三番知遇之恩，报之未尽，此任正在房师地方，或可少效涓埃。"乃择日起程赴任。一路迎送荣耀，自不必说。

不一日，到了浙江省城。此时蒯公也历任做到大参地位，因病目不能理事，致政在家。闻得鲜于"先辈"又做本省开府，乃领了十二岁孙儿，亲到杭州谒见。蒯公虽是房师，倒小于鲜于公二十余岁。今日蒯公致政在家，又有了目疾，龙钟可怜，鲜于公年已八旬，健如壮年，位至开府。可见发达不在于迟早。蒯公叹息了许多。正是：

松柏何须羡桃李，请君点检岁寒枝。

且说鲜于同到任以后，正拟遣人问候蒯公，闻说蒯参政到门，喜不自胜，倒履而迎，直请到私宅，以师生礼相见。蒯公唤十二岁孙儿："见了老公祖。"鲜于公问："此位是老师何人？"蒯公道："老夫受公祖活命之恩，犬子昔日难中，又蒙昭雪，此恩直如覆载。今天幸福星又照吾省。老夫衰病，不久于世。犬子读书无成，只有此孙，名曰蒯悟，资性颇敏，特携来相托，求老公祖青目一二。"鲜于公道："门生年齿，已非仕途人物，正为师恩酬报未尽，所以强颜而来。今日承老师以令孙相托，此乃门生报德之会也。鄙思欲留令孙在敝衙同小孙辈课业，未审老师放心否？"蒯公道："若蒙老公祖教训，老夫死亦瞑目。"遂留两个书童服侍蒯悟在都抚衙内读书，蒯公自别去了。那蒯悟资性过人，文章日进。就是年之秋，学道按临，鲜于公力荐神童，进学补廪。依旧留在衙门中勤学。

三年之后，学业已成。鲜于公道："此子可取科第，我亦可以报老师之恩矣。"乃将俸银三百两，赠与蒯悟为笔砚之资，亲送到台州仙居县。适值蒯公三日前一病身亡，鲜于公哭奠已毕，问："老师临终亦有何言？"蒯敬共道："老父遗言，自己不幸少年登第，因而爱少贱老，偶尔暗中摸索，得了老公祖大人。后来许多年少的门生，贤愚不等，升沉不一，俱不得其气力。全亏了老公祖大人一人，始终看觑。我子孙世世不可怠慢老成之士！”鲜于公呵呵大笑道：“下官今日三报师恩，正要天下人晓得扶持了老成人也有用处，不可爱少而贱老也。”说罢，作别回省，草上表章，告老致仕。得旨予告，驰驿还乡，优悠林下。每日训课儿孙之暇，同里中父老饮酒赋诗。

后八年，长孙鲜于涵乡榜高魁，赴京会试，恰好仙居县蒯悟是年中举，也到京中。两人三世通家，又是少年同窗，并在一寓读书。比及会试揭晓，同年进士，两家互相称贺。鲜于同自五十七岁登科，六十一岁登甲，历仕二十三年，腰金衣紫，锡恩三代。告老回家，又看了孙儿科第，直活到九十七岁，整整的四十年晚运。至今浙江人肯读书，不到六七十岁还不丢手，往往有晚达者。后人有诗叹云：

利名何必苦奔忙，迟早须臾在上苍。但学蟠桃能结果，三千余岁未为长。

宋小官团圆破毡笠

不是姻缘莫强求，姻缘前定不须忧；任从波浪翻天起，自有中流稳渡舟。

话说正德年间，苏州府昆山县大街有一居民，姓宋名敦，原是宦家之后，浑家卢氏。夫妻二口，不做生理，靠着祖遗田地，现成收些租课为活。年过四十，并不曾生得一男半女。宋敦一日对浑家说：“自古道：‘养儿待老，积谷防饥。’你我年过四旬，尚无子嗣。光阴似箭，眨眼头白。百年之事，靠着何人？”说罢，不觉泪下。卢氏道：“宋门积祖善良，未曾作恶造业，况你又是单传，老天决不绝你祖宗之嗣。招子也有早晚，若是不该招时，便是养得长成，半路上也抛撇了，劳而无功，枉添许多悲泣。”宋敦点头道：“是。”

方才拭泪未干，只听得坐启中有人咳嗽，叫唤道：“玉峰在家么？”原来苏州风俗，不论大家小家，都有个外号，彼此相称。玉峰就是宋敦的外号。宋敦侧耳而听。叫唤第二句，便认得声音，是刘顺泉。那刘顺泉双名有才，积祖驾一只大船，揽载客货，往各省交卸，趁得好些水脚银两。一个十全的家业，团团都做在船上。就是这只船本，也值几百金，浑身是香楠木打造的。江南一水之地，多有这行生理。那刘有才是宋敦最契之友。听得是他声音，连忙趋出坐启，彼此不须作揖，拱手相见，分坐看茶，自不必说。宋敦道：“顺泉今日如何得暇？”刘有才道：“特来与玉峰借件东西。”宋敦笑道：“宝舟缺什么东西，倒与寒家相借？”刘有才道：“别的东西不来干渎，只这件，是宅上有余的，故此敢来启口。”宋敦道：“果是寒家所有，决不相吝。”刘有才不慌不忙，说出这

宋小官团圆破毡笠

件东西来。正是：

背后并非擎诏，当前不是围胸，鹅黄细布密针缝，净手将来供奉。　　还愿曾装冥钞，祈神并衬威容，名山古刹几相从，染下炉香浮动。

原来宋敦夫妻二口，因难于得子，各处烧香祈嗣，做成黄布袱、黄布袋，装裹佛马楮钱之类。烧过香后，悬挂于家中佛堂之内，甚是志诚。刘有才长于宋敦五年，四十六岁了。阿妈徐氏亦无子息。闻得徽州有盐商求嗣，新建陈州娘娘庙于苏州阊门之外，香火甚盛，祈祷不绝。刘有才恰好有个方便，要驾船往枫桥接客，意欲进一炷香，却不曾做得布袱布袋，特特与宋家告借。其时说出缘故，宋敦沉思不语。刘有才道："玉峰莫非有吝借之心么？若污坏时，一个就赔两个。"宋敦道："岂有此理！只是一件，既然娘娘庙灵显，小子亦欲附舟一往。只不知几时去？"刘有才道："即刻便行。"宋敦道："布袱布袋，拙荆另有一副，共是两副，尽可分用。"刘有才道："如此甚好。"宋敦入内，与浑家说知欲往郡城烧香之事。刘氏也欢喜。宋敦于佛堂挂壁上，取下两副布袱布袋，留下一副自用，将一副借与刘有才。刘有才道："小子先往舟中伺候，玉峰可快来。船在北门大坂桥下，不嫌怠慢时，吃些现成素饭，不消带米。"宋敦应允。当下忙忙的办下些香烛纸马阡张定段，打叠包裹，穿了一件新联就的洁白湖绸道袍，赶出北门下船。趁着顺风，不够半日，七十里之程，等闲到了。舟泊枫桥，当晚无话。有诗为证：

月落乌啼霜满天，江枫渔火对愁眠。姑苏城外寒山寺，夜半钟声到客船。

次日起个黑早，在船中洗盥罢，吃了些素食，净了口手，一对儿黄布袱驮了冥财，黄布袋安插纸马文疏，挂于项上。步到陈州娘娘庙前，刚刚天晓。庙门虽开，殿门还关着。二人在两廊游绕，观看了一遍，果然造得齐整。正在赞叹，呀的一声，殿门开了。就有庙祝出来迎接进殿。其时香客未到，烛架尚虚。庙祝放下琉璃灯来，取火点烛，讨文疏替他通陈祷告。二人焚香礼拜已毕，各将几十文钱，酬谢了庙祝，化纸出门。刘有才再要邀宋敦到船，宋敦不肯。当下刘有才将布袱布袋交还宋敦，各各称谢而别。刘有才自往枫桥接客去了。

宋敦看天色尚早，要往娄门趁船回家。刚欲移步，听得墙下呻吟之声。近前看时，却是矮矮一个芦席棚，搭在庙垣之侧，中间卧着个有病的老和尚，恹恹欲死，呼之不应，问之不答。宋敦心中不忍，停眸而看。旁边一人走来说道："客人，你只管看他则甚？要便做个好事了去。"宋敦道："如何做个好事？"那人道："此僧是陕西来的，七十八岁了。他说一生不曾开荤，每日只诵《金刚经》。三年前在此募化建庵，没有施主。搭这个芦席棚儿住下，诵经不辍。这里有个素饭店，每日只上午一餐，过午就不用了。也有人可怜他，施他些钱来，他就把来还了店上的饭钱，不留一文。近日得了这病，有半个月不用饮食了。两日前还开口说得话，我们问他：'如此受苦，何不早去罢？'他说：'因缘未到，还等两日。'今早连话也说不出了，早晚待死。客人若可怜他时，买一口薄薄棺材，焚化了他，便是做好事。他说'因缘未到'，或者这因缘，就在客人身上。"宋敦想道："我今日为求嗣而来，做一件好事回去，也得神天知道。"便问道："此处有棺材店么？"那人道："出巷陈三郎家就是。"宋敦道："烦足下同往一看。"

那人引路到陈家来。陈三郎正在店中支分锯匠锯木。那人道："三郎，我引个主顾作成你。"三郎道："客人若要看寿板，小店有真正婺源加料双𫓧的在里面。

若要现成的，就店中但凭拣择。”宋敦道：“要见成的。”陈三郎指着一副道：“这是头号，足价三两。”宋敦未及还价。那人道：“这个客官是买来舍与那芦席棚内老和尚做好事的，你也有一半功德，莫要讨虚价。”陈三郎道：“既是做好事的，我也不敢要多，照本钱一两六钱罢，分毫少不得了。”宋敦道：“这价钱也是公道了。”想起汗巾角上带得一块银了，约有五六钱重，烧香剩下，不上一百铜钱，总凑与他，还不够一半。“我有处了，刘顺泉的船在枫桥不远。”便对陈三郎道：“价钱依了你，只是还要到一个朋友处借办，少顷便来。”陈三郎倒罢了，说道：“任从客便。”那人咈然不乐道：“客人既发了个好心，却又做脱身之计。你身边没有银子，来看则甚？”说犹未了，只见街上人纷纷而过，多有说这老和尚可怜，半月前还听得他念经之声，今早呜呼了。正是：

三寸气在千般用，一旦无常万事休。

那人道：“客人不听得说么？那老和尚已死了，他在地府睁眼等你断送哩！”宋敦口虽不语，心下复想道：“我既是看定了这具棺木，倘或往枫桥去，刘顺泉不在船上，终不然呆坐等他回来。况且常言得‘价一不择主’，倘别有个主顾，添些价钱，这副棺木买去了？我就失信于此僧了。罢罢！”便取出银子，刚刚一块，讨等来一称，叫声惭愧。原来是块元宝，看时像少，称时便多，到有七钱多重。先叫陈三郎收了，将身上穿的那一件新联就的洁白湖绸道袍脱下道：“这一件衣服，价在一两之外，倘嫌不值，权时相抵，待小子取赎。若用得时，便乞收算。”陈三郎道：“小店大胆了，莫怪计较。”将银子衣服收过了。宋敦又在髻上拔下一根银簪，约有二钱之重。交与那人道：“这枝簪，相烦换些铜钱，以为殡殓杂用。”当下店中看的人都道：“难得这位做好事的客官，他担当了大事去。其余小事，我们地方上也该凑出些钱钞相助。”众人都凑钱去了。

宋敦又复身到芦席边，看那老僧，果然化去。不觉双眼垂泪，分明如亲戚一般，心下好生酸楚，正不知什么缘故。不忍再看，含泪而行。到娄门时，航船已开，乃自唤一只小船，当日回家。浑家见丈夫黑夜回来，身上不穿道袍，面又带忧惨之色，只道与人争竞，忙忙的来问。宋敦摇首道：“话长哩！”一径走到佛堂中，将两副布袱布袋挂起，在佛前磕了个头，进房坐下，讨茶吃了，方才开谈，将老和尚之事备细说知。浑家道：“正该如此。”也不嗔怪。

宋敦见浑家贤慧，倒也回愁作喜。是夜夫妻二口睡到五更，宋敦梦见那老和尚登门拜谢道：“檀越命合无子，寿数亦止于此矣。因檀越心田慈善，上帝命延寿半纪。老僧与檀越又有一段因缘，愿投宅上为儿，以报盖棺之德。”卢氏也梦见一个金身罗汉走进房里，梦中叫喊起来，连丈夫也惊醒了。各言其梦，似信似疑，嗟叹不已。正是：

种瓜还得瓜，种豆还得豆。劝人行好心，自作还自受。

从此卢氏怀孕，十月满足，生下一个孩儿。因梦见金身罗汉，小名金郎，官名就叫宋金。夫妻欢喜，自不必说。

此时刘有才也生一女，小名宜春。各各长成，有人撺掇两家对亲。刘有才倒也心中情愿。宋敦却嫌他船户出身，不是名门旧族。口虽不语，心中有不允之意。那宋金方年六岁，宋敦一病不起，呜呼哀哉了。自古道：“家中百事兴，全靠主人命。”十个妇人，敌不得一个男子。自从宋敦故后，卢氏掌家，连遭荒歉，又里中欺他孤寡，科派户役。卢氏撑持不定，只得将田房渐次卖了，赁屋而居。初时，还是诈穷，以后坐吃山空，不上十年，弄做真穷了。卢氏亦得病而亡，断送了毕，宋金只剩得一双赤手，被房主赶逐出屋，无处投奔。且喜从幼学得一件本事，会写会算。偶然本处一个范举人，选了浙江衢州府江山县知县，正要寻个写算的人。有人将宋金说了，范公就叫人引来。见他年纪幼小，又生得齐整，心中甚喜。叩其所长，果然书通真草，算善归除。当日就留于书房之中，取一套新衣与他换过，同桌而食，好生优待。择了吉日，范知县与宋金下了官船，同往任所。正是：

冬冬画鼓催征棹，习习和风荡锦帆。

却说宋金虽然贫贱，终是旧家子弟出身。今日做范公门馆，岂肯卑污苟贱，与童仆辈和光同尘，受其戏侮。那些管家们欺他年幼，见他做作，愈有不然之意。自昆山起程，都是水路，到杭州便起旱了。众人撺掇家主道："宋金小厮家，在此写算服事老爷，还该小心谦逊，他全不知礼。老爷优待他忒过分了，与他同坐同食，舟中还可混账，到陆路中火歇宿，老爷也要存个体面。小人们商议，不如叫他写一纸靠身文书，方才妥帖。到衙门时，他也不敢放肆为非。"范举人是棉花做的耳朵，就依了众人言语。唤宋金到舱，要他写靠身文书。宋金如何肯写。逼勒了多时，范公发怒，喝叫剥去衣服，喝出船去。众苍头拖拖拽拽，剥的干干净净，一领单布衫，赶在岸上。气得宋金半晌开口不得。只见轿马纷纷，伺候范知县起陆。宋金噙着双泪，只得回避开去。身边并无财物，受饿不过，少不得学那两个古人：

伍相吹箫于吴门，韩王寄食于漂母。

日间街坊乞食，夜间古庙栖身。还有一件，宋金终是旧家子弟出身，任你十分落泊，还存三分骨气，不肯随那叫街丐户一流，奴言婢膝，没廉没耻。讨得来便吃了，讨不来忍饿，有一顿没一顿。过了几时，渐渐面黄肌瘦，全无昔日丰神。正是：

好花遭雨红俱褪，芳草经霜绿尽凋。

时值暮秋天气，金风催冷，忽降下一场大雨。宋金食缺衣单，在北新关关王庙中担饥受冻，出头不得。这雨自辰牌直下至午牌方止。宋金将腰带收紧，挪步出庙门来，未及数步，劈面遇着一人。宋金睁眼一看，正是父亲宋敦的最契之友，叫做刘有才，号顺泉的。宋金无面目见江东父老，不敢相认，只得垂眼低头而走。那刘有才早已看见，从背后一手挽住，叫道："你不是宋小官么？为何如此模样？"宋金两泪交流，叉手告道："小侄衣衫不齐，不敢为礼了。承老叔垂问。"如此如此，这般这般，将范知县无礼之事，告诉了一遍。刘翁道："'恻隐之心，人皆有之。'你肯在我船上相帮，管叫你饱暖过日。"宋金便下跪道："若得老叔收留，便是重生父母。"

当下刘翁引着宋金到于河下。刘翁先上船，对刘妪说知其事。刘妪道："此乃两得其便，有何不美。"刘翁就在船头上招宋小官上船。于自身上脱下旧布道袍，叫他穿了。引他到后艄，见了妈妈徐氏，女儿宜春在旁，也相见了。宋金走出船头。刘翁道："把饭与宋小官吃。"刘妪道："饭便有，只是冷的。"宜春道："有热茶在锅内。"宜春便将瓦罐子舀了一罐滚热的茶。刘妪便在厨柜内取了些腌菜，和那冷饭，付与宋金道："宋小官！船上买卖，比不得家里，胡乱用些罢！"宋金接得在手。又见细雨纷纷而下。刘翁叫女儿："后艄有旧毡笠，取下来与宋小官戴。"宜春取旧毡笠看时，一边已自绽开。宜春手快，就盘髻上拔下针线，将绽处缝了，丢在船篷之上，叫道："拿毡笠去戴。"宋金戴了破毡笠，吃了茶淘冷饭。刘翁叫他收拾船上家伙，扫抹船只，自往岸上接客，至晚方回，一夜无话。

次日，刘翁起身，见宋金在船头上闲坐，心中暗想："初来之人，莫惯了他。"便吆喝道："个儿郎吃我家饭，穿我家衣，闲时搓些绳，打些索，也有用处，如何空坐？"宋金连忙答应道："但凭驱使，不敢有违。"刘翁便取一束麻皮，付与宋金，叫他打索子。正是：

在他矮檐下，怎敢不低头。

宋金自此朝夕小心，辛勤做活，并不偷懒。兼之写算精通，凡客货在船，都是他记账，出入分毫不爽。别船上交易，也多有央他去拿算盘，登账簿，客人无不敬而爱之。都夸道："好个宋小官，少年伶俐。"刘翁、刘妪见他小心得用，另眼相待，好衣好食的管顾他。在客人面前，认为表侄。宋金亦自以为得所，心安体适，貌日丰腴。凡船户中无不欣羡。

光阴似箭，不觉二年有余。刘翁一日暗想："自家年纪渐老，只有一女，要求个贤婿以靠终身，似宋小官一般，倒也十全之美。但不知妈妈心下如何？"是夜与妈妈饮酒半醺，女儿宜春在旁，刘翁指着女儿对妈妈道："宜春年纪长成，未有终身之托，奈何？"刘妪道："这是你我靠老的一桩大事，你如何不上紧？"刘翁道："我也日常在念，只是难得个十分如意的。像我船上宋小官恁般本事人才，千中选一，也就不能够了。"刘妪道："何不就许了宋小官？"刘翁假意道："妈妈说哪里话！他无家无倚，靠着我船上吃饭。手无分文，怎好把女儿许他？"刘妪道："宋小官是宦家之后，况系故人之子。当初他老子存时，也曾有人议过亲来，你如何忘了？今日虽然落薄，看他一表人材，又会写，又会算，招得这般女婿，须不辱了门面。我两口儿老来也得所靠。"刘翁道："妈妈，你主意已定否？"刘妪道："有什么不定？"刘翁道："如此甚好。"

原来刘有才平昔是个怕婆的，久已看上了宋金，只愁妈妈不肯。今见妈妈慨然，十分欢喜。当下便唤宋金，对着妈妈面许了他这头亲事。宋金初时也谦逊不当，见刘翁夫妇一团美意，不要他费一分钱钞，只索顺从刘翁。往阴阳生家选择周堂吉日，回复了妈妈，将船驾回昆山。先与宋小官上头，做一套绸绢衣服与他穿了，浑身新衣、新帽、新鞋、新袜，妆扮得宋金一发标致。

虽无子建才八斗，胜似潘安貌十分。

刘妪也替女儿备办些衣饰之类。吉日已到，请下两家亲戚，大设喜筵，将宋金赘入船上为婿。次日，诸亲作贺，一连吃了三日喜酒。宋金成亲之后，夫妻恩爱，自不必说。从此船上生理，日兴一日。

光阴似箭，不觉过了一年零两个月。宜春怀孕日满，产下一女。夫妻爱惜如金，轮流怀抱。期岁方过，此女害了痘疮，医药不效，十二朝身死。宋金痛念爱女，哭泣过哀，七情所伤，遂得了个痨瘵之疾。朝凉暮热，饮食渐减，看看骨露肉消，行迟走慢。刘翁、刘妪初时还指望他病好，替他迎医问卜。延至一年之外，病势有加无减。三分人，七分鬼。写也写不动，算也算不动。倒做了眼中之钉，巴不得他死了干净。却又不死。两个老人家懊悔不迭，互相抱怨起来。当初只指望半子靠老，如今看这货色，不死不活，分明一条烂死蛇缠在身上，摆脱不下。把个花枝般女儿，误了终身，怎生是了？为今之计，如何生个计较，送开了那冤家，等女儿另招了佳婿，方才称心。两口儿商量了多时，定了个计策。连女儿都瞒过了。只说有客货在于江西，移船往载。行至池州五溪地方，到一个荒僻的所在，但见孤山寂寂，远水滔滔，野岸荒崖，绝无人迹。是日小小逆风，刘公故意把舵使歪，船便向沙岸上搁住，却叫宋金下水推舟。宋金手迟脚慢，刘公就骂道："痨病鬼！没气力使船时，岸上野柴也砍些来烧烧，省得钱买。"宋金自觉惶愧，取了砍刀，挣扎到岸上砍柴去了。刘公乘其未回，把舵用力撑动，拨转船头，挂起满风帆，顺流而下。

不愁骨肉遭颠沛，且喜冤家离眼睛。

且说宋金上岸打柴，行到茂木深处，树木虽多，哪有气力去砍伐，只得拾些儿残柴，割些败棘，抽取枯藤，束做两大捆，却又没有气力背负得去。心生一计，再取一条枯藤，将两捆野柴穿做一捆，露出长长的藤头，用手挽之而行，如牧童牵牛之势。行了一时，想起忘了砍刀在地，又复身转去，取了砍刀，也插入柴捆之内，缓缓的拖下岸来。到于泊舟之处，已不见了船。但见江烟沙岛，一望无际。宋金沿江而上，且行且看，并无踪影，看看红日西沉。情知为丈人所弃。上天无路，入地无门，不觉痛切于心，放声大哭。哭得气咽喉干，闷绝于地，半晌方苏。忽见岸上一老僧，正不知从何而来，将拄杖曳地，问道："檀越伴侣何在？此非驻足之地也！"宋金忙起身作礼，口称姓名："被丈人刘翁脱赚，如今孤苦无归，求老师父提挈，救取微命。"老僧道："贫僧茅庵不远，且同往暂住一宵，来日再做道理。"宋金感谢不已，随着老僧而行。

约莫里许，果见茅庵一所。老僧敲石取火，煮些粥汤，把与宋金吃了。方才问道："令岳与檀越有何仇隙？愿闻其详。"宋金将入赘船上，及得病之由，备细告诉了一遍。老僧道："老檀越怀恨令岳乎？"宋金道："当初求乞之时，蒙彼收养婚配，今日病危见弃，乃小生命薄所致，岂敢怀恨他人？"老僧道："听子所言，真忠厚之士也。尊恙乃七情所伤，非药饵可治。惟清心调摄，可以愈之。平日间曾奉佛法诵经否？"宋金道："不曾。"老僧于袖中取出一卷相赠，道："此乃《金刚般若经》，我佛心印。贫僧今教授檀越，若日诵一遍，可以息诸妄念，却病延年，有无穷利益。"宋金原是陈州娘娘庙前老和尚转世来的，前生专诵此经。今日口传心受，一遍便能熟诵，此乃是前因不断。宋金和老僧打坐，闭眼诵经，将次天明，不觉睡去。及至醒来，身坐荒草坡间，并不见老僧及茅庵在哪里。《金刚经》却在怀中，开卷能诵。宋金心下好生诧异，遂取池水净口，将经朗诵一遍。觉万虑消释，病体顿然健旺。方知圣僧显化相救，亦是夙因所致也。宋金向空叩头，感谢龙天保佑。然虽如此，此身如大海浮萍，没有着落，信步行去，早觉腹中饥馁。望见前山林木之内，隐隐似有人家，不免再温旧稿，向前乞食。只因这一番，有分叫：宋小官凶中化吉，难过福来。正是：

路逢尽处还开径，水到穷时再发源。

宋金走到前山一看，并无人烟，但见枪刀戈戟，遍插林间。宋金心疑不决，放胆前去，见一所败落土地庙，庙中有大箱八只，封锁甚固，上用松茅遮盖。宋金暗想："此必大盗所藏，布置枪刀，乃惑人之计。来历虽则不明，取之无碍。"心生一计，乃折取松枝插地，记其路径，一步步走出林来，直至江岸。也是宋金时亨运泰，恰好有一只大船，因逆浪冲坏了舵，停泊于岸下修舵。宋金假作慌张之状，向船上人说道："我陕西钱金也。随吾叔父走湖广为商，道经于此，为强贼所劫。叔父被杀，我只说是跟随的小郎，久病乞哀，暂容残喘。贼乃遣伙内一人，与我同住土地庙中，看守货物，他又往别处行劫去了。天幸同伙之人，昨夜被毒蛇咬死，我得脱身在此。幸方便载我去。"舟人闻言，不甚信。宋金又道："见有八巨箱在庙内，皆我家财物。庙去此不远，多央几位上岸，抬归舟中，愿以一箱为谢，必须速往，万一贼徒回转，不惟无及于事，且有祸患。”众人都是千里求财的，闻说有八箱货物。一个个欣然愿往。当时聚起十六筹后生，准备八副绳索杠棒，随宋金往土地庙来。果见巨箱八只，其箱甚重。每二人抬一箱，恰好八杠。宋金将林子内枪刀收起，藏于深草之内，八个箱子都下了船，舵已修好了。舟人问宋金道：“老客今欲何往？”宋金道：“我且往南京省亲。”舟人道：“我的船正要往瓜州，却喜又是顺便。”当下开船，约行五十余里方歇。众人奉承陕西客有钱，倒凑出银子，买酒买肉，与他压惊称贺。次日西风大起，挂起帆来，不几日，到了瓜州停泊。那瓜州到南京只隔十来里江面。宋金另唤了一只渡船，将箱笼只拣重的抬下七个，把一个箱子送与舟中众人，以践其言。众人自去开箱分用，不在话下。

宋金渡到龙江关口，寻了店主人家住下，唤铁匠对了匙钥。打开箱看时，其中充牣，都是金玉珍宝之类。原来这伙强盗积之有年，不是取之一家，获之一时的。宋金先把一箱所蓄，鬻之于市，已得数千金。恐主人生疑，迁寓于城内，买家奴服侍，身穿罗绮，食用膏粱。余六箱，只拣精华之物留下，其他都变卖，不下数万金。就于南京仪凤门内买下一所大宅，改造厅堂园亭，置办日用家伙，极其华整。门前开张典铺，又置买田庄数处，家僮数十房，出色管事者千人。又畜美童四人，随身答应。满京城都称他为钱员外，出乘舆马，入拥金资。自古道：“居移气，养移体。”宋金今日财发身发，肌肤充悦，容采光泽，绝无向来枯瘠之容，寒酸之气。正是：

人逢运至精神爽，月到秋来光彩新。

话分两头。且说刘有才那日哄了女婿上岸，拨转船头，顺风而下，瞬息之间，已行百里。老夫妇两口暗暗欢喜。宜春女儿犹然不知，只道丈夫还在船上，煎好了汤药，叫他吃时，连呼不应。还道睡着在船头，自要去唤他。却被母亲劈手夺过药瓯，向江中一泼，骂道：“痨病鬼在哪里？ 你还要想他！”宜春道：“真个在哪里？”母亲道：“你爹见他病害得不好，恐沾染他人，方才哄他上岸打柴，径自转船来了。”宜春一把扯住母亲，哭天哭地叫道：“还我宋郎来。”刘公听得艄内啼哭，走来劝道：“我儿，听我一言，妇道家嫁人不着，一世之苦。那害痨的死在早晚，左右要拆散的，不是你姻缘了，到不如早些开交干净，免致耽误你青春。待做爹的另拣个好郎君，完你终身。休想他罢！”宜春道：“爹做的是什么事！都是不仁不义、伤天理的勾当。宋郎这头亲事，原是二亲主张。既做了夫妻，同生同死，岂可翻悔？ 就是他病势必死，亦当待其善终，何忍弃之于无人之地？ 宋郎今日为奴而死，奴决不独生。爹若可怜见孩儿，快转船上水，寻取宋郎回来，免被旁人讥谤。”刘公道：“那害痨的不见了船，定然转往别处村坊乞食去了，寻之何益？ 况且下水顺风，相去已百里之遥，一动不如一静，劝你息了心罢！”宜春见父亲不允，放声大哭，走出船舷，就要跳水。喜得刘妈手快，一把拖住。宜春以死自誓，哀哭不已。

两个老人家不道女儿执性如此，无可奈何，准准的看守了一夜。次早只得依顺他，开船上水。风水俱逆，弄了一日，不够一半之路。这一夜啼啼哭哭又不得安稳。第三日申牌时分，方到得先前搁船之处。宜春亲自上岸寻取丈夫，只见沙滩上乱柴二捆，砍刀一把，认得是船上的刀。眼见得这捆柴，是宋郎驮来的，物在人亡，愈加疼痛。不肯心死，定要往前寻觅，父亲只索跟随同去。走了多时，但见树黑山深，杳无人迹。刘公劝他回船，又啼哭了一夜。第四日黑早，再叫父亲一同上岸寻觅，都是旷野之地，更无影响。只得哭下船来，想道："如此荒郊，叫丈夫何处乞食？况久病之人，行走不动，他把柴刀抛弃沙崖，一定是赴水自尽了。"哭了一场，望着江心又跳，早被刘公拦住。宜春道："爹妈养得奴的身，养不得奴的心。孩儿左右是要死的，不如放奴早死，以见宋郎之面。"

两个老人家见女儿十分痛苦，甚不过意。叫道："我儿，是你爹妈不是了，一时失于计较，干出这事。差之在前，懊悔也没用了。你可怜我年老之人，只生得你一人。你若死时，我两口儿性命也都难保。愿我儿恕了爹妈之罪，宽心度日。待做爹的写一招子，于沿江市镇各处粘帖。倘若宋郎不死，见我招帖，定可相逢。若过了三个月无信，凭你做好事，追荐丈夫。做爹的替你用钱，并不吝惜。"宜春方才收泪谢道："若得如此，孩儿死也瞑目。"刘公即时写个寻婿的招帖，粘于沿江市镇墙壁触眼之处，过了三个月，绝无音耗。宜春道："我丈夫果然死了。"即忙制备头梳麻衣，穿着一身重孝，设了灵位祭奠，请九个和尚，做了三昼夜功德，自将簪珥布施，为亡夫祈福。刘翁、刘妪爱女之心无所不至，并不敢一些违拗，闹了数日方休。兀自朝哭五更，夜哭黄昏。邻船闻之，无不感叹。有一班相熟的客人，闻知此事，无不可惜宋小官，可怜刘小娘者。宜春整整的哭了半年六个月，方才住声。刘翁对阿妈道："女儿这几日不哭，心下渐渐冷了，好劝他嫁人。终不然我两个老人家守着个孤孀女儿，缓急何靠？"刘妪道："阿老见得是。只怕女儿不肯，须是缓缓的偎他。"

又过了月余，其时十二月二十四日，刘翁回船到昆山过年。在亲戚家吃醉了酒，乘其酒兴来劝女儿道："新春将近，除了孝罢！"宜春道："丈夫是终身之孝，怎么除得？"刘翁睁着眼道："什么终身之孝！做爹的许你带时便带，不许你带时，就不容你带。"刘妪见老儿口重，便来收科道："再等女儿带过了残岁，除夜做碗羹饭起了灵，除孝罢！"宜春见爹妈话不投机，便啼哭起来道："你两口儿合计害了我丈夫，又不容我带孝，无非要我改嫁他人，我岂肯失节以负宋郎！宁可带孝而死，决不除孝而生。"刘翁又待发作，被婆子骂了几句，劈颈的推向船舱睡了。宜春依先又哭了一夜。

到月尽三十日除夜，宜春祭奠了丈夫，哭了一会。婆子劝住了。三口儿同吃夜饭。爹妈见女儿荤酒不闻，心中不乐，便道："我儿！你孝是不肯除了，略吃点荤菜，何妨得？少年人不要弄弱了元气。"宜春道："未死之人，苟延残喘，连这碗素饭也是多吃的，还吃甚荤腥？"刘妪道："既不用荤，吃杯素酒儿，也好解闷。"宜春道："一滴何曾到九泉，想着死者，我何忍下咽。"说罢，又哀哀的哭将起来，连素饭也不吃就去睡了。刘翁夫妇料道女儿志不可夺，从此再不强他。后人有诗赞宜春之节。诗曰：

闺中节烈古今传，船女何曾阅简编？誓死不移金石志，《柏舟》端不愧前贤。

话分两头。再说宋金住在南京一年零八个月，把家业挣得十全了，却叫管家看守门墙，自己带了三千两银子，领了四个家人，两个美童，顾了一只航船，径至昆山来访刘翁刘妪。邻舍人家说道："三日前往仪真去了。"宋金将银两贩了布匹，转至仪真，下个有名的主家，上货了毕。

次日，去河口寻着了刘家船只，遥见浑家在船艄麻衣素妆，知其守节未嫁，伤感不已。回到下处，向主人王公说道："河下有一舟妇，带孝而甚美，我已访得是昆山刘顺泉之船，此妇即其女也。吾丧偶已将二年，欲求此女为继室。"遂于袖中取出白金十两，奉与王公道："此薄意权为酒资，烦老翁执伐。成事之日，更当厚谢。若问财礼，虽千金吾亦不吝。"王公接银欢喜，径往船上，邀刘翁到一酒馆，盛设相款，推刘翁于上坐。刘翁大惊道："老汉操舟之人，何劳如此厚待？必有缘故。"王公道："且吃三杯，方敢启齿。"刘翁心中愈疑道："若不说明，必不敢坐。"王公道："小店有个陕西钱员外，万贯家财，丧偶将二载，慕令爱小娘子美貌，欲求为继室。愿出聘礼千金，特央小子作伐，望勿见拒。"刘翁道："舟女得配富室，岂非至愿。但吾儿守节甚坚，言及再婚，便欲寻死。此事不敢奉命，盛意亦不敢领。"便欲起身。王公一手扯住道："此设亦出钱员外之意，托小子做个主人，既已费了，不可虚之，事虽不谐，无害也。"刘翁只得坐了。饮酒中间，王公又说起："员外相求，出于至诚，望老翁回舟，从容商议。"刘翁被女儿几遍投水唬坏了，只是摇头，略不统口。酒散各别。王公回家，将刘翁之语，述与员外。宋金方知浑家守志之坚。乃对王公说道："姻事不成也罢了，我要雇他的船载货往上江出脱，难道也不允？"王公道："天下船载天下客，不消说，自然从命。"王公即时与刘翁说了雇船之事，刘翁果然依允。宋金乃吩咐家童，先把铺陈行李发下船来，货且留岸上，明日发也未迟。宋金锦衣貂帽，两个美童，各穿绿绒直身，手执熏炉如意跟随。刘翁夫妇认做陕西钱员外，不复相识。到底夫妇之间，与他人不同。宜春在艄尾窥视，虽不敢便信是丈夫，暗暗的惊怪道："有七八分厮像。"只见那钱员外才上得船，便向船艄说道："我腹中饥了，要饭吃，若是冷的，把些热茶淘来罢。"宜春已自心疑。那钱员外又吆喝僮仆道："个儿郎吃我家饭，穿我家衣，闲时搓些绳，打些索，也有用处，不可空坐！"这几句分明是宋小官初上船时，刘翁吩咐的话。宜春听得，愈加疑心。少顷，刘翁亲自捧茶奉钱员外，员外道："你船艄上有一破毡笠，借我用之。"刘翁愚蠢，全不省事，径与女儿讨那破毡笠。宜春取毡笠付与父亲，口中微吟四句：

毡笠虽然破，经奴手自缝；因思戴笠者，无复旧时容。

钱员外听艄后吟诗，嘿嘿会意。接笠在手，亦吟四句：

仙凡已换骨，故乡人不识。虽则锦衣还，难忘旧毡笠。

是夜宜春对翁妪道："舱中钱员外，疑即宋郎也。不然何以知吾船有破毡笠。且面庞相肖，语言可疑，可细叩之。"刘翁大笑道："痴女子！那宋家痨病鬼，此时骨肉俱消矣。就使当年未死，亦不过乞食他乡，安能致此富盛乎？"刘妪道："你当初怪爹娘劝你除孝改嫁，动不动跳水求死，今见客人富贵，便要认他是丈夫，倘你认他不认，岂不可羞。"宜春满面羞惭，不敢开口。刘翁便招阿妈到背处道："阿妈你休如此说，姻缘之事，莫非天数。前日王店主请我到酒馆中饮酒，说陕西钱员外，愿出千金聘礼，求我女儿为继室。我因女儿执性，不曾统口。今日难得女儿自家心活，何不将机就机，把他许配钱员外，落得你我下半世受用。"刘妪道："阿老见得是。那钱员外来雇我家船只，或者其中有意。阿老明日可往探之。"刘翁道："我自有道理。"

次早钱员外起身，梳洗已毕，手持破毡笠于船头上反复把玩。刘翁启口而问道："员外，看这破毡笠则甚？"员外道："我爱那缝补处，这行针线，必出自妙手。"刘翁道："此乃小女所缝，有何妙处？前日王店主传员外之命，曾有一言，未知真否？"钱员外故意问道："所传何言？"刘翁道："他说员外丧了孺人，已将二载，未曾继娶，欲得小女为婚。"员外道："老翁愿也不愿？"刘翁道："老汉求之不得，但恨小女守节甚坚，誓不再嫁，所以不敢轻诺。"员外道："令婿为何而死？”刘翁道：“小婿不幸得了个痨瘵之疾，其年因上岸打柴未还，老汉不知，错开了船，以后曾出招帖寻访了三个月，并无动静，多是投江而死了。”员外道：“令婿不死，他遇了个异人，病都好了，反获大财致富。老翁若要会令婿时，可请令爱出来。”此时宜春侧耳而听，一闻此言，便哭将起来。骂道：“薄幸钱郎，我为你带了三年重孝，受了千辛万苦，今日还不说实话，待怎么？”宋金也堕泪道：“我妻！快来相见！”夫妻二人抱头大哭。刘翁道：“阿妈，眼见得不是什么钱员外了，我与你须索去谢罪。”刘翁刘妪走进舱来，施礼不迭。宋金道：“丈人丈母，不须恭敬，只是小婿他日有病痛时，莫再脱赚。”两个老人家羞惭满面。宜春便除了孝服，将灵位抛向水中。宋金便唤跟随的僮仆来与主母磕头。翁妪杀鸡置酒，管待女婿，又当接风，又是庆贺筵席。安席已毕，刘翁叙起女儿自来不吃荤酒之意，宋金惨然下泪，亲自与浑家把盏，劝他开荤。随对翁妪道：“据你们设心脱赚，欲绝吾命，恩断义绝，不该相认了。今日勉强吃你这杯酒，都看你女儿之面。”宜春道：“不因这番脱赚，你何由发迹？况爹妈日前也有好处，今后但记恩，莫记怨。”宋金道：“谨依贤妻尊命。我已立家于南京，田园富足，你老人家可弃了驾舟之业，随我到彼，同享安乐，岂不美哉。”翁妪再三称谢，是夜无话。

次日，王店主闻知此事，登船拜贺，又吃了一日酒。宋金留家童三人于王店主家发布取账。自己开船先往南京大宅子，住了三日，同浑家到昆山故乡扫墓，追荐亡亲。宗族亲党各有厚赠。此时范知县已罢官在家。闻知宋小官发迹还乡，恐怕街坊撞见没趣，躲向乡里，有月余不敢入城。宋金完了故乡之事，重回南京，阖家欢喜，安享富贵，不在话下。

再说宜春见宋金每早必进佛堂中拜佛诵经，问其缘故。宋金将老僧所传《金刚经》却病延年之事，说了一遍。宜春亦起信心，要丈夫教会了，夫妻同诵，到老不衰。后享寿各九十余，无疾而终。子孙为南京世富之家，亦有发科第者。后人评云：

刘老儿为善不终，宋小官因祸得福。《金刚经》清除灾难，破毡笠团圆骨肉。

玉堂春落难逢夫

公子初年柳陌游，玉堂一见便绸缪；黄金数万皆消费，红粉双眸枉泪流。
财货拐，仆驹休，犯法洪同狱内囚；按临骢马冤愆脱，百岁姻缘到白头。

话说正德年间，南京金陵城有一人，姓王名琼，别号思竹，中乙丑科进士，累官至礼部尚书。因刘瑾擅权，劾了一本，圣旨发回原籍。不敢稽留，收拾轿马和家眷起身。王爷暗想有几两俸银，都借在他人名下，一时取讨不及。况长子南京中书，次子时当大比，踌躇半晌，乃呼公子三官前来。

那三官双名景隆，字顺卿，年方一十七岁。生得眉目清新，丰姿俊雅，读书一目十行，举笔即便成文，原是个风流才子。王爷爱惜胜如心头之气，掌上之珍。当下王爷唤至吩咐道：“我留你在此读书，叫王定讨账，银子完日，作速回家，免得父母牵挂。我把这里账目，都留与你。”叫王定过来：“我留你与三叔在此读书讨账，不许你引诱他胡行乱为。吾若知道，罪责非小。”王定叩头说：“小人不敢。”次日收拾起程，王定与公子送别，转到北京，另寻寓所安下。

公子谨依父命，在寓读书。王定讨账。不觉三月有余，三万银账，都收完了。公子把底账扣算，分厘不欠。吩咐王定，选日起身。公子说："王定，我们事体俱已定了。我与你到大街上各巷口，闲耍片时，来日起身。"王定遂即锁了房门，吩咐主人家用心看着牲口。房主说："放心，小人知道。"二人离了寓所，至大街观看皇都景致。但见：

人烟凑集，车马喧阗。人烟凑集，合四山五岳之音；车马喧阗，尽六部九卿之辈。做买做卖，总四方土产奇珍；闲荡闲游，靠万岁太平洪福。处处胡同铺锦绣，家家杯斝醉笙歌。

公子喜之不尽。忽然又见五七个宦家子弟，各拿琵琶弦子，欢乐饮酒。公子道："王定，好热闹去处。"王定说："三叔，这等热闹，你还没到那热闹去处哩！"二人前至东华门，公子睁眼观看，好锦绣景致。只见门彩金凤，柱盘金龙。王定道："三叔，好么？"公子说："真个好所在！"又走前面去，问王定："这是哪里？"王定说："这是紫禁城。"公子往里一视，只见城内瑞气腾腾，红光闪闪。看了一会，果然富贵无过于帝王，叹息不已。

离了东华门往前，又走多时，到一个所在，见门前站着几个女子，衣服整齐。公子便问："王定，此是何处？"王定道："此是酒店。"乃与王定进到酒楼上。公子坐下。看到楼上有五七席饮酒的，内中一席有两个女子，坐着同饮。公子看那女子，人物清楚，比门前站的，更胜几分。公子正看中间，酒保将酒来，公子便问："此女是哪里来的？"酒保说："这是一秤金家丫头翠香、翠红。"三官道："生得清气。"酒保说："这等就说标致；他家里还有一个粉头，排行三姐，号玉堂春，有十二分颜色。鸨儿索价太高，还未梳栊。"公子听说留心。叫王定还了酒钱，下楼去，说："王定，我与你春院胡同走走。"王定道："三叔不可去，老爷知道怎了？"公子说："不妨，看一看就回。"乃走至本司院门首。果然是：

花街柳巷，绣阁朱楼。家家品竹弹丝，处处调脂弄粉。黄金买笑，无非公子王孙；红袖邀欢，都是妖姿丽色。正疑香雾弥天霭，忽听歌声别院娇。总然道学也迷魂，任是真僧须破戒。

公子看得眼花缭乱，心内踌躇，不知哪是一秤金的门。正思中间，有个卖瓜子的小伙叫做金哥走来，公子便问："哪是一秤金的门？"金哥说："大叔莫不是要耍？ 我引你去。"王定便道："我家相公不嫖，莫错认了。"公子说："但求一见。"那金哥就报与老鸨知道。老鸨慌忙出来迎接，请进待茶。王定见老鸨留茶，心下慌张，说："三叔可回去罢！"老鸨听说，问道："这位何人？"公子说："是小价。"鸨子道："大哥，你也进来吃茶去，怎么这等小器？"公子道："休要听他。"跟着老鸨往里就走。王定道："三叔不要进去，俺老爷知道，可不干我事。"在后边自言自语。公子哪里听他，竟到了里面坐下。

老鸨叫丫头看茶。茶罢，老鸨便问："客官贵姓？"公子道："学生姓王，家父是礼部正堂。"老鸨听说拜道："不知贵公子，失瞻休罪。"公子道："不碍，休要计较。久闻令爱玉堂春大名，特来相访。"老鸨道："昨有一位客官，要梳栊小女，送一百两财礼，不曾许他。"公子道："一百两财礼小哉！ 学生不敢夸大话，除了当今皇上，往下也数家父。就是家祖，也做过侍郎。"老鸨听说，心中暗喜。便叫翠红请三姐出来见尊客。翠红去不多时，回话道："三姐身子不健，辞了罢！"老鸨起身带笑说："小女从幼养娇了。直待老婢自去唤他。"王定在旁猴急，又说："他不出来就罢了，莫又去唤。"老鸨不听其言，走进房中，叫："三姐，我的儿，你时运到了！今有王尚书的公子，特慕你而来。”玉堂春低头不语。慌得那鸨儿便叫：“我儿，王公子好个标致人物，年纪不上十六七岁，囊中广有金银。你若打得上这个主儿，不但名声好听，也够你一世受用。”玉姐听说，即时打扮，来见公子。临行，老鸨又说：“我儿，用心奉承，不要怠慢他。”玉姐道：“我知道了。”公子看玉堂春，果然生得好：

髮挽乌云，眉弯新月。肌凝瑞雪，脸衬朝霞。袖中玉笋尖尖，裙下金莲窄窄。雅淡梳妆偏有韵，不施脂粉自多姿，便数尽满院名姝，总输他十分春色。

玉姐偷看公子，眉清目秀，面白唇红，身段风流，衣裳清楚，心中也是暗喜。当下玉姐拜了公子。老鸨就说：“此非贵客坐处，请到书房小叙。”公子相让，进入书房，果然收拾得精致。明窗净几，古画古炉，公子却无心细看，一心只对着玉姐。鸨儿帮衬，叫女儿挨着公子肩下坐了，吩咐丫鬟摆酒。王定听见摆酒，一发着忙，连声催促三叔回去。老鸨丢个眼色与丫头：“请这大哥到房里吃酒。”翠香、翠红道：“姐夫请进房里，我和你吃盅喜酒。”王定本不肯去，被翠红二人，拖拖拽拽扯进去坐了。甜言美语，劝了几杯酒。初时还是勉强，以后吃得热闹，连王定也忘怀了，索性放落了心，且偷快乐。

正饮酒中间，听得传语公子叫王定。王定忙到书房，只见杯盘罗列，本司自有答应乐人，奏动乐器。公子开怀乐饮。王定走近身边，公子附耳低言：“你到下处取二百两银子，四匹尺头，再带散碎银二十两，到这里来。”王定道：“三叔要这许多银子何用？”公子道：“不要你闲管。”王定没奈何，只得来到下处，开了皮箱，取出五十两元宝四个，并尺头碎银，再到本司院说：“三叔有了。”公子看也不看，都叫送与鸨儿，说：“银两尺头，权为令爱初会之礼；这二十两碎银，把做赏人杂用。”王定只道公子要讨那三姐回去，用许多银子，听说只当初会之礼，吓得舌头吐出三寸。却说鸨儿一见了许多东西，就叫丫头转过一张空桌。王定将银子尺头，放在桌上，鸨儿假意谦让了一回。叫玉姐：“我儿，拜谢了公子。”又说：“今日是王公子，明日就是王姐夫了。”叫丫头收了礼物进去。“小女房中还备得有小酌，请公子开怀畅饮。”公子与玉姐肉手相挽，同至香房。只见围屏小桌，果品珍馐，俱已摆设完备。公子上坐，鸨儿自弹弦子，玉堂春清唱侑酒。弄得三官骨松筋痒，神荡魂迷。王定见天色晚了，不见三官动身，连催了几次。丫头受鸨儿之命，不与他传。王定又不得进房。等了一个黄昏，翠红要留他宿歇，王定不肯，自回下处去了。公子直饮到二鼓方散。玉堂春殷勤服侍公子上床，解衣就寝。真个男贪女爱，倒凤颠鸾，彻夜交情，不在话下。

玉堂春落难逢夫

天明，鸨儿叫厨下摆酒煮汤，自进香房追红讨喜，叫一声：“王姐夫，可喜可喜！”丫头小厮都来磕头。公子吩咐王定每人赏银一两。翠香、翠红各赏衣服一套，折钗银三两。王定早晨本要来接公子回寓，见他撒漫使钱，有不然之色。公子暗想：“在这奴才手里讨针线，好不爽利，索性将皮箱搬到院里，自家便当。”鸨儿见皮箱来了，愈加奉承。真个朝朝寒食，夜夜元宵，不觉住了一个多月。老鸨要生心科派，设一大席酒，搬戏演乐，专请三官玉姐二人赴席。鸨子举杯敬公子说："王姐夫，我女儿与你成了夫妇，地久天长，凡家中事务，望乞扶持。"那三官心里只怕鸨子心里不自在，看那银子犹如粪土，凭老鸨说谎，欠下许多债负，都替他还。又打若干首饰酒器，做若干衣服，又许他改造房子。又造百花楼一座，与玉堂春做卧房。随其科派，件件许了。正是：

酒不醉人人自醉，色不迷人人自迷。

急得家人王定手足无措，三回五次，催他回去。三官初时含糊答应，以后逼急了，反将王定痛骂。王定没奈何，只得到求玉姐劝他。玉姐素知虔婆利害，也来苦劝公子道："'人无千日好，花有几日红！'你一日无钱，他翻了脸来，说不认得你。"三官此时手内还有钱钞，哪里信他这话。王定暗想："心爱的人还不听他，我劝他则甚？"又想："老爷若知此事，如何了得！不如回家报与老爷知道，凭他怎么裁处，与我无干。"王定乃对三官说："我在北京无用，先回去罢！"三官正厌王定多管，巴不得他开身，说："王定，你去时，我与你十两盘费，你到家中禀老爷，只说账未完，三叔先使我来问安。"玉姐也送五两，鸨子也送五两，王定拜别三官而去。正是：

各人自扫门前雪，莫管他家瓦上霜。

且说三官被酒色迷住，不想回家。光阴似箭，不觉一年。亡八淫妇终日科派。莫说上头、做生、讨粉头、买丫鬟，连亡八的寿圹都打得到。三官手内财空。亡八一见无钱，凡事疏淡，不照常答应奉承。又住了半月，一家大小作闹起来。老鸨对玉姐说："'有钱便是本司院，无钱便是养济院'。王公子没钱了，还留在此做甚！那曾见本司院举了节妇，你却呆守那穷鬼做甚？"玉姐听说，只当耳边之风。

一日三官下楼往外去了，丫头来报与鸨子。鸨子叫玉堂春下来："我问你，几时打发王三起身？"玉姐见话不投机，复身向楼上便走。鸨子随即跟上楼来。说："奴才，不理我么？"玉姐说："你们这等没天理，王公子三万两银子，俱送在我家。若不是他时，我家东也欠债，西也欠债，焉有今日这等足用？"鸨子怒发，一头撞去。高叫："三儿打娘哩！"亡八听见，不分是非，便拿了皮鞭，赶上楼来，将玉姐撵跌在楼上，举鞭乱打。打得髻偏发乱，血泪交流。

且说三官在午门外，与朋友相叙，忽然面热肉颤，心下怀疑，即辞归，径走上百花楼。看见玉姐如此模样，心如刀割，慌忙抚摩，问其缘故。玉姐睁开双眼，看见三官，强把精神挣着说："俺的家务事，与你无干！"三官说："冤家，你为我受打，还说无干？明日辞去，免得累你受苦！"玉姐说："哥哥，当初劝你回去，你却不依我。如今孤身在此，盘缠又无，三千余里，怎生去得？我如何放得心？你若不能还乡，流落在外，又不如忍气且住几日。"三官听说，闷倒在地。玉姐近前抱住公子，说："哥哥，你今后休要下楼去，看那亡八淫妇怎么样行来？"三官说："欲待回家，难见父母兄嫂；待不去，又受不得亡八冷言热语。我又舍不得你，待住，那亡八淫妇只管打你。"玉姐说："哥哥，打不打你休管他，我与你是从小的儿女夫妻，你岂可一旦别了我！"

看看天色又晚，房中往常时丫头秉灯上来，今日火也不与了。玉姐见三官痛伤，用手扯到床上睡了。一递一声长吁短气。三官与玉姐说："不如我去罢！再接有钱的客官，省你受气。"玉姐说："哥哥，那亡八淫妇，任他打我，你好歹休要起身。哥哥在时，奴命在，你真个要去，我只一死。"二人直哭到天明，起来，无人与他碗水。玉姐叫丫头："拿钟茶来与你姐夫吃。"鸨子听见，高声大骂："大胆奴才，少打。叫小三自家来取。"那丫头小厮都不敢来。玉姐无奈，只得自己下楼，到厨下盛碗饭，泪滴滴自拿上楼去。说："哥哥，你吃饭来。"公子才要吃，又听得下边骂。待不吃，玉姐又劝。公子方才吃得一口，那淫妇在楼下说："小三，大胆奴才，哪有'巧媳妇做出无米粥'？"三官分明听得他话，只索隐忍。正是：

囊中有物精神旺，手内无钱面目惭。

却说亡八恼恨玉姐，待要打他，倘或打伤了，难叫他挣钱；待不打他，他又恋着王小三。十分逼的小三极了，他是个酒色迷了的人，一时他寻个自尽，倘或尚书老爷差人来接，那时把泥做也不干。左思右算，无计可施。鸨子说："我自有妙法，叫他离咱门去。明日是你妹子生日，如此如此，唤做'倒房计'。"亡八说："倒也好。"鸨子叫丫头楼上问："姐夫吃了饭还没有？"鸨子上楼来说："休怪！俺家务事，与姐夫不相干。"又照常摆上了酒。吃酒中间，老鸨忙陪笑道："三姐，明日是你姑娘生日，你可禀王姐夫，封上人情，送去与他。"玉姐当晚封下礼物。

第二日清晨，老鸨说："王姐夫早起来，趁凉可送人情到姑娘家去。"大小都离司院，将半里，老鸨故意吃一惊。说："王姐夫，我忘了锁门，你回去把门锁上。"公子不知鸨子用计，回来锁门不题。且说亡八从那小巷转过来。叫："三姐，头上吊了簪子。"哄的玉姐回头，那亡八把头口打了两鞭，顺小巷流水出城去了。

三官回院，锁了房门，忙往外赶看，不见玉姐，遇着一伙人。公子躬身便问："列位曾见一起男女，往哪里去了？"那伙人不是好人，却是短路的。见三官衣服齐整，心生一计，说："才往芦苇西边去了。"三官说："多谢列位。"公子往芦苇里就走。这人哄的三官往芦苇里去了，急忙走在前面等着。三官至近，跳起来喝一声，却去扯住三官，齐下手剥去衣服帽子，拿绳子捆在地上。三官手足难挣，昏昏沉沉，捱到天明，还只想了玉堂春，说："姐姐，你不知在何处去，哪知我在此受苦！"

不说公子有难，且说亡八淫妇拐着玉姐，一日走了一百二十里地，野店安下。玉姐明知中了亡八之计，路上牵挂三官，泪不停滴。

再说三官在芦苇里，口口声声叫救命。许多乡老近前看见，把公子解下绳子。就问："你是哪里人？"三官害羞不说是公子，也不说嫖玉堂春。浑身上下又无衣服，眼中吊泪说："列位大叔，小人是河南人，来此小买卖，不幸遇着歹人，将一身衣服尽剥去了，盘费一文也无。"众人见公子年少，舍了几件衣服与他，又与了他一顶帽子。三官谢了众人，拾起破衣穿了，拿破帽子戴了。又不见玉姐，又没了一个钱，还进北京来，顺着房檐，低着头，从早至黑，水也没得口。三官饿的眼黄，到天晚寻宿，又没人家下他。有人说："想你这个模样子，谁家下你？你如今可到总铺门口去，有觅人打梆子，早晚勤谨，可以度日。"三官径至总铺门首，只见一个地方来雇人打更。三官向前叫："大叔，我打头更。"地方便问："你姓什么？"公子说："我是王小三。"地方说："你打二更罢！失了更，短了筹，不与你钱，还要打哩！"三官是个自在惯了的人，贪睡了，晚间把更失了。地方骂："小三，你这狗骨头，也没造化吃这自在饭，快着走。"三官自思无路，乃到孤老院里去存身。正是：

一般院子里，苦乐不相同。

却说那亡八鸨子说："咱来了一个月，想那王三必回家去了，咱们回去罢。"收拾行李，回到本司院。只有玉姐每日思想公子，寝食俱废。鸨子上楼来，苦苦劝说："我的儿，那王三已是往家去了，你还想他怎么？北京城内多少王孙公子，你只是想着王三不接客。你可知道我的性子，自讨分晓，我再不说你了。”说罢自去了。玉姐泪如雨滴。想王顺卿手内无半文钱，不知怎生去了？“你要去时，也通个信息，免使我苏三常常挂牵。不知何日再得与你相见？”

不说玉姐想公子。且说公子在北京院讨饭度日。北京大街上有个高手王银匠，曾在王尚书处打过酒器。公子在虔婆家打首饰物件，都用着他。一日往孤老院过。忽然看见公子，唬了一跳。上前扯住，叫：“三叔！你怎么这等模样？”三官从头说了一遍。王银匠说：“自古狠心亡八！三叔，你今到寒家，清茶淡饭，暂住几日。等你老爷使人来接你。”三官听说大喜，随跟至王匠家中。王匠敬他是尚书公子，尽礼管待，也住了半月有余。他媳妇见短，不见尚书家来接，只道丈夫说慌，乘着丈夫上街，便发说话：“自家一窝子男女，哪有闲饭养他人！好意留吃几日，各人要自达时务，终不然在此养老送终。”三官受气不过，低着头，顺着房檐往外，出来信步而行。走至关王庙，猛省关圣最灵，何不诉他？乃进庙跪于神前，诉以亡八鸨儿负心之事，拜祷良久，起来闲看两廊画的三国功劳。

却说庙门外街上，有一个小伙儿叫云：“本京瓜子，一分一桶；高邮鸭蛋，半分一个。”此人是谁？是卖瓜子的金哥。金哥说道：“原来是年景消疏，买卖不济。当时本司院有王三叔在时，一时照顾二百钱瓜子，转的来，我父母吃不了。自从三叔回家去了，如今谁买这物？二三日不曾发市，怎么过？我到庙里歇歇再走。”金哥进庙里来，把盘子放在供桌上，跪下磕头。三官却认得是金哥，无颜见他，双手掩面坐于门限侧边。金哥磕了头，起来，也来门限上坐下。三官只道金哥出庙去了。放下手来，却被金哥认出说：“三叔！你怎么在这里？”三官含羞带泪，将前事道了一遍。金哥说：“三叔休哭，我请你吃些饭。”三官说：“我得了饭。”金哥又问：“你这两日，没见你三婶来？”三官说：“久不相见了！金哥，我烦你到本司院密密的与三婶说，我如今这等穷，看他怎么说，回来复我。”金哥应允，端起盘，往外就走。三官又说：“你到哪里看风色，他若想我，你便提我在这里如此，若无真心疼我，你便休话，也来回我。他这人家有钱的另一样待，无钱的另一样待。”金哥说：“我知道。”辞了三官，往院里来。在于楼外边立着。

说那玉姐手托香腮，将汗巾拭泪，声声只叫：“王顺卿，我的哥哥！你不知在哪里去了？”金哥说：“呀，真个想三叔哩！”咳嗽一声，玉姐听见，问：“外边是谁？”金哥上楼来，说：“是我。我来买瓜子与你老人家嗑哩！”玉姐眼中吊泪，说：“金哥，纵有羊羔美酒。吃不下，哪有心绪嗑瓜仁！”金哥说：“三婶！你这两日怎么淡了？”三姐不理。金哥又问：“你想三叔，还想谁？你对我说，我与你接去。”玉姐说：“我自三叔去后，朝朝思想，哪里又有谁来？我曾记得一辈古人。”金哥说：“是谁？”玉姐说：“昔有个亚仙女，郑元和为他黄金使尽，去打《莲花落》。后来收心勤读诗书，一举成名。那亚仙风月声场中显大名。我常怀亚仙之心，怎得三叔他像郑元和方好。”

金哥听说，口中不语，心内自思：“王三倒也与郑元和相像了，虽不打《莲花落》，也在孤老院讨饭吃。”金哥乃低低把三婶叫了一声，说：“三叔如今在庙中安歇，叫我秘密的报与你，济他些盘费，好上南京。”玉姐唬了一惊，“金哥休要哄我。”金哥说：“三婶，你不信，跟我到庙中看看去。”玉姐说：“这里到庙中有多少远？”金哥说：“这里到庙中有三里地。”玉姐说：“怎么敢去？”又问：“三叔还有甚话？”金哥说：“只是少银子钱使用，并没甚话。”玉姐说：“你去对三叔说，十五日在庙里等我。”金哥去庙里回复三官，就送三官到王匠家中，“倘若他家不留你，就到我家里去。”幸得王匠回家，又留住了公子不题。

却说老鸨又问：“三姐！你这两日不吃饭，还是想着王三哩！你想他，他不想你。我儿好痴，我与你寻个比王三强的，你也新鲜些。”玉姐说：“娘，我心里一件事不得停当。”鸨子说：“你有什么事？”玉姐说：“我当初要王三的银子，黑夜与他说话，指着城隍爷爷说誓，如今等我还了愿，就接别人。”老鸨问：“几时去还愿？”玉姐道：“十五日去罢！”老鸨甚喜。预先备下香烛纸马。等到十五日，天未明，就叫丫头起来：“你与姐姐烧下水洗脸。”玉姐也怀心，起来梳洗，收拾私房银两，并钗钏首饰之类，叫丫头拿着纸马，径往城隍庙里去。进的庙来，天还未明，不见三官在哪里。哪晓得三官却躲在东廊下相等。先已看见玉姐，咳嗽一声。玉姐就知，叫丫头烧了纸马，“你先去，我两边看看十帝阎君。”玉姐叫了丫头转身，径来东廊下寻三官。三官见了玉姐，羞面通红。玉姐叫声：“哥哥王顺卿，怎么这等模样？”两下抱头而哭。玉姐将所带有二百两银子东西，付与三官，叫他置办衣帽买骡子，再到院里来，“你只说是从南京才到，休负奴言。”二人含泪各别。

玉姐回至家中，鸨子见了，欣喜不胜。说：“我儿还了愿了？”玉姐说：“我还了旧愿，发下新愿。”鸨子说：“我儿，你发下什么新愿？”玉姐说：“我要再接王三，把咱一家子死的灭门绝户，天火烧了。”鸨子说：“我儿这愿，忒发得重了些。”从此欢天喜地不题。

且说三官回到王匠家，将二百两东西，递与王匠，王匠大喜。即到了市上，买了一身衲帛衣服、粉底皂靴、绒袜、瓦楞帽子、青丝绦、真川扇、皮箱骡马，办得齐整。把砖头瓦片，用布包裹，假充银两，放在皮箱里面，收拾打扮停当。雇了两个小厮，跟随就要起身。王匠说：“三叔！略停片时，小子置一杯酒饯行。”公子说：“不劳如此，多蒙厚爱，异日须来报恩。”三官遂上马而去。

妆成圈套入胡同，鸨子焉能不强从；亏杀玉堂垂念永，固知红粉亦英雄。

却说公子辞了王匠夫妇，径至春院门首。只见几个小乐工，都在门首说话。忽然看见三官气象一新，唬了一跳。飞风报与老鸨。老鸨听说，半晌不言：“这等事怎么处？向日三姐说他是宦家公子，金银无数，我却不信，逐他出门去了。今日倒带有金银，好不惶恐人也！”左思右想，老着脸走出来见了三官，说：“姐夫从何而至？”一手扯住马头。公子下马唱了半个喏，就要行，说：“我伙计都在船中等我。”老鸨陪笑道：“姐夫好狠心也。就是寺破僧丑，也看佛面，纵然要去，你也看看玉堂春。”公子道：“向日那几两银子值甚的？学生岂肯放在心上！我今皮箱内，现有五万银子，还有几船货物。伙计也有数十人。有王定看守在哪里。”鸨子一发不肯放手了。公子恐怕掣脱了，将机就机，进到院门坐下。鸨儿吩咐厨下忙摆酒席接风。三官茶罢，就要走。故意拿出两锭银子来，都是五两头细丝。三官捡起，袖而藏之。鸨子又说：“我到了姑娘家酒也不曾吃，就问你，说你往东去了，寻不见你，寻了一个多月，俺才回家。”公子乘机便说：“亏你好心，我那时也寻不见你。王定来接我。我就回家去了。我心上也牵挂着玉姐，所以急急而来。”老鸨忙叫丫头去报玉堂春。丫头一路笑上楼来。玉姐已知公子到了，故意说：“奴才笑什么？”丫头说：“王姐夫又来了。”玉姐故意唬了一跳，说：“你不要哄我！”不肯下楼。老鸨慌忙自来。玉姐故意回脸往里睡。鸨子说：“我的亲儿！王姐夫来了。你不知道么？”玉姐也不语，连问了四五声，只不答应。这一时待要骂，又用着他。扯一把椅子拿过来，一直坐下，长吁了一声气。玉姐见他这模样，故意回过头起来，双膝跪在楼上，说："妈妈！今日饶我这顿打。"老鸨忙扯起来说："我儿！你还不知道王姐夫又来了。拿有五万两花银，船上又有货物并伙计数十人，比前加倍。你可去见他，好心奉承。"玉姐道："发下新愿了，我不去接他。"鸨子道："我儿！发愿只当取笑。"一手挽玉姐下楼来，半路就叫："王姐夫，三姐来了。"三官见了玉姐，冷冷的作了一揖，全不温存。老鸨便叫丫头摆桌，取酒斟上一钟，深深万福，递与王姐夫："权当老身不是。可念三姐之情，休走别家，叫人笑话。"三官微微冷笑，叫声妈妈："还是我的不是。"老鸨殷勤劝酒。公子吃了几杯，叫声多扰，抽身就走。翠红一把扯住，叫："玉姐，与俺姐夫赔个笑脸。"老鸨说："王姐夫，你忒做绝了。丫头把门顶了，休放你姐夫出去。"叫丫头把那行李抬在百花楼去。就在楼下重设酒席。笙琴细乐，又来奉承。吃了半更，老鸨说："我先去了，让你夫妻二人叙话。"三官、玉姐正中其意，携手登楼。

如同久旱逢甘雨，好似他乡遇故知。

二人一晚叙话，正是：

欢娱嫌夜短，寂寞恨更长。

不觉鼓打四更，公子爬将起来，说："姐姐！我走罢！"玉姐说："哥哥！我本欲留你多住几日，只是留君千日，终须一别。今番作急回家，再休惹闲花野草。见了二亲，用意攻书。倘或成名，也争得这一口气。"玉姐难舍王公子，公子留恋玉堂春。玉姐说："哥哥，你到家，只怕娶了家小不念我。"三官说："我怕你在北京另接一人，我再来也无益了。"玉姐说："你指着圣贤爷说了誓愿。"两人双膝跪下。公子说："我若南京再娶家小，五黄六月害病死了我。"玉姐说："苏三再若接别人，铁锁长枷永不出世。"就将镜子拆开，各执一半，日后为记。玉姐说："你败了三万两银子，空手而回，我将金银首饰器皿，都与你拿去罢。"三官道："亡八淫妇知道时，你怎打发他？"玉姐说："你莫管我，我自有主意。"玉姐收拾完备，轻轻的开了楼门，送公子出去了。

天明鸨儿起来，叫丫头烧下洗脸水，承下净口茶，"看你姐夫醒了时，送上楼去。问他要吃什么，我好做去。若是还睡，休惊醒他。"丫头走上楼去，见摆设的器皿都没了。梳妆匣也出空了，撇在一边。揭开帐子，床上空了半边。跑下楼叫："妈妈罢了！"鸨子说："奴才！慌什么？惊着你姐夫。"丫头说："还有什么姐夫？不知哪里去了。俺姐姐回脸往里睡着。"老鸨听说，大惊，看小厮骡脚都去了。连忙走上楼来，喜得皮箱还在。打开看时，都是些砖头瓦片。鸨儿便骂："奴才！王三哪里去了？我就打死你！为何金银器皿他都偷去了？"玉姐说："我发过新愿了，今番不是我接他来的。"鸨子说："你两个昨晚说了一夜话，一定晓得他去处。"亡八就去取皮鞭，玉姐拿个首帕，将头扎了。口里说："待我寻王三还你。"忙下楼来，往外就走。鸨子乐工，恐怕走了，随后赶来，玉姐行至大街上，高声叫屈："图财杀命！"只见地方都来了。鸨子说："奴才，他到把我金银首饰尽情拐去，你还放刁！"亡八说："由他，咱到家里算账。"玉姐说："不要说嘴，咱往哪里去？哪是我家？我同你到刑部堂上讲讲，恁家里是公侯宰相，朝郎驸马，你哪里的金银器皿？万物要评个理。一个行院人家，至轻至贱，哪有什么大头面，戴往哪里去坐席？王尚书公子在我家，费了三万银子，谁不知道他去了就开手。你昨日见他有了银子，又去哄到家里，图谋了他行李。不知将他下落在何处？列位做个证见。"说得鸨子无言可答。亡八说："你叫王三拐去我的东西，你反来图赖我。"玉姐舍命，就骂："亡八淫妇，你图财杀人，还要说嘴？见今皮箱都打开在你家里，银子都拿过了。那王三官不是你谋杀了是哪个？”鸨子说：“他哪里有什么银子？都是砖头瓦片哄人。”玉姐说：“你亲口说带有五万银子，如何今日又说没有？”两下厮闹。众人晓得三官败过三万银子是真，谋命的事未必，都将好言劝解。玉姐说：“列位，你既劝我不要到官，也得我骂他几句，出这口气。”众人说：“凭你骂罢！”玉姐骂道：

你这亡八是喂不饱的狗，鸨子是填不满的坑。不肯思量做生理，只是排局骗别人。奉承尽是天罗网，说话皆是陷人坑。只图你家长兴旺，哪管他人贫不贫。八百好钱买了我。与你挣了多少银。我父叫做周彦亨，大同城里有名人。买良为贱该甚罪？兴贩人口问充军。哄诱良家子弟犹自可，图财杀命罪非轻！你一家万分无天理，我且说你两三分。

众人说：“玉姐，骂得够了。”鸨子说：“让你骂许多时，如今该回去了。”玉姐说：“要我回去，须立个文书执照与我。”众人说：“文书如何写？”玉姐说：“要写‘不合买良为娼，及图财杀命’等话。”亡八哪里肯写。玉姐又叫起屈来。众人说：“买良为娼，也是门户常事。那人命事不的实，却难招认。我们只主张写个赎身文书与你罢！”亡八还不肯。众人说：“你莫说别项，只王公子三万银子，也够买三百个粉头了。玉姐左右心不向你了，舍了他罢！”众人都到酒店里面。讨了一张绵纸，一人念，一人写，只要亡八鸨子押花。玉姐道：“若写得不公道，我就扯碎了。”众人道：“还你停当。”写道：

立文书本司乐户苏淮，同妻一秤金，向将钱八百文，讨大同府人周彦亨女玉堂春在家，本望接客靠老，奈女不愿为娼……

写到“不愿为娼”，玉姐说：“这句就是了。须要写收过王公子财礼银三万两。”亡八道：“三儿！你也拿些公道出来，这一年多费用去了，难道也算？”众人道：“只写二万罢。”又写道：

……有南京公子王顺卿，与女相爱，准得过银二万两，凭众议作赎身财礼。今后听凭玉堂春嫁人，并与本户无干。立此为照。

后写“正德年月日，立文书乐户苏淮，同妻一秤金”。见人有十余人，众人先押了花。苏淮只得也押了，一秤金也画个十字。玉姐收讫。又说：“列位老爹！我还有一件事，要先讲个明。”众人曰：“又是甚事？”玉姐曰：“那百花楼，原是王公子盖的，拨与我住。丫头原是公子买的，要叫两个来服侍我。以后米面柴薪菜蔬等项，须是一一供给，不许掯勒短少，直待我嫁人方止。”众人说：“这事都依着你。”玉姐辞谢先回。亡八又请众人吃过酒饭方散。正是：

周郎妙计高天下，赔了夫人又折兵。

话说公子在路，夜住晓行，不数日，来到金陵自家门首下马。王定看见，唬了一惊。上前把马扯住，进的里面。三官坐下，王定一家拜见了。三官就问：“我老爷安么？”王定说：“安。”“大叔、二叔、姑爷、姑娘何如？”王定说：“俱安。”又问：“你听得老爷说我家来，他要怎么处？”王定不言。长吁一口气，只看看天。三官就知其意：“你不言语，想是老爷要打死我。”王定说：“三叔！老爷誓不留你，今番不要见老爷了。私去看看老奶奶和姐姐兄嫂，讨些盘费，他方去安身罢！”公子又问：“老爷这二年，与何人相厚？央他来与我说个人情。”王定说：“无人敢说。只除是姑娘姑爹，意思间稍提提，也不敢直说。”三官道：“王定，你去请姑爹来，我与他讲这件事。”王定即时去请刘斋长、何上舍到来。叙礼毕，何、刘二位说：“三舅，你在此，等俺两个与咱爷讲过，使人来叫你。若不依时，捎信与你，作速逃命。”二人说罢，竟往王府来见了王尚书。坐下，茶罢，王爷问何上舍：“田庄好么？”上舍答道：“好！”王爷又问刘斋长：“学业何如？”答说：“不敢，连日有事，不得读书。”王爷笑道：“‘读书过万卷，下笔如有神。’秀才将何为本？‘家无读书子，官从何处来？’今后须宜勤学，不可将光阴错过。”刘斋长唯唯谢教。何上舍问：“客位前这墙几时筑的？一向不见。”王爷笑曰：“我年大了，无多田产，日后恐怕大的二的争竞，预先分为两分。”二人笑说：“三分家事，如何只做两分？三官回来，叫他哪里住？”王爷闻说，心中大恼：“老夫平生两个小儿，哪里又有第三个？”二人齐声叫：“爷，你如何不疼三官王景隆？当初还是爷不是，托他在北京讨账，无有一个去接寻。休说三官十六七岁，北京是花柳之所，就是久惯江湖，也迷了心。”二人双膝跪下，掉下泪来。王爷说：“没下稍的狗畜生，不知死在哪里了，再休提起了！”

正说间，二位姑娘也到。众人都知三官到家，只哄着王爷一人。王爷说：“今日不请都来，想必有甚事情？”即叫家奴摆酒。何静庵欠身打一躬曰：“你闺女昨晚做一梦，梦三官王景隆身上褴褛，叫他姐姐救他性命。三更鼓做了这个梦，半夜捶床捣枕哭到天明，埋怨着我不接三官，今日特来问问三舅的信音。”刘心斋亦说：“自三舅在京，我夫妇日夜不安，今我与姨夫凑些盘费，明日起身去接他回来。”王爷含泪道：“贤婿，家中还有两个儿子，无他又待怎生？”何、刘二人往外就走。王爷向前扯住问：“贤婿何故起身？”二人说：“爷撒手，你家亲生子还是如此，何况我女婿也？”大小儿女放声大哭，两个哥哥一齐下跪，女婿也跪在地上，奶奶在后边掉下泪来。引得王爷心动，亦哭起来。

王定跑出来说：“三叔，如今老爷在哪里哭你，你好过去见老爷，不要待等恼了。”王定推着公子进前厅跪下说：“爹爹！不孝儿王景隆今日回了。”那王爷两手擦了泪眼，说：“那无耻畜生，不知死的往哪里去了。北京城街上最多游食光棍，偶与畜生面庞厮像，假充畜生来家，哄骗我财物，可叫小厮拿送三法司问罪！”那公子往外就走。二位姐姐赶至二门首拦住说：“短命的！你待往哪里去？”三官说：“二位姐姐，开放条路与我逃命罢！”二位姐姐不肯撒手，推至前来双膝跪下，两个姐姐手指说：“短命的，娘为你痛得肝肠碎，一家大小为你哭得眼花，哪个不牵挂！”众人哭在伤情处，王爷一声喝住众人不要哭。说：“我依着二位姐夫，收了这畜生，可叫我怎么处他？”众人说：“消消气再处。”王爷摇头。奶奶说：“凭我打吧。”王爷说：“可打多少？”众人说：“任爷爷打多少？”王爷道：“须依我说，不可阻我，要打一百。”大姐二姐跪下说：“爹爹严命，不敢阻挡，容你儿代替罢！”大哥二哥每人替上二十，大姐二姐每人亦替二十。王爷说：“打他二十。”大姐二姐说：“叫他姐夫也替他二十，只看他这等黄瘦，一棍打在哪里？等他膘满肉肥，那时打他不迟。”王爷笑道：“我儿，你也说得是。想这畜生，天理已绝，良心已丧，打他何益？我问你：‘家无生活计，不怕斗量金。’我如今又不做官了，无处挣钱，作何生意以为糊口之计？要做买卖，我又无本钱与你。”二位姐夫问：“他那银子还有多少？”何、刘便问三舅：“银子还有多少？”王定抬过皮箱打开，尽是金银首饰器皿等物。王爷大怒，骂：“狗畜生！你在哪里偷的这东西？快写首状，休要玷辱了门庭。”三官高叫：“爹爹息怒，听不肖儿一言。”遂将初遇玉堂春，后来被鸨儿如何哄骗尽了，如何亏了王银匠收留，又亏了金哥报信，“玉堂春私将银两赠我回乡，这些首饰器皿，皆玉堂春所赠。”备细述了一遍。王爷听说骂道：“无耻狗畜生！自家三万银子都花了，却要娼妇的东西，可不羞杀了人。”三官说：“儿不曾强要他的，是他情愿与我的。”王爷说：“这也罢了，看你姐夫面上，与你一个庄子，你自去耕地布种。”公子不言。王爷怒道：“王景隆，你不言怎么说？”公子说：“这事不是孩儿做的。”王爷说：“这事不是你做的，你还去嫖院罢！”三官说：“儿要读书。”王爷笑曰：“你已放荡了，心猿意马，读什么书？”公子说：“孩儿此回，笃志用心读书。”王爷说：“既知读书好，缘何这等胡为？”何静庵立起身来说：“三舅受了艰难苦楚，这下来改过迁善，料想要用心读书。”王爷说：“就依你众人说，送他到书房里去，叫两个小厮去服侍他。”即时就叫小厮送三官往书院里去。两个姐夫又来说：“三舅久别，望老爷留住他，与小婿共饮则可。”王爷说：“贤婿，你如此乃非教子之方，休要纵他。”二人道：“老爷言之最善。”于是翁婿大家痛饮，尽醉方归。这一出父子相会，分明是：

月被云遮重露彩，花遭霜打又逢春。

却说公子进了书院，清清独坐，只见满架诗书，笔山砚海。叹道：“书呵！相别日久，且是生涩。欲待不看，焉得一举成名，却不辜负了玉姐言语；欲待读书，心猿放荡，意马难收。”公子寻思一会，拿着书来读了一会。心下只是想着玉堂春。忽然鼻闻甚气？耳闻甚声？乃问书童道：“你闻这书里什么气？听听什么响？”书童说：“三叔，俱没有。”公子道：“没有？ 呀，原来鼻闻乃是脂粉气，耳听即是筝板声。”公子一时思想起来：“玉姐当初嘱咐我，是什么话来？ 叫我用心读书。我如今未曾读书，心意还丢他不下，坐不安、寝不宁、茶不思、饭不想、梳洗无心、神思恍惚。”公子自思：“可怎么处他？”走出门来，只见大门上挂着一联对子：“‘十年受尽窗前苦，一举成名天下闻。’这是我公公作下的对联。他中举会试，官至侍郎。后来咱爹爹在此读书，官到尚书。我今在此读书，亦要攀龙附凤，以继前人之志。”又见二门上有一联对子：“不受苦中苦，难为人上人。”公子急回书房，看见《风月机关》、《洞房春意》，公子自思：“乃是此二书乱了我的心。”将一火而焚之，破镜分钗，俱将收了。心中回转，发志勤学。一日书房无火，书童往外取火。王爷正坐，叫书童，书童近前跪下。王爷便问：“三叔这一会用功不曾？”书童说：“禀老爷得知，我三叔先时通不读书，胡思乱想，体瘦如柴。这半年整日读书，晚上读至三更方才睡，五更就起。直至饭后，方才梳洗。口虽吃饭，眼不离书。”王爷道：“奴才！ 你好说慌，我亲自去看他。”书童叫：“三叔，老爷来了。”公子从从容容迎接父亲。王爷暗喜。观他行步安详，可以见他学问。王爷正面坐下，公子拜见。王爷曰：“我限的书你看了不曾？ 我出的题你做了多少？”公子说：“爹爹严命，限儿的书都看了，题目都做完了，但有余力，旁观子史。”王爷说：“拿文字来我看。”公子取出文字。王爷看他所作文课，一篇强如一篇，心中甚喜。叫：“景隆，去应个儒士科举罢！”公子说：“儿读了几日书，敢望中举？”王爷说：“一遭中了虽多，两遭中了甚广。出去观观场，下科好中。”王爷就写书与提学察院，许公子科举。竟到八月初九日，进过头场，写出文字与父亲看。王爷喜道：“这七篇，中有何难？”到二场三场俱完，王爷又看他后场，喜道：“不在散举，决是魁解。”

话分两头。却说玉姐自上了百花楼，从不下梯。是日闷倦，叫丫头：“拿棋子过来，我与你卜盘棋。”丫头说：“我不会下。”玉姐说：“你会打双陆么？”丫头说：“也不会。”玉姐将棋盘双陆一皆撇在楼板上。丫头见玉姐眼中掉泪，即忙掇过饭来，说：“姐姐，自从昨晚没用饭，你吃个点心。”玉姐拿过分为两半。右手拿一块吃，左手拿一块与公子。丫头欲接又不敢接。玉姐猛然睁眼，见不是公子，将那一块点心掉在楼板上。丫头又忙掇过一碗汤来，说："饭干燥，吃些汤罢！"玉姐刚呷得一口，泪如涌泉，放下了。问："外边是什么响？"丫头说："今日中秋佳节，人人玩月，处处笙歌，俺家翠香、翠红姐都有客哩！"玉姐听说，口虽不言，心中自思："哥哥今已去了一年了。"叫丫头拿过镜子来照了一照，猛然唬了一跳："如何瘦的我这模样？"把那镜丢在床上，长吁短叹。走至楼门前，叫丫头："拿椅子过来，我在这里坐一坐。"坐了多时，只见明月高升，谯楼敲转，玉姐叫丫头，"你可收拾香烛过来，今日八月十五日，乃是你姐夫进三场日子，我烧一炷香保佑他。"玉姐下楼来，当天井跪下，说："天地神明，今日八月十五日，我哥王景隆进了三场，愿他早占鳌头，名扬四海。"祝罢，深深拜了四拜。有诗为证：

对月烧香祷告天，何时得泄腹中冤；王郎有日登金榜，不枉今生结好缘。

却说西楼上有个客人，乃山西平阳府洪同县人，拿有整万银子，来北京贩马。这人姓沈名洪，因闻玉堂春大名，特来相访。老鸨见他有钱，把翠香打扮当作玉姐。相交数日，沈洪方知不是，苦求一见。是夜丫头下楼取火，与玉姐烧香。小翠红忍不住多嘴，就说了："沈姐夫！你每日间想玉姐，今夜下楼，在天井内烧香，我和你悄悄地张他。"沈洪将三钱银子买嘱了丫头，悄然跟到楼下，月明中，看得仔细。等他拜罢，趋出唱喏。玉姐大惊，问："是什么人？"答道："在下是山西沈洪，有数万本银，在此贩马。久慕玉姐大名，未得面睹。今日得见，如拨云雾见青天。望玉姐不弃，同到西楼一会。"玉姐怒道："我与你素不相识，今当夤夜，何故自夸财势，妄生事端？"沈洪又哀告道："王三官也只是个人，我也是个人。他有钱，我亦有钱。哪些儿强似我？"说罢，就上前要搂抱玉姐。被玉姐照脸啐一口，急急上楼关上门，骂丫头："好大胆，如何放这野狗进来？"沈洪没意思自去了。玉姐思想起来，分明是小翠香、小翠红这两个奴才报他。又骂："小淫妇，小贱人，你接着得意孤老也好了，怎该来罗唣我？"骂了一顿，放声悲哭，"但得我哥哥在时，哪个奴才敢调戏我！"又气又苦，越想越毒。正是：

可人去后无日见，俗子来时不待招。

却说三官在南京乡试终场，闲坐无事，每日只想玉姐。南京一般也有本司院，公子再不去走。到了二十九关榜之日，公子想到三更以后，方才睡着。外边报喜的说："王景隆中了第四名。"三官梦中闻信，起来梳洗，扬鞭上马。前拥后簇，走赴鹿鸣宴。父母兄嫂，姐夫姐姐，喜做一团。连日做庆贺筵席。公子谢了主考，辞了提学。坟前祭扫了，起了文书："禀父母得知，儿要早些赴京，到僻静去处安下，看书数月，好入会试。"父母明知公子本意牵挂玉堂春，中了举，只得依从。叫大哥二哥来："景隆赴京会试，昨日祭扫。有多少人情？"大哥说："不过三百余两。"王爷道："那只够他人情的，分外再与他一二百两拿去。"二哥说："禀上爹爹，用不得许多银子。"王爷说："你哪知道，我那同年门生，在京颇多，往返交接，非钱不行。等他手中宽裕，读书也有兴。"叫景隆收拾行装，有知心同年，约上两三位。吩咐家人到张先生家看了良辰。公子恨不的一时就到北京。邀了几个朋友，雇了一只船，即时拜了父母，辞别兄嫂。两个姐夫，邀亲朋至十里长亭，酌酒作别。公子上的船来，手舞足蹈，莫知所之。众人不解其意，他心里只想着三姐玉堂春。不则一日到了济宁府，舍舟起旱，不在话下。

再说沈洪自从中秋夜见了玉姐，到如今朝思暮想，废寝忘餐。叫声："二位贤姐，只为这冤家害的我一丝两气，七颠八倒，望二位可怜我孤身在外，举眼无亲，替我劝化玉姐，叫他相会一面。虽死在九泉之下，也不敢忘了二位活命之恩。"说罢，双膝跪下。翠香、翠红说："沈姐夫！你且起来，我们也不敢和他说这话。你不见中秋夜骂的我们不耐烦。等俺妈妈来，你央求他。"沈洪说："二位贤姐，替我请出妈妈来。"翠香姐说："你跪着我，再磕一百二十个大响头。"沈洪慌忙跪下磕头。翠香即时就去，将沈洪说的言语述与老鸨。老鸨到西楼见了沈洪，问："沈姐夫唤老身何事？"沈洪说："别无他事，只为不得玉堂春到手。你若帮衬我成就了此事，休说金银，便是杀身难报。"老鸨听说，口内不言，心中自思："我如今若许了他，倘三儿不肯，叫我如何？若不许他，怎哄出他的银子？"沈洪见老鸨踌躇不语，便看翠红。翠红丢了一个眼色，走下楼来。沈洪即跟他下去。翠红说："常言'姐爱俏，鸨爱钞'。你多拿些银子出来打动他，不愁他不用心。他是使大钱的人，若少了，他不放在眼里。"沈洪说："要多少？"翠香说："不要少了！就把一千两与他，方才成得此事。"也是沈洪命运该败，浑如鬼迷一般。即依着翠香，就拿一千两银子来。叫："妈妈！财礼在此。"老鸨说："这银子，老身权收下。你却不要性急。待老身慢慢的偎他。"沈洪拜谢说："小子悬悬而望。"正是：

请下烟花诸葛亮，欲图风月玉堂春。

且说十三省乡试榜都到午门外张挂，王银匠邀金哥说："王三官不知中了不曾？"两个跑在午门外南直隶榜下，看解元是《书经》，往下第四个乃王景隆。王银匠说："金哥好了，三叔已中在第四名。"金哥道："你看看的确，怕你识不得字。"王银匠说："你说话好欺人，我读书读到《孟子》，难道这三个字也认不得！随你叫谁看。"金哥听说大喜。二人买了一本乡试录，走到本司院里去报玉堂春说："三叔中了。"玉姐叫丫头将试录拿上楼来，展开看了，上刊"第四名王景隆"，注明"应天府儒士，《礼记》"。玉姐步出楼门，叫丫头忙排香案，拜谢天地。起来先把王银匠谢了，转身又谢金哥。唬得亡八鸨子魂不在体。商议说："王三中了举，不久到京，白白地要了玉堂春去，可不人财两失？三儿向他孤老，决没甚好言语，搬斗是非，叫他报往日之仇，此事如何了？"鸨子说："不若先下手为强。"亡八说："怎么样下手？"老鸨说："咱已收了沈官人一千两银子，如今再要了他一千，贱些价钱卖与他罢。"亡八道："三儿不肯如何？"鸨子说："明日杀猪宰羊，买一桌纸钱，假说东岳庙看会，烧了纸，说了誓，合家从良，再不在烟花巷里。小三若闻知从良一节，必然也要往岳庙烧香。叫沈官人先安轿子，径抬往山西去。公子那时就来，不见他的情人，心下就冷了。"亡八说："此计大妙。"即时暗暗地与沈洪商议。又要了他一千银子。

次早，丫头报与玉姐："俺家杀猪宰羊，上岳庙哩。"玉姐问："为何？"丫头道："听得奶妈说：'为王姐夫中了，恐怕他到京来报仇，今日发愿，合家从良。'"玉姐说："是真是假？"丫头说："当真哩！昨日沈姐夫都辞去了。如今再不接客了。"玉姐说："既如此，你对妈妈说，我也要去烧香。"老鸨说："三姐，你要去，快梳洗，我唤轿儿抬你。"玉姐梳妆打扮，同老鸨出的门来。正见四个人，抬着一顶空轿。老鸨便问："此轿是雇的？"这人说："正是。"老鸨说："这里到岳庙要多少雇价？"那人说："抬去抬来，要一钱银子。"老鸨说："只是五分。"那人说："这个事小，请老人家上轿。"老鸨说："不是我坐，是我女儿要坐。"玉姐上轿，那二人抬着，不往东岳庙去，径往西门去了。

走有数里，到了上高转折去处，玉姐回头，看见沈洪在后骑着个骡子。玉姐大叫一声："呔！想是亡八鸨子盗卖我了？"玉姐大骂："你这些贼狗奴，抬我往哪里去？"沈洪说："往哪里去？我为你去了二千两银子，买你往山西家去。"玉姐在轿中号啕大哭。骂声不绝。那轿夫抬了飞也似走。行了一日，天色已晚。沈洪寻了一座店房，排合卺美酒，指望洞房欢乐。谁知玉姐提着便骂，触着便打。沈洪见店中人多，恐怕出丑。想着："瓮中之鳖，不怕他走了。权耐几日，到我家中，何愁不从。"于是反将好话奉承，并不去犯他。玉姐终日啼哭，自不必说。

却说公子一到北京，将行李上店，自己带两个家人，就往王银匠家，探问玉堂春消息。王匠请公子坐下："有现成酒，且吃三杯接风，慢慢告诉。"王匠就拿酒来斟上。三官不好推辞，连饮了三杯。又问："玉姐敢不知我来？"王匠叫："三叔开怀，再饮三杯。"三官说："够了，不吃了。"王匠说："三叔久别，多饮几杯，不要太谦。"公子又饮了几杯。问："这几日曾见玉姐不曾？"王匠又叫："三叔且莫问此事，再吃三杯。"公子心疑，站起说："有甚或长或短，说个明白，休闷死我也！"王匠只是劝酒。

却说金哥在门首经过，知道公子在内，进来磕头贺喜。三官问金哥："你三婶近日何如？"金哥年幼多嘴说："卖了。"三官急问说："卖了谁？"王匠瞅了金哥一眼，金哥缩了口。公子坚执盘问，二人瞒不过，说："三婶卖了。"公子问："几时卖了？"王匠说："有一个月了。"公子听说，一头撞在尘埃。二人忙扶起来。公子问金哥："卖在哪里去了？"金哥说："卖与山西客人沈洪去了。"三官说："你那三婶就怎么肯去？"金哥叙出鸨儿假意从良，杀猪宰羊上岳庙，哄三婶同去烧香，私与沈洪约定，雇下轿子抬去，不知下落。公子说："亡八盗卖我玉堂春，我与他算账！"那时叫金哥跟着，带领家人，径到本司院里，进的院门，亡八眼快，跑去躲了。公子问众丫头："你家玉姐何在？"无人敢应。公子发怒，房中寻见老鸨，一把揪住，叫家人乱打。金哥劝住。公子就走在百花楼上，看见锦帐罗帏，越加怒恼。把箱笼尽行打碎，气得痴呆了。问丫头："你姐姐嫁哪家去？可老实说，饶你打。"丫头说："去烧香，不知道就偷卖了他。"公子满眼落泪，说："冤家，不知是正妻，是偏妾？"丫头说："他家里自有老婆。"公子听说，心中大怒，恨骂："亡八淫妇，不仁不义！"丫头说："他今日嫁别人去了，还疼他怎的？"公子满眼流泪，正说间，忽报朋友来访。金哥劝："三叔休恼，三婶一时不在了，你纵然哭他，他也不知道。今有许多相公在店中相访，闻公子在院中，都要来。"公子听说，恐怕朋友笑话，即便起身回店。公子心中气闷，无心应举，意欲束将回家。朋友闻知，都来劝说："顺卿兄，功名是大事，婊子是末节，哪里有为婊子而不去求功名之理？"公子说："列位不知，我奋志勤学，皆为玉堂春的言语激我。冤家为我受了千辛万苦，我怎肯轻舍？"众人叫："顺卿兄，你倘联捷，幸在彼地，见之何难？你若回家，忧虑成病，父母悬心，朋友笑耻，你有何益？"三官自思言之最当，倘或侥幸，得到山西，平生愿足矣。数言劝醒公子。

会试日期已到。公子进了三场，果中金榜二甲第八名，刑部观政。三个月，选了真定府理刑官。即遣轿马迎请父母兄嫂。父母不来，回书说叫他做官勤慎公廉。"念你年长未娶，已聘刘都堂之女，不日送至任所成亲。"公子一心只想玉堂春，全不以聘娶为喜。正是：

> 已将路柳为连理，翻把家鸡作野鸳。

且说沈洪之妻皮氏，也有几分颜色，虽然三十余岁，比二八少年，也还风骚。平昔间嫌老公粗蠢，不会风流，又出外日多，在家日少，皮氏色性太重，打熬不过。间壁有个监生，姓赵名昂，自幼惯走花柳场中，为人风月。近日丧偶。虽然是纳粟相公，家道已在消乏一边。一日，皮氏在后园看花，偶然撞见赵昂，彼此有心，都看上了。赵昂访知巷口做歇家的王婆，在沈家走动识熟，且是利口，善于做媒说合。乃将白银二十两，贿赂王婆，央他通脚。皮氏平昔间不良的口气，已有在王婆肚里，况且今日你贪我爱，一说一上，幽期密约，一墙之隔，梯上梯下，做就了一点不明不白的事。赵昂一者贪皮氏之色，二者要骗他钱财。枕席之间，竭力奉承。皮氏心爱赵昂，但是开口，无有不从，恨不得连家当都津贴了他。不上一年，倾囊倒箧，骗得一空。初时只推事故，暂时挪借，借去后，分毫不还。皮氏只愁老公回来盘问时，无言回答。一夜与赵昂商议，欲要跟赵昂逃走他方。赵昂道："我又不是赤脚汉，如何走得？便走了，也不免吃官司。只除暗地谋杀了沈洪，做个长久夫妻，岂不尽美。"

皮氏点头不语。却说赵昂有心打听沈洪的消息，晓得他讨了院妓玉堂春一路回来，即忙报与皮氏知道，故意将言语触恼皮氏。皮氏怨恨不绝于声，问："如今怎么样对付他说好？"赵昂道："一进门时，你便数他不是，与他寻闹，叫他领着娼妇另住，那时凭你安排了。我央王婆赎得些砒霜在此，觑便放在食器内，把与他两个吃。等他双死也罢，单死也罢。"皮氏说："他好吃的是辣面。"赵昂说："辣面内正好下药。"两个圈套已定，只等沈洪入来。

不一日，沈洪到了故乡，叫仆人和玉姐暂停门外。自己先进门，与皮氏相见，满脸陪笑说："大姐休怪，我如今做了一件事。"皮氏说："你莫不是娶了个小老婆？"沈洪说："是了。"皮氏大怒，说："为妻的整年月在家守活孤孀，你却花柳快活，又带这泼淫妇回来，全无夫妻之情。你若要留这淫妇时，你自在西厅一带住下，不许来缠我。我也没福受这淫妇的拜，不要她来。"昂然说罢，啼哭起来，拍台拍凳。口里"千亡八，万淫妇"骂不绝声。沈洪劝解不得，想道："且暂时依他言语，在西厅住几日，落得受用。等他气消了时，却领玉堂春与他磕头。"沈洪只道浑家是吃醋，谁知他有了私情，又且房计空虚了，正怕老公进房，借此机会，打发他另居。正是：

你向东时我向西，各人有意自家知。

不在话下。

却说玉堂春曾与王公子设誓，今番怎肯失节于沈洪，腹中一路打稿："我若到这厌物家中，将情节哭诉他大娘子，求他做主，以全节操。慢慢的寄信与三官，叫他将二千两银子来赎我去，却不好。"及到沈洪家里，闻知大娘不许相见，打发老公和他往西厅另住，不遂其计，心中又惊又苦。沈洪安排床帐在厢房，安顿了苏三。自己却去窝伴皮氏，陪吃夜饭。被皮氏三回五次催赶。沈洪说："我去西厅时，只怕大娘着恼。"皮氏说："你在此，我反恼，离了我眼睛，我便不恼。"沈洪唱个淡喏，谢声："得罪。"出了房门，径望西厅而来。原来玉姐乘着沈洪不在，拣出他铺盖撇在厅中，自己关上房门自睡了。任沈洪打门，哪里肯开，却好皮氏叫小段名到西厅看老公睡也不曾。沈洪平日原与小段名有情，那时扯在铺上。草草合欢，也当春风一度。事毕，小段名自去了。沈洪身子困倦，一觉睡去，直至天明。

却说皮氏这一夜等赵昂不来，小段名回后，老公又睡了。翻来覆去，一夜不曾合眼。天明早起，赶下一轴面，煮熟分作两碗。皮氏悄悄把砒霜撒在面内，却将辣汁浇上。叫小段名送去西厅，"与你爹爹吃。"小段名送至西厅，叫道："爹爹！大娘欠你，送辣面与你吃。"沈洪见是两碗，就叫："我儿，送一碗与你二娘吃。"小段名便去敲门。玉姐在床上问："做什么？"小段名说："请二娘起来吃面。"

玉姐道："我不要吃。"沈洪说："想是你二娘还要睡，莫去闹他。"沈洪把两碗都吃了。须臾而尽。小段名收碗去了。沈洪一时肚疼，叫道："不好了，死也死也！"玉姐还只认假意，看看声音渐变。开门出来看时，只见沈洪九窍流血而死。正不知什么缘故。慌慌的高叫："救人！"只听得脚步响，皮氏早到，不等玉姐开言，就变过脸，故意问道："好好的一个人，怎么就死了？想必你这小淫妇弄死了他，要去嫁人？"玉姐说："那丫头送面来，叫我吃，我不要吃，并不曾开门，谁知他吃了，便肚疼死了。必是面里有些缘故。"皮氏说："放屁！面里若有缘故，必是你这小淫妇做下的。不然，你如何先晓得这面是吃不得的，不肯吃？你说并不曾开门，如何却在门外？这谋死情由，不是你，是谁？"说罢，假哭起"养家的天"来。家中僮仆养娘都乱做一堆。皮氏就将三尺白布摆头，扯了玉姐往知县处叫喊。

正值王知县升堂，唤进问其缘故。皮氏说："小妇人皮氏，丈夫叫沈洪，在北京为商，用千金娶这娼妇，叫做玉堂春为妾。这娼妇嫌丈夫丑陋，因吃辣面，暗将毒药放入。丈夫吃了，登时身死。望爷爷断他偿命。"王知县听罢，问玉堂春："你怎么说？"玉姐说："爷爷，小妇人原籍北直隶大同府人氏，只因年岁荒旱，父亲把我卖在本司院苏家。卖了三年后，沈洪看见，娶我回家。皮氏嫉妒，暗将毒药藏在面中，毒死丈夫性命。反倚刁泼，展赖小妇人。"知县听玉姐说了一会，叫："皮氏，想你见那男人弃旧迎新，你怀恨在心，药死亲夫，此情理或有之。"皮氏说："爷爷！我与丈夫，从幼的夫妻，怎忍做这绝情的事。这苏氏原是不良之妇，别有个心上之人，分明是他药死，要图改嫁。望青天爷爷明镜。"知县乃叫苏氏："你过来，我想你原系娼门，你爱那风流标致的人，想是你见丈夫丑陋，不趁你意，故此把毒药药死是实。"叫皂隶："把苏氏与我夹起来。"玉姐说："爷爷！小妇人虽在烟花巷里，跟了沈洪，又不曾难为半分，怎下这般毒手？小妇人果有恶意，何不在半路谋害？既到了他家，他怎容得小妇人做手脚？这皮氏昨夜就赶出丈夫，不许他进房。今早的面，出于皮氏之手，小妇人并无干涉。"王知县见他二人各说有理。叫皂隶暂把他二人寄监，"我差人访实再审。"二人进了南牢不题。

却说皮氏差人密密传与赵昂，叫他快来打点。赵昂拿着沈家银子，与刑房吏一百两，书手八十两，掌案的先生五十两，门子五十两，两班皂隶六十两，禁子每人二十两，上下打点停当。封了一千两银子，放在坛内，当酒送与王知县。知县受了。

次日清晨升堂，叫皂隶把皮氏一起提出来。不多时到了，当堂跪下。知县说："我夜来一梦，梦见沈洪说：'我是苏氏药死，与那皮氏无干。'"玉堂春正待分辩，知县大怒，说："人是苦虫，不打不招。"叫皂隶："与我拶起着实打。问他招也不招？他若不招，就活活敲死。"玉姐熬刑不过，说："愿招。"知县说："放下刑具。"皂隶递笔与玉姐画供。知县说："皮氏召保在外。玉堂春收监。"皂隶将玉姐手肘脚镣，带进南牢。禁子牢头都得了赵上舍银子，将玉姐百般凌辱。只等上司详允之后，就递罪状，结果他性命。正是：

安排缚虎擒龙计，断送愁鸾泣凤人。

且喜有个刑房吏，姓刘名志仁，为人正直无私，素知皮氏与赵昂有奸，都是王婆说合。数日前撞见王婆在生药铺内赎砒霜，说要药老鼠。刘志仁就有些疑心。今日做出人命来。赵监生使着沈家不疼的银子来衙门打点，把苏氏买成死罪，天理何在？踌躇一会，"我下监去看看。"那禁子正在那里逼玉姐要灯油钱。志仁喝退众人，将温言宽慰玉姐，问其冤情。玉姐垂泪拜诉来历。志仁见四旁无人，遂将赵监生与皮氏私情及王婆赎药始末，细说一遍。吩咐："你且耐心守困，待后有机会，我指点你去叫冤。日逐饭食，我自供你。"玉姐再三拜谢。禁子见刘志仁做主，也不敢则声。此话搁过不题。

却说公子自到真定府为官，兴利除害，吏畏民悦。只是想念玉堂春，无刻不然。一日正在烦恼，家人来报，老奶奶家中送新奶奶来了。公子听说，接进家小，见了新人，口中不言，心内自思："容貌到也齐整，怎及得玉堂春风趣？"当时摆了合欢宴，吃下合卺杯，毕姻之际，猛然想起多娇："当初指望白头相守，谁知你嫁了沈洪，这官诰却被别人承受了。"虽然陪伴了刘氏夫人，心里还想着玉姐，因此不快。当夜中了伤寒。又想当初与玉姐别时，发下誓愿，各不嫁娶。心下疑惑，合眼就见玉姐在旁。刘夫人遣人到处祈禳，府县官都来问安，请名药切脉调治。一月之外，才得痊可。

公子在任年余，官声大著，行取到京。吏部考选天下官员，公子在部点名已毕，回到下处，焚香祷告天地，只愿山西为官，好访问玉堂春消息。须臾马上人来报："王爷点了山西巡按。"公子听说，两手加额："趁我平生之愿矣。"次日领了敕印，辞朝，连夜起马，往山西省城上任讫。即时发牌，先出巡平阳府。公子到平阳府，坐了察院，观看文卷。见苏氏玉堂春问了重刑，心内惊慌，其中必有蹊跷。随叫书吏过来："选一个能干事的，跟着我私行采访。你众人在内，不可走漏消息。"公子时下换了素巾青衣，随跟书吏，暗暗出了察院。雇了两个骡子，往洪同县路上来。这赶脚的小伙，在路上闲问："二位客官往洪同县有甚贵干？"公子说："我来洪同县要娶个妾，不知谁会说媒？"小伙说："你又说娶小，俺县里一个财主，因娶了个小，害了性命。"公子问："怎的害了性命？"小伙说："这财主叫沈洪，妇人叫做玉堂春。他是京里娶来的。他那大老婆皮氏与那邻家赵昂私通，怕那汉子回来知道，一服毒药把沈洪药死了。这皮氏与赵昂反把玉堂春送到本县，将银买嘱官府衙门，将玉堂春屈打成招，问了死罪，送在监里。若不是亏了一个外郎，几时便死了。"公子又问："那玉堂春如今在监死了？"小伙说："不曾。"公子说："我要娶个小，你说可投着谁做谋？"小伙说："我送你往王婆家去罢，他极会说媒。"公子说："你怎知道他会说媒？"小伙说："赵昂与皮氏都是他做牵头。"公子说："如今下他家里罢。"小伙竟引到王婆家里，叫声："干娘！我送个客官在你家来，这客官要娶个小，你可与他说媒。"王婆说："累你，我赚了钱来，谢你。"小伙自去了。

公子夜间与王婆攀话。见他能言快语，是个积年的马泊六了。到了天明，又到赵监生前后门看了一遍，与沈洪家紧壁相通，可知做事方便。回来吃了早饭，还了王婆店钱，说："我不曾带得财礼，到省下回来，再作商议。"公子出的门来，雇了骡子，星夜回到省城，到晚进了察院，不题。

次早，星火发牌，按临洪同县。各官参见过，吩咐就要审录。王知县回县，叫刑房吏书，即将文卷审册，连夜开写停当，明日送审不题。

却说刘志仁与玉姐写了一张冤状，暗藏在身，到次日清晨，王知县坐在监门首，把应解犯人点将出来。玉姐披枷带锁，眼泪纷纷。随解子到了察院门首，伺候开门。巡捕官回风已毕，解审牌出。公子先唤苏氏一起。玉姐口称冤枉，探怀中诉状呈上。公子抬头见玉姐这般模样，心中凄惨，叫听事官接上状来。公子看了一遍，问说："你从小嫁沈洪，可还接了几年客？"玉姐说："爷爷！我从小接着一个公子，他是南京礼部尚书三舍人。"公子怕他说出丑处。喝声："住了，我今只问你谋杀人命事，不消多讲。”玉姐说：“爷爷！若杀人的事，只问皮氏便知。”公子叫皮氏问了一遍。玉姐又说了一遍。公子吩咐刘推官道：“闻知你公正廉能，不肯枉法徇私。我来到任，尚未出巡，先到洪同县访得这皮氏药死亲夫，累苏氏受屈，你与我把这事情用心问断。”说罢，公子退堂。

刘推官回衙升堂，就叫：“苏氏，你谋杀亲夫，是何意故？”玉姐说：“冤屈！分明是皮氏串通王婆，和赵监生合计毒死男子，县官要钱，逼勒成招。今日小妇拚死诉冤，望青天爷爷做主。”刘爷叫皂隶把皮氏押上来，问：“你与赵昂奸情可真么？”皮氏抵赖没有。刘爷即时拿赵昂和王婆到来面对。用了一番刑法，却不肯招。刘爷又叫小段名：“你送面与家主吃，必然知情！”喝叫夹起。小段名说：“爷爷，我说罢！那日的面，是俺娘亲手盛起，叫小妇人送与爹爹吃。小妇人送到西厅，爹叫新娘同吃。新娘关着门，不肯起身，回道：‘不要吃。’俺爹自家吃了。即时口鼻流血死了。”刘爷又问赵昂奸情。小段名也说了。赵昂说：“这是苏氏买来的硬证。”刘爷沉吟了一会，把皮氏这一起分头送监，叫一书吏过来：“这起泼发奴才，苦不肯招。我如今要用一计，用一个大柜，放在丹墀内，凿几个孔儿，我执纸笔暗藏在内，不要走漏消息。我再提来问他，不招，即把他们锁在柜左柜右，看他有什么说话，你与我用心写来。”刘爷吩咐已毕，书吏即办一大柜，放在丹墀，藏身于内。

刘爷又叫皂隶，把皮氏一起提来再审。又问：“招也不招？”赵昂、皮氏、王婆三人齐声哀告，说：“就打死小的哪里招？”刘爷大怒，吩咐：“你众人各自去吃饭来，把这起奴才着实拷问。把他放在丹墀里，连小段名四人锁于四处。不许他交头接耳。”皂隶把这四人锁在柜的四角。众人尽散。却说皮氏抬起头来，四顾无人，便骂：“小段名！小奴才！你如何乱讲？今日再乱讲时，到家中活敲杀你。”小段名说：“不是夹得疼，我也不说。”王婆便叫：“皮大姐，我也受这刑杖不过，等刘爷出来，说了罢。”赵昂说：“好娘，我哪些亏着你，倘挨出官司去，我百般孝顺你，即把你做亲母。”王婆说：“我再不听你哄我。叫我圆成了，认我做亲娘；许我两石麦，还欠八升；许我一石米，都下了糠秕；缎衣两套，只与我一条蓝布裙；许我好房子，不曾得住。你干的事，没天理，叫我只管与你熬刑受苦。”皮氏说：“老娘，这遭出去，不敢忘你恩，挨过今日不招，便没事了。”柜里书吏把他说的话尽记了，写在纸上。

刘爷升堂，先叫打开柜子。书吏跑将出来，众人都唬软了。刘爷看了书吏所录口词，再要拷问，三人都不打自招。赵昂从头依直写得明白。各各画供已完，递至公案。刘爷看了一遍。问苏氏：“你可从幼为娼，还是良家出身？”苏氏将苏淮买良为贱，先遇王尚书公子，挥金三万，后被老鸨一秤金赶逐，将奴赚卖与沈洪为妾，一路未曾同睡，备细说了。刘推官情知王公子就是本院。提笔定罪：

皮氏凌迟处死，赵昂斩罪非轻。王婆赎药是通情，杖责段名示警。王县官贪酷罢职，追赃不恕衙门。苏淮买良为贱合充军，一秤金三月立枷罪定。

刘爷做完申文，把皮氏一起俱已收监。次日亲捧招详，送解察院。公子依拟，留刘推官后堂待茶，问：“苏氏如何发放？”刘推官答言：“发还原籍，择夫另嫁。”公子屏去从人，与刘推官吐胆倾心，备述少年设誓之意：“今日烦贤府密地差人送至北京王银匠处暂居，足感足感。”刘推官领命奉行，自不必说。

却说公子行下关文，到北京本司院提到苏淮、一秤金依律问罪。苏淮已先故了。一秤金认得是公子，还叫：“王姐夫。”被公子喝叫重打六十，取一百斤大枷枷号。不够半月，呜呼哀哉！正是：

万两黄金难买命，一朝红粉已成灰。

再说公子一年任满，复命还京。见朝已过，便到王匠处问信。王匠说有金哥服侍，在顶银胡同居住。公子即往顶银胡同，见了玉姐。二人放声大哭。公子已知玉姐守节之美，玉姐已知王御史就是公子，彼此称谢。公子说：“我父母娶了个刘氏夫人，甚是贤德，他也知道你的事情，决不妒忌。”当夜同饮同宿，浓如胶漆。次日，王匠、金哥都来磕头贺喜。公子谢二人昔日之恩，吩咐：本司院苏淮家当原是玉堂春置办的，今苏淮夫妇已绝，将遗下家财，拨与王匠、金哥二人管业，以报其德。上了个省亲本，辞朝和玉堂春起马共回南京。

到了自家门首，把门人急报老爷说：“小老爷到了。”老爷听说甚喜。公子进到厅上，排了香案，拜谢天地，拜了父母兄嫂，两位姐夫姐姐都相见了。又引玉堂春见礼已毕。玉姐进房，见了刘氏说：“奶奶坐上，受我一拜。”刘氏说：“姐姐怎说这话？你在先，奴在后。”玉姐说：“奶奶是名门宦家之子，奴是烟花，出身微贱。”公子喜不自胜。当日正了妻妾之分，姊妹相称，一家和气。公子又叫：“王定，你当先在北京三番四复规谏我，乃是正理，我今与老老爷说将你做老管家。”以百金赏之。后来王景隆官至都御史，妻妾俱有子，至今子孙繁盛。有诗叹云：

郑氏元和已著名，三官嫖院是新闻；风流子弟知多少，夫贵妻荣有几人？

唐解元一笑姻缘

三通鼓角四更鸡，日色高升月色低。时序秋冬又春夏，舟车南北复东西。

镜中次第人颜老，世上参差事不齐。若向其间寻稳便，一壶浊酒一餐斋。

这八句诗乃吴中一个才子所作，那才子姓唐名寅，字伯虎。聪明盖地，学问包天，书画音乐，无有不通，词赋诗文，一挥便就。为人放浪不羁，有轻世傲物之志。生于苏郡，家住吴趋。做秀才时，曾效连珠体，做《花月吟》十余首，句句中有花有月。如“长空影动花迎月，深院人归月伴花”“云破月窥花好处，夜深花睡月明中”等句，为人称颂。本府太守曹凤见之，深爱其才。值宗师科考，曹公以才名特荐。那宗师姓方名志，鄞县人，最不喜古文辞。闻唐寅恃才豪放，不修小节，正要坐名黜治。却得曹公一力保救，虽然免祸，却不放他科举。直至临场，曹公再三苦求，附一名于遗才之末。是科遂中了解元。

伯虎会试至京，文名益著，公卿皆折节下交，以识面为荣。有程詹事典试，颇开私径卖题，恐人议论，欲访一才名素著者为榜首，压服众心。得唐寅甚喜，许以会元。伯虎性素坦率，酒中便向人夸说：“今年我定做会元了。”众人已闻程詹事有私，又忌伯虎之才，哄传主司不公，言官风闻动本。圣旨不许程詹事阅卷，与唐寅俱下招狱，问革。

伯虎还乡，绝意功名，益放浪诗酒，人都称为唐解元。得晤解元诗文字画，片纸尺幅，如获重宝。其中惟画，尤其得意。平日心中喜怒哀乐，都寓之于丹青。每一画出，争以重价购之。有《言志》诗一绝为证：

不炼金丹不坐禅，不为商贾不耕田。闲来写幅丹青卖，不使人间作业钱。

唐解元一笑姻缘

却说苏州六门：葑、盘、胥、阊、娄、齐。那六门中只有阊门最盛，乃舟车辐辏之所。真个是：

翠袖三千楼上下，黄金百万水东西，五更市贩何曾绝，四远方言总不齐。

唐解元一日坐在阊门游船之上，就有许多斯文中人，慕名来拜，出扇求其字画。解元画了几笔水墨，写了几首绝句。那闻风而至者，其来愈多。解元不耐烦，命童子且把大杯斟酒来，解元倚窗独酌。忽见有画舫从旁摇过，舫中珠翠夺目，内有一青衣小鬟，眉目秀艳，体态绰约，舒头船外，注视解元，掩口而笑。须臾船过。解元神荡魂摇，问舟子："可认得去的那只船么？"舟人答言："此船乃无锡华学士府眷也。"解元欲尾其后，急呼小艇不至，心中如有所失。正要叫童子去觅船，只见城中一只船儿，摇将出来。他也不管那船有载没载，把手相招，乱呼乱喊。那船渐渐至近，舱中一人，走出船头，叫声："伯虎，你要到何处去？这般要紧！"解元打一看时，不是别人，却是好友王雅宜。便道："急要答拜一远来朋友，故此要紧。兄的船往哪里去？"雅宜道："弟同两个舍亲到茅山去进香，数日方回。"解元道："我也要到茅山进香，正没有人同去。如今只得要趁便了。"雅宜道："兄若要去，快些回家收拾。弟泊船在此相候。"解元道："就去罢了，又回家做什么！"雅宜道："香烛之类，也要备的。"解元道："到那里去买罢！"遂打发童子回去，也不别这些求诗画的朋友，径跳过船来，与舱中朋友叙了礼，连呼："快些开船。"舟子知是唐解元，不敢怠慢，即忙撑篙摇橹。行不多时，望见这只画舫就在前面。解元吩咐船上，随着大船而行。众人不知其故，只得依他。次日到了无锡，见画舫摇进城里。解元道："到了这里，若不取惠山泉也就俗了。"叫船家移舟，去惠山取了水，原到此处停泊，明日早行。"我们到城里略走一走，就来下船。"舟子答应自去。

解元同雅宜三四人登岸，进了城，到那热闹的所在，撇了众人，独自一个去寻那画舫。却又不认得路径，东行西走，并不见些踪影。走了一回，穿出一条大街上来，忽听得呼喝之声。解元立住脚看时，只见十来个仆人，前引一乘暖轿，自东而来，女从如云。自古道："有缘千里能相会。"那女从之中，阊门所见青衣小鬟，正在其内。解元心中欢喜，远远相随，直到一座大门楼下，女使出迎，一拥而入。询之旁人，说是华学士府，适才轿中乃夫人也。解元得了实信，问路出城。恰好船上取了水才到。少顷，王雅宜等也来了。问："解元哪里去了？叫我们寻得不耐烦！"解元道："不知怎的，一挤就挤散了，又不认得路径，问了半日，方能到此。"并不提起此事。至夜半，忽于梦中狂呼，如魇魅之状。众人皆惊，唤醒问之。解元道："适梦中见一金甲神人，持金杵击我，责我进香不虔。我叩头哀乞，愿斋戒一月，只身至山谢罪。天明，汝等开船自去，吾且暂回，不得相陪矣。"雅宜等信以为真。

至天明，恰好有一只小船来到，说是苏州去的。解元别了众人，跳上小船。行不多时，推说遗忘了东西，还要转去。袖中摸几文钱，赏了舟子，奋然登岸。到一饭店，办下旧衣破帽，将衣巾换讫，如穷汉之状。走至华府典铺内，以典钱为由，与主管相见。卑词下气，问主管道："小子姓康，名宣，吴县人氏，颇善书，处一个小馆为生。近因拙妻亡故，又失了馆，孤身无活，欲投一大家充书办之役，未知府上用得否？倘收用时，不敢忘恩！"因于袖中取出细楷数行，与主管观看。主管看那字，写得甚是端楷可爱，答道："待我晚间进府禀过老爷，明日你来讨回话。"是晚，主管果然将字样禀知学士。学士看了，夸道："写得好，不似俗人之笔。明日可唤来见我。"

次早，解元便到典中，主管引进解元，拜见了学士。学士见其仪表不俗，问过了姓名住居。又问："曾读书么？"解元道："曾考过几遍童生，不得进学，经书还都记得。"学士问是何经。解元虽习《尚书》，其实五经俱通的，晓得学士习《周易》，就答应道："《易经》。"学士大喜道："我书房中写帖的不缺，可送公子处作伴读。"问他要多少身价。解元道："身价不敢领，只要求些衣服穿。待后老爷中意时，赏一房好媳妇足矣。"学士更喜。就叫主管于典中寻几件随身衣服与他换了，改名华安。送至书馆，见了公子。

公子叫华安抄写文字。文字中有字句不妥的，华安私加改窜。公子见他改得好，大惊道："你原来通文理，几时放下书本的？"华安道："从来不曾旷学，但为贫所迫耳。"公子大喜。将自己日课叫他改削。华安笔不停挥，真有点铁成金手段。有时题义疑难，华安就与公子讲解。若公子做不出时，华安就通篇代笔。先生见公子学问骤进，向主人夸奖。学士讨近作看了，摇头道："此非孺子所及，若非抄写，必是倩人。"呼公子诘问其由。公子不敢隐瞒，说道："曾经华安改窜。"学士大惊。唤华安到来，出题面试。华安不假思索，援笔立就，手捧所作呈上。学士见其手腕如玉，但左手有枝指。阅其文，词意兼美，字复精工，愈加欢喜道："你时艺如此，想古作亦可观也！"乃留内书房掌书记。一应往来书札，授之以意，辄令代笔，烦简曲当，学士从未曾增减一字。

宠信日深，赏赐比众人加厚。华安时买酒食与书房诸童子共享，无不欢喜。因而潜访前所见青衣小鬟，其名秋香，乃夫人贴身服侍，顷刻不离者。计无所出。乃因春暮，赋〔黄莺调〕以自叹：

风雨送春归，杜鹃愁，花乱飞，青苔满院朱门闭。孤灯半垂，孤衾半攲，萧萧孤影汪汪泪。忆归期，相思未了，春梦绕天涯。

学士一日偶到华安房中，见壁间之词，知安所题，甚加称奖。但以为壮年鳏处，不无感伤，初不意其有所属意也。适典中主管病故，学士令华安暂摄其事。月余，出纳谨慎，毫忽无私。学士欲遂用为主管，嫌其孤身无室，难以重托。乃与夫人商议，呼媒婆欲为娶妇。华安将银三两，送与媒婆，央他禀知夫人说："华安蒙老爷夫人提拔，复为置室，恩同天地。但恐外面小家之女，不习里面规矩。倘得于侍儿中择一人见配，此华安之愿也！"媒婆依言，禀知夫人。夫人对学士说了。学士道："如此诚为两便。但华安初来时，不领身价，原指望一房好媳妇。今日又做了府中得力之人，倘然所配未中其意，难保其无他志也。不若唤他到中堂，将许多丫鬟听其自择。"夫人点头道是。

当晚夫人坐于中堂，灯烛辉煌，将丫鬟二十余人各盛饰装扮，排列两边，恰似一班仙女，簇拥着王母娘娘在瑶池之上。夫人传命唤华安。华安进了中堂，拜见了夫人。夫人道："老爷说你小心得用，欲赏你一房妻小。这几个粗婢中，任你自择。"叫老姆姆携烛下去照他一照。华安就烛光之下，看了一回，虽然尽有标致的，那青衣小鬟不在其内。华安立于旁边，嘿然无语。夫人叫："老姆姆，你去问华安：'哪一个中你的意，就配与你。'"华安只不开言。夫人心中不乐，叫："华安，你好大眼孔，难道我这些丫头，就没个中你意的？"华安道："复夫人，华安蒙夫人赐配，又许华安自择，这是旷古隆恩，粉身难报。只是夫人随身侍婢还来不齐，既蒙恩典，愿得尽观。"夫人笑道："你敢是疑我有吝啬之意。也罢！房中那四个一发唤出来与他看看，满他的心愿。"原来那四个是有执事的，叫做：春媚，夏清，秋香，冬瑞。春媚，掌首饰脂粉；夏清，掌香炉茶灶；秋香，掌四时衣服；冬瑞，掌酒果食品。管家老姆姆传夫人之命。将四个唤出来。那四个不及更衣，随身妆束。秋香依旧青衣。老姆姆引出中堂，站立夫人背后。室中蜡炬。光明如昼。华安早已看见了，昔日丰姿，宛然在目。还不曾开口，那老姆姆知趣，先来问道："可看中了谁？"华安心中明晓得是秋香，不敢说破，只将手指道："若得穿青这一位小娘子，足遂生平。"夫人回顾秋香，微微而笑。叫华安且出去。华安回典铺中，一喜一惧，喜者机会甚好，惧者未曾上手，惟恐不成。偶见月明如昼，独步徘徊，吟诗一首：

徙倚无聊夜卧迟，绿杨风静鸟栖枝。难将心事和人说，说与青天明月知。

次日，夫人向学士说了。另收拾一所洁净房室，其床帐家伙，无物不备。又合家僮仆奉承他是新主管，担东送西，摆得一室之中，锦片相似。择了吉日，学士和夫人主婚。华安与秋香中堂双拜，鼓乐引至新房，合卺成婚，男欢女悦，自不必说。

夜半，秋香向华安道："与君颇面善，何处曾相会来？"华安道："小娘子自去思想。"又过了几日，秋香忽问华安道："向日阊门游船中看见的，可就是你？"华安笑道："是也。"秋香道："若然，君非下贱之辈，何故屈身于此？"华安道："吾为小娘子傍舟一笑，不能忘情，所以从权相就。"秋香道："妾昔见诸少年拥君，出素扇纷求书画，君一概不理，倚窗酌酒，旁若无人。妾知君非凡品，故一笑耳。"华安道："女子家能于流俗中识名士，诚红拂绿绮之流也！"秋香道："此后于南门街上，似又会一次。"华安笑道："好利害眼睛！果然果然。"秋香道："你既非下流，实是什么样人？可将真姓名告我。"华安道："我乃苏州唐解元也。与你三生有缘，得谐所愿。今夜既然说破，不可久留，欲与你图谐老之策，你肯随我去否？"秋香道："解元为贱妾之故，不惜辱千金之躯，妾岂敢不惟命是从。"华安次日将典中账目细细开了一本簿子，又将房中衣服首饰及床帐器皿另开一账，又将各人所赠之物亦开一账，纤毫不取。共是三宗账目，锁在一个护书箧内。其钥匙即挂在锁上。又于壁间题诗一首：

拟向华阳洞里游，行踪端为可人留；愿随红拂同高蹈，敢向朱家惜下流。
好事已成谁索笑？屈身今日尚含羞；主人若问真名姓，只在"康宣"两字头。

是夜雇了一只小船，泊于河下。黄昏人静，将房门封锁，同秋香下船，连夜望苏州去了。

天晓，家人见华安房门封锁，奔告学士。学士叫打开看时，床帐什物一毫不动，护书内账目开载明白。学士沉思，莫测其故。抬头一看，忽见壁上有诗八句，读了一遍。想："此人原名不是康宣。又不知什么意故，来府中住许多时。若是不良之人，财上又分毫不苟。又不知那秋香如何就肯随他逃走，如今两口儿又不知逃在哪里？我弃此一婢，亦有何难。只要明白了这桩事迹。"便叫家童唤捕人来，出信赏钱，各处缉获康宣、秋香，杳无影响。过了年余，学士也放过一边了。

忽一日学士到苏州拜客。从阊门经过，家童看见书坊中有一秀才坐而观书，其貌酷似华安，左手亦有枝指。报与学士知道。学士不信，吩咐此童再去看个详细，并访其人名姓。家童复身到书坊中，那秀才又和着一个同辈说话，刚下阶头。家童乖巧，悄悄随之。那两个转弯向潼子门下船去了，仆从相随共有四五人。背后察其形相，分明与华安无二，只是不敢唐突。家童回转书坊，问店主："适来在此看书的是什么人？"店主道："是唐伯虎解元相公。今日是文衡山相公舟中请酒去了。"家童道："方才同去的那一位可就是文相公么？"店主道："那是祝枝山，也都是一般名士。"家童一一记了，回复了华学士。学士大惊，想道："久闻唐伯虎放荡不羁，难道华安就是他。明日专往拜谒，便知是否。"

次日写了名帖，特到吴趋坊拜唐解元。解元慌忙出迎，分宾而坐。学士再三审视，果肖华安。及捧茶，又见手白如玉，左有枝指。意欲问之，难于开口。茶罢，解元请学士书房中小坐。学士有疑未决，亦不肯轻别，遂同至书房。见其摆设齐整，啧啧叹羡。少停酒至，宾主对酌多时。学士开言道："贵县有个康宣，其人读书不遇，甚通文理。先生识其人否？"解元唯唯。学士又道："此人去岁曾佣书于舍下，改名华安。先在小儿馆中伴读，后在学生书房管书柬。后又在小典中为主管。因他无室，叫他于贱婢中自择。他择得秋香成亲。数日后夫妇俱逃，房中日用之物一无所取，竟不知其何故？学生曾差人到贵处察访，并无其人。先生可略知风声么？"解元又唯唯。学士见他不明不白，只是胡答应，忍耐不住，只得又说道："此人形容颇肖先生模样，左手亦有枝指，不知何故？"解元又唯唯。

少顷，解元暂起身入内。学士翻看柬上书籍，见书内有纸一幅，题诗八句，读之，即壁上之诗也。解元出来。学士执诗问道："这八句诗乃华安所作，此字亦华安之笔，如何却在尊处？必有缘故，愿先生一言，以决学生之疑。"解元道："容少停奉告。"学士心中愈闷道："先生见教过了，学生还坐，不然即告辞矣。"解元道："禀复不难，求老先生再用几杯薄酒。"学士又吃了数杯。解元巨觥奉劝。学士已半酣，道："酒已过分，不能领矣。学生拳拳请教，只欲剖胸中之疑，并无他念。"解元道："请用一箸粗饭。"

饭后献茶，看看天晚，童子点烛到来。学士愈疑，只得起身告辞。解元道："请老先生暂挪贵步，当决所疑。"命童子秉烛前引，解元陪学士随后共入后堂。堂中灯烛辉煌。里面传呼："新娘来。"只见两个丫鬟，服侍一位小娘子，轻移莲步而出，珠珞重遮，不露娇面。学士惶悚退避。解元一把扯住衣袖道："此小妾也，通家长者，合当拜见，不必避嫌。"丫鬟铺毡。小娘子向上便拜。学士还礼不迭。解元将学士抱住，不要他还礼。拜了四拜，学士只还得两个揖，甚不过意。

拜罢，解元携小娘子近学士之旁，带笑问道："老先生请认一认，方才说学生颇似华安，不识此女亦似秋香否？"学士熟视大笑，慌忙作揖，连称得罪。解元道："还该是学生告罪。"二人再至书房。解元命重整杯盘，洗盏更酌。酒中学士复叩其详。解元将阊门舟中相遇始末细说一遍。各个抚掌大笑。学士道："今日即不敢以记室相待，少不得行子婿之礼。"解元道："若要甥舅相行，恐又费丈人妆奁耳。"二人复大笑。是夜，尽欢而别。

学士回到舟中，将袖中诗句置于桌上，反复玩味："首联道：'拟向华阳洞里游'，是说有茅山进香之行了。'行踪端为可人留'，分明为中途遇了秋香，耽搁住了。第二联：'愿随红拂同高蹈，敢向朱家惜下流'，他屈身投靠，便有相挈而逃之意。第三联：'好事已成谁索笑？屈身今去尚含羞'。这两句明白。末联：'主人若问真名姓，只在"康宣"两字头'。康字与唐字头一般，宣字与寅字头无二，是影着唐寅二字。我自不能推详耳。他此举虽似情痴，然封还衣饰，一无所取，乃礼义之人，不枉名士风流也。"

学士回家，将这段新闻向夫人说了。夫人亦骇然。于是厚具装奁，约值千金，差当家老姆姆押送唐解元家。从此两家遂为亲戚，往来不绝。至今吴中把此事传作风流话柄。有唐解元《焚香默坐歌》，自述一生心事，最做得好。歌曰：

焚香默坐自省己，口里喃喃想心里。心中有甚害人谋？口中有甚欺心语？
为人能把口应心，孝悌忠信从此始。其余小德或出入，焉能磨涅吾行止。
头插花枝手把杯，听罢歌童看舞女。食色性也古人言，今人乃以为之耻。
及至心中与口中，多少欺人没天理。阴为不善阳掩之，则何益矣徒劳耳。
请坐且听吾语汝：凡人有生必有死。死见阎君面不惭，才是堂堂好男子。

白娘子永镇雷峰塔

山外青山楼外楼，西湖歌舞几时休？暖风薰得游人醉，直把杭州作汴州。

话说西湖景致，山水鲜明。晋朝咸和年间，山水大发，汹涌流入西门。忽然水内有牛一头，见浑身金色。后水退，其牛随行至北山，不知去向。哄动杭州市上之人，皆以为显化。所以建立一寺，名曰金牛寺。西门即今之涌金门，立一座庙，号金华将军。当时有一番僧，法名浑寿罗，到此武林郡云游，玩其山景，道："灵鹫山前小峰一座忽然不见，原来飞到此处。"当时人皆不信。僧言："我记得灵鹫山前峰岭，唤做灵鹫岭，这山洞里有个白猿，看我呼出为验。"果然呼出白猿来。山前有一亭，今唤做冷泉亭。又有一座孤山，生在西湖中。先曾有林和靖先生在此山隐居。使人搬挑泥石，砌成一条走路，东接断桥，西接栖霞岭，因此唤做孤山路。又唐时有刺史白乐天，筑一条路，南至翠屏山，北至栖霞岭，唤做白公堤，不时被山水冲倒，不只一番，用官钱修理。后宋时，苏东坡来做太守，因见有这两条路，被水冲坏，就买木石，起人夫，筑得坚固。六桥上朱红栏杆，堤上栽种桃柳，到春景融和，端的十分好景，堪描入画。后人因此只唤做苏公堤。又孤山路畔，起造两条石桥，分开水势，东边唤做断桥，西边唤做西宁桥。真乃：

白娘子永镇雷峰塔

隐隐山藏三百寺，依稀云锁二高峰。

话说的只说西湖美景，仙人古迹。俺今日且说一个俊俏后生，只因游玩西湖，遇着两个妇人，直惹得几处州城，闹动了花街柳巷。有分教：才人把笔，编成一本风流话本。单说那子弟，姓甚名谁？遇着甚般样的妇人？惹出甚般样事？有诗为证：

清明时节雨纷纷，路上行人欲断魂。借问酒家何处有，牧童遥指杏花村。

话说宋高宗南渡，绍兴年间，杭州临安府过军桥黑珠巷内有一个宦家，姓李名仁。现做南廊阁子库募事官，又与邵太尉管钱粮。家中妻子有一个兄弟许宣，排行小乙，他爹曾开生药店。自幼父母双亡，却在表叔李将仕家生药铺做主管，年方二十二岁。那生药店开在官巷口。忽一日，许宣在铺内做买卖，只见一个和尚来到门首，打个问讯道："贫僧是保叔塔寺内僧，前日已送馒头并卷子在宅上。今清明节近，追修祖宗，望小乙官到寺烧香，勿误。"许宣道："小子准来。"和尚相别去了。许宣至晚归姐夫家去。原来许宣无有老小，只在姐姐家住。当晚与姐姐说："今日保叔塔和尚来请烧箑子，明日要荐祖宗，走一遭了来。"次日早起买了纸马、蜡烛、经幡、钱垛一应等项，吃了饭，换了新鞋袜衣服，把箑子钱马使条袱子包了，径到官巷口李将仕家来。李将仕见了，问许宣何处去。许宣道："我今日要去保叔塔烧箑子，追荐祖宗，乞叔叔容暇一日。"李将仕道："你去便回。"

许宣离了铺中，入寿安坊、花市街，过井亭桥，往清河街后钱塘门，行石函桥过放生碑，径到保叔塔寺。寻见送馒头的和尚，忏悔过疏头，烧了箑子，到佛殿上看众僧念经。吃斋罢，别了和尚，离寺迤逦闲走，过西宁桥、孤山路、四圣观，来看林和靖坟，到六一泉闲走。不期云生西北，雾锁东南，落下微微细雨，渐大起来。正是清明时节，少不得天公应时，催花雨下，那阵雨下得绵绵不绝。许宣见脚下湿，脱下了新鞋袜，走出四圣观来寻船，不见一只。正没摆布处，只见一个老儿，摇着一只船过来，许宣暗喜。认时正是张阿公，叫道："张阿公，搭我则个。"老儿听得叫，认时，原来是许小乙。将船摇近岸来，道："小乙官，着了雨，不知要何处上岸？"许宣道："涌金门上岸。"这老儿扶许宣下船，离了岸，摇近丰乐楼来。

摇不上十数丈水面，只见岸上有人叫道："公公，搭船则个。"许宣看时，是一个妇人，头戴孝头髻，乌云畔插着些素钗梳，穿一领白绢衫儿，下穿一条细麻布裙。这妇人肩下一个丫鬟，身上穿着青衣服，头上一双角髻，戴两条大红头须，插着两件首饰，手中捧着一个包儿要搭船。那老张对小乙官道："'因风吹火，用力不多'，一发搭了他去。"许宣道："你便叫他下来。"老儿见说，将船傍了岸边，那妇人同丫鬟下船，见了许宣，起一点朱唇，露两行碎玉，深深道一个万福。许宣慌忙起身答礼。那娘子和丫鬟舱中坐定了。娘子把秋波频转，瞧着许宣。许宣平生是个老实之人，见了此等如花似玉的美妇人，旁边又是个俊俏美女样的丫鬟，也不免动念。那妇人道："不敢动问官人，高姓尊讳？"许宣答道："在下姓许名宣，排行第一。"妇人道："宅上何处？"许宣道："寒舍住在过军桥黑珠儿巷，生药铺内做买卖。"那娘子问了一回，许宣寻思道："我也问他一问。"起身道："不敢拜问娘子高姓？尊府何处？"那妇人答道："奴家是白三班白殿之妹，嫁了张官人，不幸亡过了，现葬在这雷岭。为因清明节近，今日带了丫鬟，往坟上祭扫了方回。不想值雨，若不是搭得官人便船，实是狼狈。"又闲讲了一回，迤逦船摇近岸。只见那妇人道："奴家一时心忙，不曾带得盘缠在身边，万望官人处借些船钱还了，并不有负。”许宣道：“娘子自便，不妨，些须船钱不必计较。”还罢船钱，那雨越不住。

许宣挽了上岸，那妇人道：“奴家只在箭桥双茶坊巷口。若不弃时，可到寒舍拜茶，纳还船钱。”许宣道：“小事何消挂怀。天色晚了，改日拜望。”说罢，妇人共丫鬟自去。许宣入涌金门，从人家屋檐下到三桥街，见一个生药铺，正是李将仕兄弟的店。许宣走到铺前，正见小将仕在门前。小将仕道：“小乙哥晚了，哪里去？”许宣道：“便是去保叔塔烧箑子，着了雨，望借一把伞则个。”将仕见叫说道：“老陈把伞来，与小乙官去。”不多时，老陈将一把雨伞撑开道：“小乙官，这伞是清湖八字桥老实舒家做的。八十四骨，紫竹柄的好伞，不曾有一些儿破，将去休坏了！仔细，仔细！”许宣道：“不必吩咐。”接了伞，谢了将仕，出羊坝头来。到后市街巷口。只听得有人叫道：“小乙官人。”许宣回头看时，只见沈公井巷口小茶坊屋檐下，立着一个妇人，认得正是搭船的白娘子。许宣道：“娘子如何在此？”白娘子道：“便是雨不得住，鞋儿都踏湿了，叫青青回家，取伞和脚下。又见晚下来。望官人搭几步则个。”许宣和白娘子合伞到坝头道：“娘子到哪里去？”白娘子道：“过桥投箭桥去。”许宣道：“小娘子，小人自往过军桥去，路又近了，不若娘子把伞将去，明日小人自来取。”白娘子道：“却是不当，感谢官人厚意！”许宣沿人家屋檐下冒雨回来。只见姐夫家当直王安，拿着钉靴雨伞来接不着，却好归来。到家内吃了饭。当夜思量那妇人，翻来覆去睡不着。梦中共日间见的一般，情意相浓，不想金鸡叫一声，却是南柯一梦。正是：

心猿意马驰千里，浪蝶狂蜂闹五更。

到得天明，起来梳洗罢，吃了饭，到铺中心忙意乱，做些买卖也没心思。到午时后，思量道：“不说一谎，如何得这伞来还人？”当时许宣见老将仕坐在柜上，向将仕说道：“姐夫叫许宣归早些，要送人情，请假半日。”将仕道：“去了，明日早些来！”许宣唱个喏，径来箭桥双茶坊巷口，寻问白娘子家里。问了半日，没一个认得。正踌躕间，只见白娘子家丫鬟青青，从东边走来。许宣道：“姐姐，你家何处住？讨伞则个。”青青道：“官人随我来。”许宣跟定青青，走不多路，道：“只这里便是。”

许宣看时，见一所楼房，门前两扇大门，中间四扇看街槅子眼，当中挂顶细密朱红帘子，四下排着十二把黑漆交椅，挂四幅名人山水古画。对门乃是秀王府墙。那丫头转入帘子内道：“官人请入里面坐。”许宣随步入到里面，那青青低低悄悄叫道：“娘子，许小乙官人在此。”白娘子里面应道“请官人进里面拜茶。”许宣心下迟疑。青青三回五次，催许宣进去。许宣转到里面，只见：四扇暗槅子窗，揭起青布幕，一个坐起，桌上放一盆虎须菖蒲，两边也挂四幅美人，中间挂一幅神像，桌上放一个古铜香炉花瓶。那小娘子向前深深的道一个万福，道：“夜来多蒙小乙官人应付周全，识荆之初，甚是感激不浅！”许宣道：“些微何足挂齿。”白娘子道：“少坐拜茶。”茶罢，又道：“片时薄酒三杯，表意而已。”许宣方欲推辞，青青已自把菜蔬果品流水排将出来。许宣道：“感谢娘子置酒，不当厚扰。”饮至数杯，许宣起身道：“今日天色将晚，路远，小子告回。”娘子道：“官人的伞，舍亲昨夜转借去了，再饮几杯，着人取来。”许宣道：“日晚，小子要回。”娘子道：“再饮一杯。”许宣道：“饮馔好了，多感，多感！”白娘子道：“既是官人要回，这伞相烦明日来取则个。”许宣只得相辞了回家。

至次日，又来店中做些买卖。又推个事故，却来白娘子家取伞。娘子见来，又备三杯相款。许宣道："娘子还了小子的伞罢，不必多扰。"那娘子道："既安排了，略饮一杯。"许宣只得坐下。那白娘子筛一杯酒，递与许宣，启樱桃口，露榴子牙，娇滴滴声音，带着满面春风，告道："小官人在上，真人面前说不得假话。奴家亡了丈夫，想必和官人有宿世姻缘，一见便蒙错爱。正是你有心，我有意。烦小乙官人寻一个媒证，与你共成百年姻眷，不枉天生一对，却不是好。"许宣听那妇人说罢，自己寻思："真个好一段姻缘。若娶得这个浑家，也不枉了。我自十分肯了，只是一件不谐：思量我日间在李将仕家做主管，夜间在姐夫家安歇，虽有些少东西，只好办身上衣服，如何得钱来娶老小？"自沉吟不答。只见白娘子道："官人何故不回言语？"许宣道："多感过爱，实不相瞒，只为身边窘迫，不敢从命。"娘子道："这个容易。我囊中自有余财，不必挂念。"便叫青青道："你去取一锭白银下来。"只见青青手扶栏杆，脚踏胡梯，取下一个包儿来，递与白娘子。娘子道："小乙官人，这东西将去使用，少欠时再来取。"亲手递与许宣。许宣接得包儿，打开看时，却是五十两雪花银子。藏于袖中，起身告回。青青把伞来还了许宣。许宣接得相别，一径回家，把银子藏了。当夜无话。

明日起来，离家到官巷口，把伞还了李将仕。许宣将些碎银子买了一只肥好烧鹅，鲜鱼精肉，嫩鸡果品之类提回家来。又买了一樽酒，吩咐养娘丫鬟安排整下。那日却好姐夫李募事在家。饮馔俱已完备，来请姐夫和姐姐吃酒。李募事却见许宣请他，倒吃了一惊，道："今日做什么子坏钞？日常不曾见酒盏儿面，今朝作怪！"三人依次坐定饮酒，酒至数杯，李募事道："尊舅，没事教你坏钞做什么？"许宣道："多谢姐夫，切莫笑话，轻微何足挂齿。感谢姐夫姐姐管雇多时。一客不烦二主人，许宣如今年纪长成，恐虑后无人养育，不是了处。今有一头亲事在此说起，望姐夫姐姐与许宣主张，结果了一生终身，也好。"姐夫姐姐听得说罢，肚内暗自寻思道："许宣日常一毛不拔，今日坏得些钱钞，便要我替他讨老小？"夫妻二人，你我相看，只不回话。吃酒了，许宣自做买卖。

过了三两日，许宣寻思道："姐姐如何不说起？"忽一日，见姐姐问道："曾向姐夫商量也不曾？"姐姐道："不曾。"许宣道："如何不曾商量？"姐姐道："这个事不比别样的事，仓卒不得，又见姐夫这几日面色心焦，我怕他烦恼，不敢问他。"许宣道："姐姐你如何不上紧？这个有甚难处，你只怕我叫姐夫出钱，故此不理。"许宣便起身到卧房中开箱，取出白娘子的银来，把与姐姐道："不必推故，只要姐夫做主。"姐姐道："吾弟多时在叔叔家中做主管，积赶得这些私房。可知道要娶老婆！你且去，我安在此。"

却说李募事归来，姐姐道："丈夫，可知小舅要娶老婆，原来自赶得些私房，如今叫我倒换些零碎使用，我们只得与他完就这亲事则个。"李募事听得说道："原来如此，得他积得些私房也好。拿来我看！"做妻的连忙将出银子递与丈夫。李募事接在手中，翻来覆去，看了上面凿的字号，大叫一声："苦！不好了，全家是死！"那妻吃了一惊，问道："丈夫有什么利害之事！"李募事道："数日前邵太尉库内封记锁押俱不动，又无地穴得人，平空不见了五十锭大银。见今着落临安府提捉贼人，十分紧急，没有头路得获，累害了多少人。出榜缉捕，写着字号锭数：'有人捉获贼人银子者，赏银五十两；知而不首，及窝藏贼人者，除正犯外，全家发边远充军。'这银子与榜上字号不差，正是邵太尉库内银子。即今捉捕十分紧急。正是'火到身边，顾不得亲眷，自可去拔'。明日事露，实难分说。不管他偷的借的，宁可苦他，不要累我。只得将银子出首，免了一家之害。"老婆见说了，合口不得，目睁口呆。当时拿了这锭银子，径到临安府出首。

那大尹闻知这话，一夜不睡。次日，火速差缉捕使臣何立。何立带了伙伴，并一班眼明手快的公人，径到官巷口李家生药店，提捉正贼许宣。到得柜边，发声喊，把许宣一条绳子绑缚了，一声锣，一声鼓，解上临安府来。正值韩大尹升厅，押过许宣当厅跪下，喝声打！许宣道："告相公不必用刑，不知许宣有何罪？"大尹焦躁道："真赃正贼，有何理说，还说无罪？邵太尉府中不动封锁，不见了一号大银五十锭，现有李募事出首，一定这四十九锭也在你处。想不动封皮，不见了银子，你也是个妖人！不要打。"喝叫："拿些秽血来！"许宣方知是这事，大叫道："不是妖人，待我分说！"大尹道："且住，你且说这银子从何而来？"许宣将借伞讨伞的上项事，一一细说一遍。大尹道："白娘子是什么样人？现住何处？"许宣道："凭他说是白三班白直殿的亲妹子，如今见住箭桥边，双茶坊巷口，秀王墙对黑楼子高坡儿内住。"那大尹随即便叫缉捕使臣何立，押领许宣，去双茶坊巷口捉拿本妇前来。

何立等领了钧旨，一阵做公的，径到双茶坊巷口秀王府墙对黑楼子前看时：门前四扇看阶，中间两扇大门，门外避藉陛，坡前却是垃圾，一条竹子横夹着。何立等见了这个模样，倒都呆了！当时就叫捉了邻人，上首是做花的丘大，下首是做皮匠的孙公。那孙公摆忙的吃他一惊，小肠气发，跌倒在地。众邻舍都走来道："这里不曾有什么白娘子。这屋下五六年前有一个毛巡检，合家时病死了。青天白日，常有鬼出来买东西，无人敢在里头住。几日前，有个疯子立在门前唱喏。"何立叫众人解下横门竹竿，里面冷清清地，起一阵风，卷出一道腥气来。众人都吃了一惊，倒退几步。许宣看了，则声不得，一似呆的。做公的数中，有一个能胆大，排行第二，姓王，专好酒吃，都叫他做好酒王二。王二道："都跟我来。"发声喊一齐哄将入去，看时板壁、坐起、桌凳都有。来到胡梯边，叫王二前行，众人跟着，一齐上楼。楼上灰尘三寸厚。众人到房门前，推开房门一望，床上挂着一张帐子，箱笼都有，只见一个如花似玉穿着白的美貌娘子，坐在床上。众人看了，不敢向前。众人道："不知娘子是鬼是神？我等奉临安大尹钧旨，唤你去与许宣执证公事。"那娘子端然不动。好酒王二道："众人都不敢向前，怎的是了？你可将一坛酒来，与我吃了，做我不着，捉他去见大尹。"众人连忙叫两三个下去，提一坛酒来与王二吃。王二开了坛口，将一坛酒吃尽了，道："做我不着！"将那空坛望着帐子内打将去。不打万事皆休，才然打去，只听得一声响，却是青天里打一个霹雳，众人都惊倒了。起来看时，床上不见了那娘子，只见明晃晃一堆银子。众人向前看了道："好了。"计数四十九锭。众人道："我们将银子去见大尹也罢。"扛了银子，都到临安府。

何立将前事禀复了大尹。大尹道："定是妖怪了。也罢，邻人无罪宁家。"差人送五十锭银子与邵太尉处，开个缘由，一一禀复过了。许宣照"不应得为而为之事"，理重者决杖免刺，配牢城营做工，满日疏放。牢城营乃苏州府管下。李募事因出首许宣，心上不安，将邵太尉给赏的五十两银子，尽数付与小舅作为盘费。李将仕与书二封，一封与押司范院长，一封与吉利桥下开客店的王主人。许宣痛哭一场，拜别姐夫姐姐，带上行枷，两个防送人押着，离了杭州到东新桥，下了航船。

不一日，来到苏州。先把书去见了范院长，并王主人。王主人与他官府上下使了钱，打发两个公人去苏州府，下了公文，交割了犯人，讨了回文，防送人自回。范院长、王主人保领许宣不入牢中，就在王主人门前楼上歇了。许宣心中愁闷，壁上题诗一首：

独上高楼望故乡，愁看斜日照纱窗。平生自是真诚士，谁料相逢妖媚娘！
白白不知归甚处？青青岂识在何方？抛离骨肉来苏地，思想家中寸断肠！

有话即长，无话即短。不觉光阴似箭，日月如梭，又在王主人家住了半年之上。忽遇九月下旬，那王主人正在门首闲立，看街上人来人往。只见远远一乘轿子，旁边一个丫鬟跟着，道："借问一声：此间不是王主人家么？"王主人连忙起身道："此间便是。你寻谁人？"丫鬟道："我寻临安府来的许小乙官人。"主人道："你等一等，我便叫他出来。"这乘轿子便歇在门前。王主人便入去，叫道："小乙哥！有人寻你。"许宣听得，急走出来，同主人到门前看时，正是青青跟着，轿子里坐着白娘子。许宣见了，连声叫道："死冤家！自被你盗了官库银子，带累我吃了多少苦，有屈无伸，如今到此地位，又赶来做什么？可羞死人！"那白娘子道："小乙官人不要怪我，今番特来与你分辩这件事。我且到主人家里面与你说。"白娘子叫青青取了包裹下轿。许宣道："你是鬼怪，不许入来。"挡住了门不放他。那白娘子与主人深深道了个万福，道："奴家不相瞒，主人在上，我怎的是鬼怪？衣裳有缝，对日有影。不幸先夫去世，叫我如此被人欺负！做下的事，是先夫日前所为，非干我事。如今怕你怨恨我，特地来分说明白了，我去也甘心。"主人道："且叫娘子入来坐了说。"那娘子道："我和你到里面对主人家的妈妈说。"门前看的人，自都散了。

许宣入到里面，对主人家并妈妈道："我为他偷了官银子事，如此如此，因此叫我吃场官司。如今又赶到此，有何理说？"白娘子道："先夫留下银子，我好意把你，我也不知怎的来的？"许宣道："如何做公的捉你之时，门前都是垃圾，就帐子里一响不见了你？"白娘子道："我听得人说你为这银子捉了去，我怕你说出我来，捉我到官，妆幌子羞人不好看。我无奈何，只得走去华藏寺前姨娘家躲了。使人担垃圾堆在门前，把银子安在床上，央邻舍与你说谎。"许宣道："你却走了去，叫我吃官事！"白娘子道："我将银子安在床上，只指望要好，哪里晓得有许多事情？我见你配在这里，我便带了些盘缠，搭船到这里寻你，如今分说都明白了，我去也。敢是我和你前生没有夫妻之分！"那王主人道："娘子许多路来到这里，难道就去？且在此间住几日，却理会。"青青道："既是主人家再三劝解，娘子且住两日，当初也曾许嫁小乙官人。"白娘子随口便道："羞杀人，终不成奴家没人要？只为分别是非而来。"王主人道："既然当初许嫁小乙哥，却又回去；且留娘子在此。"打发了轿子，不在话下。

过了数日，白娘子先自奉承好了主人的妈妈，那妈妈劝主人与许宣说合，选定十一月十一日成亲，共百年谐老。光阴一瞬，早到吉日良时。白娘子取出银两，央王主人办备喜筵，二人拜堂结亲。酒席散后，共入纱厨。白娘子放出迷人声态，颠鸾倒凤，百媚千娇，喜得许宣如遇神仙，只恨相见之晚。正好欢娱，不觉金鸡三唱，东方渐白。正是：

欢娱嫌夜短，寂寞恨更长。

自此日为始，夫妻二人如鱼似水，终日在王主人家快乐昏迷缠定。

日往月来，又早半年光景。时临春气融和，花开如锦，车马往来，街坊热闹。许宣问主人家道："今日如何人人出去闲游，如此喧嚷？"主人道："今日是二月半，男子妇人，都去看卧佛。你也好去承天寺里闲走一遭。"许宣见说，道："我和妻子说一声，也去看一看。"许宣上楼来，和白娘子说："今日二月半，男子妇人都去看卧佛，我也看一看就来。有人寻说话，回说不在家，不可出来见人。"白娘子道："有甚好看，只在家中却不好？看他做什么？"许宣道："我去闲耍一遭就回，不妨。"许宣离了店内，有几个相识，同走到寺里看卧佛。绕廊下各处殿上观看了一遭，方出寺来，见一个先生，穿着道袍，头戴逍遥巾，腰系黄丝绦，脚着熟麻鞋，坐在寺前卖药，散施符水。许宣立定了看。那先生道："贫道是终南山道士，到处云游，散施符水，救人病患灾厄，有事的向前来。"那先生在人丛中看见许宣头上一道黑气，必有妖怪缠他，叫道："你近来有一妖怪缠你，其害非轻！我与你二道灵符，救你性命。一道符三更烧，一道符放在自头发内。"许宣接了符，纳头便拜，肚内道："我也八九分疑惑那妇人是妖怪，真个是实。"谢了先生，径回店中。至晚，白娘子与青青睡着了，许宣起来道："料有三更了！"将一道符放在自头发内，正欲将一道符烧化，只见白娘子叹一口气道："小乙哥和我许多时夫妻，尚兀自不把我亲热，却信别人言语，半夜三更，烧符来压镇我！你且把符来烧看！"就夺过符来，一时烧化，全无动静。白娘子道："却如何？说我是妖怪！"许宣道："不干我事。卧佛寺前一云游先生，知你是妖怪。"白娘子道："明日同你去看他一看，如何模样的先生。"

次日，白娘子清早起来，梳妆罢，戴了钗环，穿上素净衣服，吩咐青青看管楼上。夫妻二人，来到卧佛寺前。只见一簇人，团团围着那先生，在那里散符水。只见白娘子睁一双妖眼，到先生面前，喝一声："你好无礼！出家人枉在我丈夫面前说我是一个妖怪，书符来捉我！"那先生回言："我行的是五雷天心正法，凡有妖怪，吃了我的符，他即变出真形来。"那白娘子道："众人在此，你且书符来我吃看！"那先生书一道符，递与白娘子。白娘子接过符来，使吞下去。众人都看，没些动静。众人道："这等一个妇人，如何说是妖怪？"众人把那先生齐骂，那先生骂得口睁眼呆，半晌无言，惶恐满面。白娘子道："众位官人在此，他捉我不得。我自小学得个戏术，且把先生试来与众人看。"只见白娘子口内喃喃的，不知念些什么。把那先生却似有人擒的一般，缩做一堆，悬空而起。众人看了齐吃一惊。许宣呆了。娘子道："若不是众位面上，把这先生吊他一年。"白娘子喷口气，只见那先生依然放下，只恨爹娘少生两翼，飞也似走了。众人都散了。夫妻依旧回来。不在话下。日逐盘缠，都是白娘子将出来用度。正是：夫唱妇随，朝欢暮乐。

不觉光阴似箭，又是四月初八日，释迦佛生辰。只见街市上人抬着柏亭浴佛，家家布施。许宣对王主人道："此间与杭州一般。"只见邻舍边一个小的，叫做铁头，道："小乙官人，今日承天寺里做佛会，你去看一看。"许宣转身到里面，对白娘子说了。白娘子道："什么好看，休去！"许宣道："去走一遭，散闷则个。"娘子道："你要去，身上衣服旧了不好看，我打扮你去。"叫青青取新鲜时样衣服来。许宣着得不长不短，一似像体裁的：戴一顶黑漆头巾，脑后一双白玉环；穿一领青罗道袍，脚着一双皂靴，手中拿一把细巧百摺描金美人珊瑚坠上样春罗扇。打扮得上下齐整。那娘子吩咐一声，如莺声巧啭道："丈夫早早回来，切勿叫奴记挂！"

许宣叫了铁头相伴，径到承天寺来看佛会。人人喝彩，好个官人。只听得有人说道："昨夜周将仕典当库内，不见了四五千贯金珠细软物件。见今开单告官，挨查没捉人处。"许宣听得，不解其意，自同铁头在寺。其日烧香官人子弟男女人等往往来来，十分热闹。许宣道："娘子叫我早回，去罢。"转身人丛中，不见了铁头，独自个走出寺门来。只见五六个人似公人打扮，腰里挂着牌儿。数中一个看了许宣，对众人道："此人身上穿的，手中拿的，好似那话儿？"数中一个认得许宣的道："小乙官，扇子借我一看。"许宣不知是计，将扇递与公人。那公人道："你们看这扇子扇坠，与单上开的一般！"众人喝声："拿了！"就把许宣一索子绑了，好似：

数只皂雕追紫燕，一群饿虎啖羊羔。

许宣道："众人休要错了，我是无罪之人。"众公人道："是不是，且去府前周将仕家分解！他店中失去五千贯金珠细软，白玉绦环，细巧百摺扇，珊瑚坠子，你还说无罪？真赃正贼，有何分说！实是大胆汉子，把我们公人作等闲看成。见今头上、身上、脚上，都是他家物件，公然出外，全无忌惮！"许宣方才呆了，半晌不则声。许宣道："原来如此，不妨，不妨，自有人偷得。"众人道："你自去苏州府厅上分说。"

次日大尹升厅，押过许宣见了。大尹审问："盗了周将仕库内金珠宝物在于何处？从实供来，免受刑法拷打。"许宣道："禀上相公做主，小人穿的衣服物件，皆是妻子白娘子的，不知从何而来。望相公明镜详辨则个！"大尹喝道："你妻子今在何处？"许宣道："见在吉利桥下王主人楼上。"大尹即差缉捕使臣袁子明押了许宣，火速捉来。

差人袁子明来到王主人店中，主人吃了一惊，连忙问道："做什么？"许宣道："白娘子在楼上么？"主人道："你同铁头早去承天寺里，去不多时，白娘子对我说道：'丈夫去寺中闲耍，叫我同青青照管楼上。此时不见回来，我与青青去寺前寻他去也，望乞主人替我照管。'出门去了，到晚不见回来。我只道与你去望亲戚，到今日不见回来。"众公人要王主人寻白娘子，前前后后，遍寻不见。袁子明将王主人捉了，见大尹回话。大尹道："白娘子在何处？"王主人细细禀复了，道："白娘子是妖怪。"大尹一一问了，道："且把许宣监了。"王主人使用了些钱，保出在外，伺候归结。

且说周将仕正在对门茶坊内闲坐，只见家人报道："金珠等物都有了，在库阁头空箱子内。"周将仕听了，慌忙回家看时，果然有了。只不见了头巾绦环扇子并扇坠。周将仕道："明是屈了许宣，平白地害了一个人，不好。"暗地里到与该房说了，把许宣只问了小罪名。

却说邵太尉使李募事到苏州干事，来王主人家歇。主人家把许宣来到这里又吃官事，一一从头说了一遍。李募事寻思道："看自家面上亲眷，如何看做落？"只得与他央人情，上下使钱。一日，大尹把许宣一一供招明白，都做在白娘子身上，只做"不合不出首妖怪等事"，杖一百，配三百六十里，押发镇江府牢城营做工。李募事道："镇江去便不妨。我有一个结拜的叔叔，姓李名克用，在针子桥下开生药店。我写一封书，你可去投托他。"许宣只得问姐夫借了些盘缠，拜谢了王主人并姐夫，就买酒饭与两个公人吃，收拾行李起程。王主人并姐夫送了一程，各自回去了。

且说许宣在路，饥餐渴饮，夜住晓行，不则一日，来到镇江。先寻李克用家，来到针子桥生药铺内，只见主管正在门前卖生药。老将仕从里面走出来。两个公人同许宣慌忙唱个喏道："小人是杭州李募事家中人，有书在此。"主管接了，递与老将仕。老将仕拆开看了道："你便是许宣？"许宣道："小人便是。"李克用叫三人吃了饭。吩咐当直的，同到府中，下了公文，使用了钱，保领回家。防送人讨了回文，自归苏州去了。

许宣与当直一同到家中，拜谢了克用，参见了老安人。克用见李募事书，说道："许宣原是生药店中主管。"因此留他在店中做买卖，夜间叫他去五条巷卖豆腐的王公楼上歇。克用见许宣药店中十分精细，心中欢喜。原来药铺中有两个主管，一个张主管，一个赵主管。赵主管一生老实本分，张主管一生克剥奸诈，倚着自老了，欺侮后辈。见又添了许宣，心中不悦，恐怕退了他，反生奸计，要嫉妒他。

忽一日，李克用来店中闲看，问："新来的做买卖如何？"张主管听了心中道："中我机谋了！"应道："好便好了，只有一件，……"克用道："有什么一件？"老张道："他大主买卖肯做，小主儿就打发去了，因此人说他不好。我几次劝他，不肯依我。"老员外说："这个容易，我自吩咐他便了，不怕他不依。"赵主管在旁听得此言，私对张主管说道："我们都要和气。许宣新来，我和你照管他才是。有不是宁可当面讲，如何背后去说他？他得知了，只道我们嫉妒。"老张道："你们后生家，晓得什么！"天已晚了，各回下处。赵主管来许宣下处道："张主管在员外面前嫉妒你，你如今要愈加用心，大主小主儿买卖，一般样做。"许宣道："多承指教！我和你去闲酌一杯。"二人同到店中，左右坐下。酒保将要饭果碟摆下，二人吃了几杯。赵主管说："老员外最性直，受不得触。你便依随他生性，耐心做买卖。"许宣道："多谢老兄厚爱，谢之不尽！"又饮了两杯，天色晚了。赵主管道："晚了路黑难行，改日再会。"许宣还了酒钱，各自散了。许宣觉道有杯酒醉了，恐怕冲撞了人，从屋檐下回去。

正走之间，只见一家楼上推开窗，将熨斗播灰下来，都倾在许宣头上。立住脚，便骂道："谁家泼男女，不生眼睛，好没道理！"只见一个妇人，慌忙走下来道："官人休要骂，是奴家不是，一时失误了，休怪！"许宣半醉，抬头一看，两眼相观，正是白娘子。许宣怒从心上起，恶向胆边生，无明火焰腾腾高起三千丈，掩纳不住，便骂道："你这贼贱妖精，连累得我好苦！吃了两场官事！"恨小非君子，无毒不丈夫。正是：

踏破铁鞋无觅处，得来全不费工夫。

许宣道："你如今又到这里，却不是妖怪？"赶将入去，把白娘子一把拿住道："你要官休私休？"白娘子陪着笑面道："丈夫，'一夜夫妻百夜恩'，和你说来事长。你听我说：当初这衣服，都是我先夫留下的。我与你恩爱深重，叫你穿在身上，恩将仇报，反成吴越？"许宣道："那日我回来寻你，如何不见了！主人家说你同青青来寺前看我，因何又在此间？"白娘子道："我到寺前，听得说你被捉了去，叫青青打听不着，只道你脱身走了。怕来捉我，叫青青连忙讨了一只船，到建康府娘舅家去。昨日才到这里。我也道连累你两场官事，也有何面目见你！你怪我也无用了。情意相投，做了夫妻，如今好端端难道走开了？我与你情似泰山，恩同东海，誓同生死，可看日常夫妻之面，取我到下处，和你百年偕老，却不是好！"许宣被白娘子一骗，回嗔作喜，沉吟了半晌，被色迷了心胆，流连之意，不回下处，就在白娘子楼上歇了。

次日，来上河五条巷王公楼家，对王公说："我的妻子同丫鬟从苏州来到这里。"一一说了，道："我如今搬回来一处过活。"王公道："此乃好事，如何用说。"当日把白娘子同青青搬来王公楼上。次日，点茶请邻舍。第三日，邻舍又与许宣接风。酒筵散了，邻舍各自回去，不在话下。第四日，许宣早起梳洗已罢，对白娘子说："我去拜谢东西邻舍，去做买卖去也。你同青青只在楼上照管，切勿出门！"吩咐已了，自到店中做买卖，早去晚回。

不觉光阴迅速，日月如梭，又过一月。忽一日，许宣与白娘子商量，去见主人李员外并妈妈家眷。白娘子道："你在他家做主管，去参见了他，也好日常走动。"到次日，雇了轿子，径进里面请白娘子上了轿。叫王公挑了盒儿，丫鬟青青跟随，一齐来到李员外家。下了轿子，进到里面，请员外出来。李克用连忙来见，白娘子深深道个万福，拜了两拜，妈妈也拜了两拜，内眷都参见了。原来李克用年纪虽然高大，却专一好色。见了白娘子有倾国之姿，正是：

三魂不附体，七魄在他身。

那员外目不转睛，看白娘子。当时安排酒饭管待。妈妈对员外道："好个伶俐的娘子！十分容貌，温柔和气，本分老成。"员外道："便是杭州娘子生得俊俏。"饮酒罢了，白娘子相谢自回。李克用心中思想："如何得这妇人共宿一宵？"眉头一簇，计上心来，道："六月十三是我寿诞之日，不要慌，叫这妇人着我一个道儿。"不觉乌飞兔走，才过端午，又是六月初间。那员外道："妈妈，十三日是我寿诞，可做一个筵席，请亲眷朋友闲耍一日，也是一生的快乐。"当日亲眷邻友主管人等，都下了请帖。次日，家家户户都送烛面手帕物件来。十三日都来赴筵，吃了一日。次日是女眷们来贺寿，也有廿来个。且说白娘子也来，十分打扮，上着青织金衫儿，下穿大红纱裙，戴一头百巧珠翠金银首饰。带了青青，都到里面拜了生日，参见了老安人。东阁下排着筵席。原来李克用吃虱子留后腿的人。因见白娘子容貌，设此一计，大排筵席。各个传杯弄盏，酒至半酣，却起身脱衣净手。李员外原来预先吩咐腹心养娘道："若是白娘子登东，他要进去，你可另引他到后面僻净房内去。"李员外设计已定，先自躲在后面。正是：

不劳钻穴逾墙事，稳做偷香窃玉人。

只见白娘子真个要去净手，养娘便引他到后面一间僻净房内去。养娘自回。那员外心中淫乱，捉身不住，不敢便走进去，却在门缝里张。不张万事皆休，则一张，那员外大吃一惊，回身便走，来到后边，望后倒了。

不知一命如何，先觉四肢不举。

那员外眼中不见如花似玉体态，只见房中蟠着一条吊桶来粗大白蛇，两眼一似灯盏，放出金光来。惊得半死，回身便走，一绊一跤。众养娘扶起看时，面青口白。主管慌忙用安魂定魄丹服了，方才醒来。老安人与众人都来看了道："你为何大惊小怪做什么？"李员外不说其事，说道："我今日起得早了，连日又辛苦了些，头风病发晕倒了。"扶去房里睡了。众亲眷再入席饮了几杯，酒筵罢散，众人作谢回家。白娘子回到家中思想，恐怕明日李员外在铺中对许宣说出本相来。便生一条计，一头脱衣服，一头叹气。许宣道："今日出去吃酒，因何回来叹气？"白娘子道："丈夫，说不得！李员外原来假做生日，其心不善。因见我起身登东，他躲在里面，欲要奸骗我，扯裙扯裤，来调戏我。欲待叫起来，众人都在那里，怕妆幌子。被我一推倒地，他怕羞没意思，假说晕倒了。这惶恐哪里出气！"许宣道："既不曾奸骗你，他是我主人家，出于无奈，只得忍了。这遭休去便了。"白娘子道："你不与我做主，还要做人？"许宣道："先前多承姐夫写书，叫我投奔他家。亏他不阻，收留在家做主管。如今叫我怎的好？"白娘子道："男子汉！我被他这般欺负，你还去他家做主管？"许宣道："你叫我何处去安身？做何生理？"白娘子道："做人家主管，也是下贱之事。不如自开一个生药铺。"许宣道："亏你说，只是哪讨本钱？"白娘子道："你放心，这个容易。我明日把些银子，你先去赁了间房子却又说话。"

且说"今是古，古是今"，各处有这等出热的。间壁有一个人，姓蒋名和，一生出热好事。次日，许宣问白娘子讨了些银子，叫蒋和去镇江渡口码头上，赁了一间房子，买下一付生药厨柜，陆续收买生药。十月前后，俱已完备，选日开张药店，不去做主管。那李员外也自知惶恐，不去叫他。

许宣自开店来，不匡买卖一日兴一日，普得厚利。正在门前卖生药，只见一个和尚将着一个募缘簿子道："小僧是金山寺和尚，如今七月初七日是英烈龙王生日，伏望官人到寺烧香，布施些香钱！"许宣道："不必写名，我有一块好降香，舍与你拿去烧罢。"即便开柜取出，递与和尚。和尚接了道："是日望官人来烧香！"打一个问讯去了。白娘子看见道："你这杀才，把这一块好香与那贼秃去换酒肉吃！"许宣道："我一片诚心舍与他，花费了也是他的罪过。"

不觉又是七月初七日，许宣正开得店，只见街上闹热，人来人往。帮闲的蒋和道："小乙官前日布施了香，今日何不去寺内闲走一遭？"许宣道："我收拾了，略待略待，和你同去。"蒋和道："小人当得相伴。"许宣连忙收拾了，进去对白娘子道："我去金山寺烧香，你可照管家里则个。"白娘子道："'无事不登三宝殿'，去做什么？"许宣道："一者不曾认得金山寺，要去看一看；二者前日布施了，要去烧香。"白娘子道："你既要去，我也挡你不得，只要依我三件事。"许宣道："那三件？"白娘子道："一件，不要去方丈内去；二件，不要与和尚说话；三件，去了就回。来得迟，我便来寻你也。"许宣道："这个何妨，都依得。"

当时换了新鲜衣服鞋袜，袖了香盒，同蒋和径到江边，搭了船，投金山寺来。先到龙王堂烧了香，绕寺闲走了一遍，同众人信步来到方丈门前。许宣猛省道："妻子吩咐我休要进方丈内去。"立住了脚，不进去。蒋和道："不妨事，他自在家中，回去只说不曾去便了。"说罢，走入去看了一回，便出来。

且说方丈当中座上，坐着一个有德行的和尚，眉清目秀，圆顶方袍，看了模样，的是真僧。一见许宣走过，便叫侍者："快叫那后生进来。"侍者看了一回，人千人万，乱滚滚的，又认不得他，回说："不知他走哪边去了？"和尚见说，持了禅杖，自出方丈来，前后寻不见。复身出寺来看，只见众人都在那里等风浪静了落船。那风浪越大了，道："去不得。"正看之间，只见江心里一只船飞也似来得快。许宣对蒋和道："这般大风浪过不得渡，那只船如何到来得快？"

正说之间，船已将近。看时，一个穿白的妇人，一个穿青的女子来到岸边，仔细一认，正是白娘子和青青两个。许宣这一惊非小。白娘子来到岸边，叫道："你如何不归？快来上船！"许宣却欲上船，只听得有人在背后喝道："业畜在此做什么？"许宣回头看时，人说道："法海禅师来了！"禅师道："业畜，敢再来无礼，残害生灵！老僧为你特来。"白娘子见了和尚，摇开船，和青青把船一翻，两个都翻下水底去了。许宣回身看着和尚便拜："告尊师，救弟子一条草命！"禅师道："你如何遇着这妇人？"许宣把前项事情从头说了一遍。禅师听罢，道："这妇人正是妖怪，汝可速回杭州去。如再来缠汝，可到湖南净慈寺里来寻我。有诗四句：

本是妖精变妇人，西湖岸上卖娇声。汝因不识遭他计，有难湖南见老僧。

许宣拜谢了法海禅师，同蒋和下了渡船，过了江，上岸归家。白娘子同青青都不见了，方才信是妖精。到晚来，叫蒋和相伴过夜，心中昏闷，一夜不睡。次日早起，叫蒋和看着家里，却来到针子桥李克用家，把前项事情告诉了一遍。李克用道："我生日之时，他登东，我撞将去，不期见了这妖怪，惊得我死去。我又不敢与你说这话。既然如此，你且搬来我这里住着，别作道理。"许宣作谢了李员外，依旧搬到他家。不觉住过两月有余。

忽一日立在门前，只见地方总甲吩咐排门人等，俱要香花灯烛，迎接朝廷恩赦。原来是宋高宗策立孝宗，降赦通行天下，只除人命大事，其余小事，尽行赦放回家。许宣遇赦，欢喜不胜，吟诗一首，诗云：

感谢吾皇降赦文，网开三面许更新。死时不作他邦鬼，生日还为旧土人。
不幸逢妖愁更甚，何期遇宥罪除根？归家满把香焚起，拜谢乾坤再造恩。

许宣吟诗已毕，央李员外衙门上下打点使用了钱，见了大尹，给引还乡。拜谢东邻西舍，李员外妈妈合家大小，二位主管，俱拜别了。央帮闲的蒋和买了些土物带回杭州。来到家中，见了姐夫姐姐，拜了四拜。李募事见了许宣焦躁道："你好生欺负人，我两遭写书叫你投托人，你在李员外家娶了老小，不直得寄封书来叫我知道，直恁的无仁无义！"许宣说："我不曾娶妻小。"姐夫道："现今两日前，有一个妇人带着一个丫鬟，道是你的妻子。说你七月初七日去金山寺烧香，不见回来。哪里不寻到。直到如今，打听得你回杭州，同丫鬟先到这里等你两日了。"叫人叫出那妇人和丫鬟见了许宣。许宣看见，果是白娘子、青青。许宣见了，目睁口呆，吃了一惊。不在姐夫姐姐面前说这话本，只得任他埋怨了一场。

李募事叫许宣共白娘子去一间房内去安身。许宣见晚了，怕这白娘子，心中慌了，不敢向前。朝着白娘子跪在地下道："不知你是何神何鬼，可饶我的性命！"白娘子道："小乙哥是何道理？我和你许多时夫妻，又不曾亏负你，如何说这等没力气的话？"许宣道："自从和你相识之后，带累我吃了两场官司。我到镇江府，你又来寻我。前日金山寺烧香，归得迟了，你和青青又直赶来。见了禅师，便跳下江里去了。我只道你死了，不想你又先到此，望乞可怜见饶我则个！"白娘子圆睁怪眼道："小乙官，我也只是为好，谁想倒成怨本！我与你平生夫妇，共枕同衾，许多恩爱，如今却信别人闲言语，叫我夫妻不睦。我如今实对你说，若听我言语喜喜欢欢，万事皆休；若生外心，叫你满城皆为血水，人人手攀洪浪，脚踏浑波，皆死于非命。"惊得许宣战战兢兢，半晌无言可答，不敢走近前去，青青劝道："官人，娘子爱你杭州人生得好，又喜你恩情深重。听我说，与娘子和睦了，休要疑虑。"许宣吃两个缠不过，叫道："却是苦耶！"只见姐姐在天井里乘凉，听得叫苦，连忙来到房前，只道他两个儿厮闹，拖了许宣出来。

白娘子关上房门自睡。许宣把前因后事，一一对姐姐告诉了一遍，却好姐夫乘凉归房。姐姐道："你两口儿厮闹了，如今不知睡了也未，你且去张一张了来。"李募事走到房前看时，里头黑了，半亮不亮。将舌头舔破纸窗，不张万事皆休，一张时，见一条吊桶来大的蟒蛇，睡在床上，伸头在天窗内乘凉，鳞甲内放出白光来，照得房内如同白日。吃了一惊，回身便走。来到房中，不说其事。道："睡了，不见则声。"许宣躲在姐姐房中，不敢出头。姐夫也不问他。

过了一夜，次日，李募事叫许宣出去，到僻静处问道："你妻子从何娶来？实实的对我说，不要瞒我！自昨夜亲眼看见他是一条大白蛇，我怕你姐姐害怕，不说出来。"许宣把从头事，一一对姐夫说了一遍。李募事道："既是这等，白马庙前，一个呼蛇戴先生，如法捉得蛇。我同你去接他。”二人取路来到白马庙前，只见戴先生正立在门口。二人道：“先生拜揖。”先生道：“有何见谕？”许宣道：“家中有一条大蟒蛇，相烦一捉则个！”先生道：“宅上何处？”许宣道：“过将军桥黑珠儿巷内李募事家便是。”取出一两银子道：“先生收了银子，待捉得蛇另又相谢。”先生收了道：“二位先回，小子便来。”李募事与许宣自回。

那先生装了一瓶雄黄药水，一直来到黑珠儿巷内，问李募事家。人指道：“前面那楼子内便是。”先生来到门前，揭起帘子，咳嗽一声，并无一个人出来。敲了半晌门，只见一个小娘子出来问道：“寻谁家？”先生道：“此是李募事家么？”小娘子道：“便是。”先生道：“说宅上有一条大蛇，却才二位官人来请小子捉蛇。”小娘子道：“我家哪有大蛇？你差了。”先生道：“官人先与我一两银子，说捉了蛇后，有重谢。”白娘子道：“没有，休信他们哄你。”先生道：“如何作耍？”白娘子三回五次发落不去，焦躁起来，道：“你真个会捉蛇？只怕你捉他不得！”戴先生道：“我祖宗七八代呼蛇捉蛇，量道一条蛇有何难捉！”娘子道：“你说捉得，只怕你见了要走！”先生道：“不走，不走！如走，罚一锭白银。”娘子道：“随我来。”到天井内，那娘子转个弯，走进去了。那先生手中提着瓶儿，立在空地上。不多时，只见刮起一阵冷风，风过处，只见一条吊桶来大的蟒蛇，连射将来，正是：

人无害虎心，虎有伤人意。

且说那戴先生吃了一惊，望后便倒，雄黄罐儿也打破了。那条大蛇张开血红大口，露出雪白齿，来咬先生。先生慌忙爬起来，只恨爹娘少生两脚，一口气跑过桥来，正撞着李募事与许宣。许宣道：“如何？”那先生道：“好叫二位得知。”把前项事，从头说了一遍。取出那一两银子付还李募事道：“若不生这双脚，连性命都没了。二位自去照顾别人。”急急的去了。许宣道：“姐夫，如今怎么处？”李募事道：“眼见实是妖怪了，如今赤山埠前张成家欠我一千贯钱。你去哪里静处，讨一间房儿住下。那怪物不见了你，自然去了。”许宣无计可奈，只得应承。同姐夫到家里，静悄悄的没些动静。李募事写了书帖，和票子做一封，叫许宣往赤山埠去。只见白娘子叫许宣到房中道：“你好大胆，又叫什么捉蛇的来！你若和我好意，佛眼相看，若不好时，带累一城百姓受苦，都死于非命！”许宣听得，心寒胆战，不敢则声。将了票子，闷闷不已。来到赤山埠前，寻着了张成。随即袖中取票时，不见了。只叫得苦，慌忙转步，一路寻回来时，哪里见。正闷之间，来到净慈寺前，忽地里想起那金山寺长老法海禅师曾吩咐来：“倘若那妖怪再来杭州缠你，可来净慈寺内来寻我。如今不寻，更待何时。”急入寺中，问监寺道：“动问和尚，法海禅师曾来上刹也未？”那和尚道：“不曾到来。”许宣听得说不在，越闷。折身便回来长桥堍下，自言自语道：“‘时衰鬼弄人’，我要性命何用？”看着一湖清水，却待要跳！正是：

阎王判你三更到，定不容人到四更。

许宣正欲跳水，只听得背后有人叫道：“男子汉何故轻生？死了一万口，只当五千双，有事何不问我！”许宣回头看时，正是法海禅师。背驮衣钵，手提禅杖，原来真个才到。也是不该命尽，再迟一碗饭时，性命也休了。许宣见了禅师，纳头便拜，道：“救弟子一命则个！”禅师道：“这业畜在何处？”许宣把上项事一一诉了，道：“如今又直到这里，求尊师救度一命。”禅师于袖中取出一个钵盂，递与许宣道：“你若到家，不可叫妇人得知，悄悄的将此物劈头一罩，切勿手轻，紧紧的按住，不可心慌。你便回去。”

且说许宣拜谢了禅师，回家。只见白娘子正坐在哪里，口内喃喃的骂道：“不知甚人挑拨我丈夫和我做冤家，打听出来，和他理会！”正是有心等了最没心的，许宣张得他眼慢，背后悄悄的，望白娘子头上一罩，用尽平生气力纳住。不见了女子之形，随着钵盂慢慢的按下，不敢手松，紧紧的按住。只听得钵盂内道：“和你数载夫妻，好没一些儿人情！略放一放！”许宣正没了结处，报道：“有一个和尚，说道要收妖怪。”许宣听得，连忙叫李募事请禅师进来。来到里面，许宣道：“救弟子则个！”不知禅师口里念的什么，念毕，轻轻的揭起钵盂，只见白娘子缩做七八寸长，如傀儡人像，双眸紧闭，做一堆儿，伏在地下。禅师喝道：“是何业畜妖怪，怎敢缠人？可说备细！”白娘子答道：“祖师，我是一条大蟒蛇。因为风雨大作，来到西湖上安身，同青青一处。不想遇着许宣，春心荡漾，按捺不住，一时冒犯天条，却不曾杀生害命。望禅师慈悲则个！”禅师又问：“青青是何怪？”白娘子道：“青青是西湖内第三桥下潭内千年成气的青鱼。一时遇着，拖他为伴，他不曾得一日欢娱，并望禅师怜悯！”禅师道：“念你千年修炼，免你一死，可现本相！”白娘子不肯。禅师勃然大怒，口中念念有词，大喝道：“揭谛何在！快与我擒青鱼怪来，和白蛇现形，听吾发落！”须臾庭前起一阵狂风。风过处，只闻得豁刺一声响，半空中坠下一个青鱼，有一丈多长，向地拨刺的连跳几跳，缩做尺余长一个小青鱼。看那白娘子时，也复了原形，变了三尺长一条白蛇，兀自昂头看着许宣。禅师将二物置于钵盂之内，扯下褊衫一幅，封了钵盂口，拿到雷峰寺前，将钵盂放在地下，令人搬砖运石，砌成一塔。后来许宣化缘，砌成了七层宝塔。千年万载，白蛇和青鱼不能出世。且说禅师押镇了，留偈四句：

西湖水干，江湖不起，雷峰塔倒，白蛇出世。

法海禅师言偈毕。又题诗八句以劝后人：

奉劝世人休爱色，爱色之人被色迷。心正自然邪不扰，身端怎有恶来欺？
但看许宣因爱色，带累官司惹是非。不是老僧来救护，白蛇吞了不留些。

法海禅师吟罢，各人自散。惟有许宣情愿出家，礼拜禅师为师，就雷峰塔披剃为僧。修行数年，一夕坐化去了。众僧买龛烧化，造一座骨塔，千年不朽。临去世时，亦有诗四句，留以警世，诗曰：

祖师度我出红尘，铁树开花始见春；化化轮回重化化，生生转变再生生。
欲知有色还无色，须知无形却有形；色即是空空即色，空空色色要分明。

宿香亭张浩遇莺莺

闲向书斋阅古今，生非草木岂无情。佳人才子多奇遇，难比张生遇李莺。

话说西洛有一才子，姓张名浩字巨源。自儿曹时清秀异众。既长，才擒蜀锦，貌莹寒冰，容止可观，言词简当。承祖父之遗业，家藏镪数万，以财豪称于乡里。贵族中有慕其门第者，欲结婚姻，虽媒约日至，浩正色拒之。人谓浩曰：“君今冠矣。男子二十而冠，何不求良家令德女子配君，其理安在？”浩曰：“大凡百岁姻缘，必要十分美满。某虽非才子，实慕佳人。不遇出世娇姿，宁可终身鳏处。且俟功名到手之日，此愿或可遂耳。”缘此至弱冠之年，犹未纳室。

浩性喜厚自奉养。所居连檐重阁，洞户相通，华丽雄壮，与王侯之家相等，浩犹以为隘窄。又于所居之北，创置一园。中有：

风亭月榭，杏坞桃溪。云楼上倚晴空，水阁下临清池。横塘曲岸，露偃月虹桥；朱槛雕栏，叠生云怪石。烂熳奇花艳蕊，深沉竹洞花房。飞异域佳禽，植上林珍果。绿荷密锁寻芳路，翠柳低笼斗草场。

浩暇日，多与亲朋宴息其间。西都风俗，每至春时，园圃无大小，皆修莳花木，洒扫亭轩，纵游人玩赏，以此递相夸逞，士庶为常。浩闾巷有名儒廖山甫者，学行俱高，可为师范，与浩情爱至密。浩喜园馆新成，花木茂盛，一日，邀山甫闲步其中。行至宿香亭共坐。时当仲春，桃李正芳，牡丹花放，嫩白妖红，环绕亭砌。浩谓山甫曰：“淑景明媚，非诗酒莫称韶光。今日幸无俗事，先饮数杯，然后各赋一诗，咏目前景物。虽园圃消疏，不足以当君之盛作，若得一诗，可以永为壮观。”山甫曰：“愿听指挥。”浩喜，即呼小童，具饮器笔砚于前。酒三行，方欲索题，忽遥见亭下花间，有流莺惊飞而起。山甫曰：“莺语堪听，何故惊飞？”浩曰：“此无他，料必有游人偷折花耳。邀先生一往观之。”遂下宿香亭，径入花阴，蹑足潜身，寻踪而去。过太湖石畔，芍药栏边，见一垂鬟女子，年方十五，携一小青衣，倚栏而立。但见：

新月笼眉，春桃拂脸。意态幽花未艳，肌肤嫩玉生光。莲步一折，着弓弓扣绣鞋儿；螺髻双垂，插短短紫金钗子。似向东君夸艳态，倚栏笑对牡丹丛！

浩一见之，神魂飘荡，不能自持。又恐女子惊避，引山甫退立花阴下。端详久之，真出世色也。告山甫曰：“尘世无此佳人，想必上方花月之妖！”山甫曰：“花月之妖，岂敢昼见？天下不乏美妇人，但无缘者自不遇耳。”浩曰：“浩阅人多矣，未常见此殊丽。使浩得配之，足快平生。兄有何计，使我早遂佳期，则成我之恩，与生我等矣。”山甫曰：“以君之门第才学，欲结婚姻，易如反掌，何须如此劳神？”浩曰：“君言未当，若不遇其人，宁可终身不娶。今既遇之，即顷刻亦难挨也。媒约通问，必须岁月，将吾已在枯鱼之肆乎！”山甫曰：“但患不谐，苟得谐，何患晚也。请询其踪迹，然后图之。”

浩此时情不自禁，遂整巾正衣，向前而揖。女子敛袂答礼。浩启女子曰：“贵族谁家？何因至此？”女子笑曰：“妾乃君家东邻也。今日长幼赴亲族家会，惟妾不行。闻君家牡丹盛开，故与青衣潜启隙户至此。”浩闻此语，乃知李氏之女莺莺也。与浩童稚时曾共扶拦之戏。再告女子曰：“敝园荒芜，不足寓目，幸有小馆欲备肴酒，尽主人接邻里之欢，如何？”女曰：“妾之此来，本欲见君。若欲开樽，决不敢领。愿无及乱，略诉此情。”浩拱手鞠躬而言曰：“愿闻所谕！”女曰：“妾自幼年慕君清德，缘家有严亲，礼法所拘，无因与君聚会。今君犹未娶，妾亦垂髫，若不以丑陋见疏，为通媒妁，使妾异日奉箕帚之末，立祭祀之列，奉侍翁姑，和睦亲族，成两姓之好，无七出之玷，此妾之素心也。不知君心还肯从否？”浩闻此

宿香亭张浩遇莺莺

言，喜出望外，告女曰："若得与丽人偕老，平生之乐事足矣。但未知缘分何如耳？"女曰："两习既坚，缘分自定。君果见许，愿求一物为定，使妾藏之异时，表今日相见之情。"浩仓卒中无物表意，遂取系腰紫罗绣带，谓女曰："取此以待定议。"女亦取拥项香罗，谓浩曰："请君作诗一篇，亲笔题于罗上，庶几他时可以取信。"浩心转喜，呼童取笔砚，指栏中未开牡丹为题，赋诗一绝于香罗之上，诗曰：

沉香亭畔露凝枝，敛艳含娇未放时；自是名花待名手，风流学士独题诗。

女见诗大喜，取香罗在手，谓浩曰："君诗句清妙，中有深意，真才子也。此事切宜缄口，勿使人知，无忘今日之言，必遂他时之乐。父母恐回，妾且归去。"道罢，莲步却转，与青衣缓缓而去。浩时酒兴方浓，春心淫荡，不能自遏，自言："下坡不赶，次后难逢，争忍弃人归去？杂花影下，细草如茵，略效鸳鸯，死亦无恨！"遂奋步赶上，双手抱持。女子顾恋恩情，不忍移步绝裾而去，正欲启口致辞，含羞告免。忽自后有人言曰："相见已非正礼，此事决然不可！若能用我一言，可以永谐百岁。"浩舍女回视，乃山甫也。女子已去。

山甫曰："但凡读书，盖欲知礼别嫌。今君诵孔圣之书，何故习小人之态？若使女子去迟，父母先回，必询究其所往，则女祸延及于君。岂可恋一时之乐，损终身之德。请君三思，恐成后悔！"浩不得已，怏怏复回宿香亭上，与山甫尽醉散去。

自此之后，浩但当歌不语，对酒无欢，月下长吁，花前偷泪。俄而绿暗红稀，春光将暮。浩一日独步闲斋，反复思念，一段离愁，方恨无人可诉。忽有老尼惠寂自外而来，乃浩家香火院之尼也。浩礼毕，问曰："吾师何来？"寂曰："专来传达书信。"浩问："何人致意于我？"寂移坐促席请浩曰："君东邻李家之女莺莺，再三申意。"浩大惊，告浩曰："宁有是事？吾师勿言！"寂曰："此事何必自隐？听寂拜闻：李氏为寂门徒二十余年，其家长幼相信。今日因往李氏诵经，知其女莺莺染病，寂遂劝令勤服汤药。莺屏去侍妾，私告寂曰：'此病岂药所能愈耶？'寂再三询其仔细，莺遂说及园中与君相见之事，又出罗巾上诗，向寂言：'此即君所作也。'令我致意于君，幸勿相忘，以图后会。盖莺与寂所言也，君何用隐讳耶？"浩曰："事实有之，非敢自隐。但虑传扬遐迩，取笑里闾。今日吾师既知，使浩如何而可？"寂曰："早来既知此事，遂与莺父母说及莺亲事。答云：'女儿尚幼，未能干家。'观其意在二三年后，方始议亲。更看君缘分如何？"言罢，起身谓浩曰："小庵事冗，不及款话，如日后欲寄音信，但请垂谕！"遂相别去。自此香闺密意，书幌幽怀，皆托寂私传。

光阴迅速，倏忽之间，已经一载。节过清明，桃李飘零，牡丹半折。浩倚栏凝视，睹物思人，情绪转添。久之，自思去岁此时，相逢花畔，今岁花又重开，玉人难见。沉吟半晌，不若折花数枝，托惠寂寄莺莺同赏。遂召寂至，告曰："今折得花数枝，烦吾师持往李氏，但云吾师所献。若见莺莺，作浩起居：去岁花开时，相见于西栏畔；今花又开，人犹间阻。相忆之心，言不可尽。愿似叶如花，年年长得相见。"寂曰："此事易为，君可少待。"遂持花去。逾时复来，浩迎问道："如何？"寂于袖中取彩笺小柬，告浩曰："莺莺寄君，切勿外启！"寂乃辞去。浩启封视之，曰：

"妾莺莺拜启：相别经年，无日不怀思忆。前令乳母以亲事白于父母，坚意不可。事须后图，不可仓卒。愿君无忘妾，妾必不负君！姻若不成，誓不他适。其他心事，询寂可知。昨夜宴花前，众皆欢笑，独妾悲伤。偶成小词，略诉心事。君读之，可以见妾之意。读毕毁之，切勿外泄！词曰：

红疏绿密时喧，还是困人天。相思极处，凝睛月下，洒泪花前。誓约已知俱有愿，奈目前两处悬悬！鸾凰未偶，清宵最苦，月甚先圆。”

浩览毕，敛眉长叹，曰：“好事多磨，信非虚也！”展放案上，反复把玩，不忍释手。感刻寸心，泪下如雨。又恐家人见疑，询其所因，遂伏案掩面。偷声潜泣。良久，举首起视，见日影下窗，暝色已至。浩思适来书中言“心事讯寂可知”，今抱愁独坐，不若询访惠寂，究其仔细，庶几少解情怀。遂徐步出门，路过李氏之家。时夜色已阑，门户皆闭，浩至此，想象莺莺，心怀爱慕，步不能移，指李氏之门曰：“非插翅步云，安能入此？”方徘徊未进。忽见旁有隙户半开，左右寂无一人。浩大喜曰：“天赐此便，成我佳期。远托惠寂，不如潜入其中，探问莺莺消息。”浩为情爱所重，不顾礼法，蹑足而入。既到中堂，匿身回廊之下。左右顾盼，见：

闲庭悄悄，深院沉沉。静中闻风响丁当，暗里见流萤聚散。更筹渐急，窗中风弄残灯；夜色已阑，阶下月移花影。香闺想在屏山后，远似巫阳千万重。

浩至此，茫然不知所往。独立久之，心中顿省。自思：“设若败露，为之奈何？不惟身受苦楚，抑且玷辱祖宗，此事当款曲图之。”不期隙户已闭，返转回廊，方欲寻路复归，忽闻空中有低低而唱者。浩思深院净夜，何人独歌？遂隐住侧身，静听所唱之词，乃〔行香子〕词：

雨后风微，绿暗红稀。燕巢成蝶绕残枝，杨花点点，永日迟迟。动离怀，牵别恨，鹧鸪啼。

辜负佳期，虚度芳时。为甚褪尽罗衣！宿香亭下，红芍栏西。当时情，今日恨，有谁知？

但觉如雏莺啭翠柳阴中，彩凤鸣碧梧枝上。想是清夜无人，调韵转美。浩审词察意，若非莺莺，谁知宿香亭之约？但得一见其面，死亦无悔。方欲以指击窗，询问仔细，忽有人叱浩曰：“良士非媒不聘，女子无故不婚，今女按板于窗中，小子逾墙到厅下，皆非善行，玷辱人伦。执诣有词，永作淫奔之戒。”浩大惊退步，失脚堕于砌下，久之方醒。开目视之，乃伏案昼寝于书窗之下，时日将晡矣。浩曰：“异哉梦也！何显然如是？莫非有相见之期，故先垂吉兆告我！”方心绪扰忧未定，惠寂复来。浩讯其意。寂曰：“适来只奉小柬而去，有一事偶忘告君。莺莺传语，他家所居房后，乃君家之东墙也。高无数尺。其家初夏二十日，亲族中有婚姻事，是夕举家皆往，莺托病不行。令君至期，于墙下相待，欲逾墙与君相见，君切记之。”惠寂且去，浩欣喜之心，言不能尽。

屈指数日，已至所约之期。浩遂张帷幄，具饮馔，器用玩好之物，皆列于宿香亭中。日既晚，悉逐僮仆出外，惟留一小鬟。反闭园门，倚梯近墙，屏立以待。未久，夕阳消柳外，暝色暗花间，斗柄指南，夜传初鼓。浩曰：“惠寂之言岂非谑我乎？……”语犹未绝，粉面新妆，半出短墙之上。浩举目仰视，乃莺莺也。急升梯扶臂而下，携手偕行，至宿香亭上。明烛并坐，细视莺莺，欣喜转盛。告莺曰：“不谓丽人果肯来此！”莺曰：“妾之此身，异时欲作闺门之事，今日宁肯诳语？”浩曰：“肯饮少酒，共庆今宵佳会可乎？”莺曰：“难禁酒力，恐来朝获罪于父母。”浩曰：“酒既不饮，略歇如何？”莺笑倚浩怀，娇羞不语。浩遂与解带脱衣，入鸳帏共寝。但见：

宝炬摇红，麝裀吐翠。金缕绣屏深掩，绀纱斗帐低垂。并莲鸳枕，如双双比目同波；共展香衾，似对对春蚕作茧。向人尤殢春情争，一搦纤腰怯未禁！

须臾，香汗流酥，相偎微喘，虽楚王遇神女，刘阮入桃源，相得之欢，皆不能比。少顷，莺告浩曰："夜色已阑，妾且归去！"浩亦不敢相留，遂各整衣而起。浩告莺曰："后会未期，切宜保爱！"莺曰："去岁偶然相遇，犹作新诗相赠，今夕得侍枕席，何故无一言见惠？岂非猥贱之躯，不足当君佳句？"浩笑谢莺曰："岂有此理！谨赋一绝：

华胥佳梦徒闻说，解佩江皋浪得声；一夕东轩多少事，韩生虚负窃香名。

莺得诗，谓浩曰："妾之此身，今已为君所有，幸终始成之。"遂携手下亭，转柳穿花，至墙下，浩扶策，莺升梯而去。

自此之后，虽音耗时通，而会遇无便。经数日，忽惠寂来告曰："莺莺致意，其父守官河朔，来日挈家登程，愿君莫忘旧好。候回日，当议秦晋之礼。"惠寂辞去。浩神悲意惨，度日如年，抱恨怀愁。俄经二载。一日，浩季父召浩语曰："吾闻不孝以无嗣为大，今汝将及当立之年，犹未纳室，虽未至绝嗣，而内政亦不可缺。此中有孙氏者，累世仕宦，家业富盛，其女年已及笄，幼奉家训，习知妇道。我欲与汝主婚，结亲孙氏。今若失之，后无令族。"浩素畏季父赋性刚暴，不敢抗拒，又不敢明言李氏之事，遂通媒约，与孙氏议姻。择日将成，而莺莺之父任满方归。浩不能忘旧情，乃遣惠寂密告莺曰："浩非负心，实被季父所逼，复与孙氏结亲，负心违愿，痛彻心髓！"莺谓寂曰："我知其叔父所为，我必能自成甚事。"寂曰："善为之！"遂去。莺启父母曰："儿有过恶，玷辱家门，愿先启一言，然后请死。"父母惊骇，询问："我儿何自苦如此？"莺曰："妾自幼岁慕西邻张浩才名，曾以此身私许偕老。曾令乳母白父母欲与浩议姻，当日尊严不蒙允许。今闻浩与孙氏结婚，弃妾此身，将归何地？然女行已失，不可复嫁他人，此愿若违，含笑自绝。"父母惊谓莺曰："我只有一女，所恨未能选择佳婿。若早知，可以商议。今浩既已结婚，为之奈何？"莺曰："父母许以儿归浩，则妾自能措置。"父曰："但愿亲成，一切不问。"莺曰："果如是，容妾诉于官府。"前取纸作状，更服旧妆，径至河南府讼庭之下。

龙图阁待制陈公方据案治事，见一女子执状向前。公停笔问曰："何事？"莺莺敛身跪告曰："妾诚诳妄，上渎高明，有状上呈。"公令左右取状展视云：

告状妾李氏：切闻语云："女非媒不嫁。"此虽至论，亦有未然，何也？昔文君心喜司马，贾午志慕韩寿，此二女皆有私奔之名，而不受无媒之谤。盖所归得人，青史标其令德，注在篇章，使后人继其所为，免委身于庸俗。妾于前岁慕西邻张浩才名，已私许之偕老。言约已定，誓不变更。今张浩忽背前约，使妾呼天叩地，无所告投！切闻律设大法，礼顺人情。若非判府龙图明断，孤寡终身何恃！为此冒耻渎尊，幸望台慈，特赐予决！谨状。

陈公读毕，谓莺莺曰："汝言私约已定，有何为据？"莺取怀中香罗并花笺上二诗，皆浩笔也。陈公命追浩至公庭，责浩与李氏既已约婚，安可再婚孙氏？浩仓卒但以叔父所逼为辞，实非本心。再讯莺曰："尔意如何？"莺曰："张浩才名，实为佳婿。使妾得之，当克勤妇道。实龙图主盟之大德。"陈公曰："天生才子佳人，不当使之孤另，我今曲与汝等成之。"遂于状笔判云：

花下相逢，已有终身之约；中道而止，竟乖偕老之心。在人情既出至诚，论律文亦有所禁。宜从先约，可断后婚。

判毕，谓浩曰："吾今判合与李氏为婚。"二人大喜，拜谢相公恩德，遂成夫妇，偕老百年。后生二子，俱擢高科。话名《宿香亭张浩遇莺莺》。

当年崔氏赖张生，今日张生仗李莺；同是风流千古话，西厢不及宿香亭。

蒋淑真刎颈鸳鸯会

眼意心期卒未休，暗中终拟约登楼；光阴负我难相偶，情绪牵人不自由。
遥夜定怜香蔽膝，闷时应弄玉搔头；樱桃花谢梨花发，肠断青春两处愁。

右诗单说着："情色"二字。此二字，乃一体一用也。故色绚于目，情感于心，情色相生，心目相视。虽亘古迄今，仁人君子，弗能忘之。晋人有云："情之所钟，正在我辈。"慧远曰："情色觉如磁石，遇针不觉合为一处。无情之物尚尔，何况我终日在情里做活计耶？"

如今只管说这"情色"二字则甚？且说个临淮武公业于咸通中任河南府功曹参军。爱妾曰非烟，姓步氏，容止纤丽，弱不胜绮罗。善秦声，好诗弄笔，公业甚嬖之。比邻乃天水赵氏第也，亦衣缨之族。其子赵象，端秀有文学。忽一日于南垣隙中，窥见非烟，而神气俱丧，废食思之。遂厚赂公业之阍人，以情相告。阍有难色，后为赂所动，令妻伺非烟闲处，具言象意。非烟闻之，但含笑而不答。阍媪尽以语象。象发狂心荡，不知所如。乃取薛涛笺，题一绝于上。诗曰：

绿暗红希起暝烟，独将幽恨小庭前。沉沉良夜与谁语？星隔银河月半天。

写讫，密缄之，祈阍媪达于非烟。非烟读毕，吁嗟良久。向媪而言曰："我亦曾窥见赵郎，大好才貌。今生薄福，不得当之。尝嫌武生粗悍，非青云器也。"乃复酬篇，写于金凤笺。诗曰：

画檐春燕须知宿，兰浦双鸳肯独飞？长恨桃源诸女伴，等闲花里送郎归。

封付阍媪，令遗象。象启缄，喜曰："吾事谐矣。"但静坐焚香，时时虔祷以候。越数日，将夕，阍媪促步而至，笑且拜曰："赵郎愿见神仙否？"象惊，连问之。传非烟语曰："功曹今夜府值，可谓良时。妾家后庭，即君之前垣也。若不渝约好，专望来仪，方可候晤。"语罢，既曛黑，象乘梯而登，非烟已置重榻于下。既下，见非烟艳妆盛服，迎入室中，相携就寝，尽缱绻之意焉。及晓，象执非烟手曰："接倾城之貌，挹希世之人。已担幽明，永奉欢狎。"言讫，潜归。兹后不盈旬日，常得一期于后庭矣。展幽彻之恩，罄宿昔之情，以为鬼鸟不知，人神相助。如是者周岁。无何，非烟数以细故挞其女奴。奴衔之，乘间尽以告公业。公业曰："汝慎勿扬声。我当自察之！"后至堂直日，乃密陈状请假。迨夜，如常入值，遂潜伏里门。俟暮鼓既作，蹑足而回，循墙至后庭。见非烟方倚户微吟，象则据垣斜睇。公业不胜其忿，挺前欲擒象。象觉跳出。公业持之，得其半襦。乃入室，呼非烟诘之。非烟色动，不以实告。公业愈怒，缚之大柱，鞭挞血流。非烟但云："生则相亲，死亦无恨。"遂饮杯水而绝。象乃变服易名，远窜于江湖间，稍避其锋焉。可怜雨散云消，花残月缺。且如赵象知机识务，离脱虎口，免遭毒手，可谓善悔过者也。

蒋淑真刎颈鸳鸯会

于今又有个不识窍的小二哥，也与个妇人私通，日日贪欢，朝朝迷恋，后惹出一场祸来，尸横刀下，命赴阴间。致母不得侍，妻不得顾，子号寒于严冬，女啼饮于永昼。静而思之，着何来由！ 况这妇人不害了你一条性命了？真个：

蛾眉本是婵娟刃，杀尽风流世上人。

说话的，你道这妇人住居何处？姓甚名谁？原来是浙江杭州府武林门外落乡村中，一个姓蒋的生的女儿，小字淑真。生得甚是标致，脸衬桃花，比桃花不红不白；眉分柳叶，如柳叶犹细犹弯。自小聪明，从来机巧。善描龙而刺凤，能剪雪以裁云。心中只是好些风月，又饮得几杯酒。年已及笄，父母议亲，东也不成，西也不就。每兴凿穴之私，常感伤春之病。自恨芳年不偶，郁郁不乐。垂帘不卷，羞杀紫燕双飞；高阁慵凭，厌听黄莺并语。未知此女几时得偶素愿？ 因成商调〔醋葫芦〕小令十篇，系于事后。少述斯女始末之情。奉劳歌伴，先听格律，后听芜词：

湛秋波、两剪明、露金莲、三寸小。弄春风杨柳细身腰，比红儿态度应更娇。他生得诸般奇妙，纵司空见惯也魂消！

况这蒋家女儿，如此容貌，如此伶俐，缘何豪门巨族、王孙公子、文士富商，不行求聘？ 却这女儿心性有些跷蹊，描眉画眼，傅粉施朱。梳个纵鬓头儿，着件叩身衫子，做张做势，乔模乔样。或倚槛凝神，或临街献笑，因此闾里皆鄙之。所以迁延岁月，顿失光阴，不觉二十余岁。隔邻有一儿子，名叫阿巧，未曾出幼，常来女家嬉戏。不料此女已动不正之心有日矣。况阿巧不甚长成，父母不以为怪，遂得通家往来无间。

一日，女父母他适，阿巧偶来，其女相诱入室，强合焉。忽闻扣户声急，阿巧惊遁而去。女父母至家亦不知也。且此女欲心如炽，久渴此事，自从情窦一开，不能自已。阿巧回家，惊气冲心而殒。女闻其死，哀痛弥极，但不敢形诸颜颊。绮罗筵上，依旧两个新人；锦绣衾中，各出一段旧物。奉劳歌伴，再和前声：

锁修眉、恨尚存、痛知心、人已亡。霎时间云雨散巫阳，自别来几日行坐想，空撇下一天情况，则除是梦里见才郎。

这女儿自因阿巧死后，心中好生不快活。自思量道："皆由我之过，送了他青春一命。"日逐蹀躞不下。

倏尔又是一个月来。女儿晨起梳妆，父母偶然视听，其女颜色精神，语言恍惚，老儿因谓妈妈曰："莫非淑真做出来了？"殊不知其女春色飘零，蝶粉蜂黄都退了；韶华狼藉，花心柳眼已开残。妈妈老儿互相埋怨了一会，只怕亲戚耻笑。常言道："'女大不中留。'留在家中，却如私盐包儿，脱手方可。不然，直待事发，弄出丑来，不好看。"那妈妈和老儿说罢，央王嫂嫂作媒："将高就低，添长补短，发落了罢"。

一日，王嫂嫂来说，嫁与近村李二郎为妻。且李二郎是个农庄之人，又四十多岁，只图美貌，不计其他。过门之后，两个颇说得着。瞬息间十有余年，李二郎被他彻夜盘弄，衰惫了。年将五十之上，此心已灰。奈何此妇正在妙龄，酷好不厌，仍与夫家西宾有事。李二郎一见，病发身故。这妇人眼见断送两人性命了。奉劳歌伴，再和前声：

结姻缘，十数年，动春情，三四番；萧墙祸起片时间，到如今反为难上难。把一对凤鸾惊散，倚阑干无语泪偷弹。

那李大郎斥退西宾，择日葬弟之柩。这妇人不免守孝三年。其家已知其非，着人防闲。本妇自揣于心，亦不敢妄为矣。朝夕之间，受了多少的熬煎。或饱一顿，或缺一餐，家人都不理他了。将及一年之上，李大郎自思留此无益，不若逐回，庶免辱门败户。遂唤原媒眼同，将妇罄身赶回。本妇如鸟出笼，似鱼漏网，其余物饰，亦不计较。本妇抵家，父母只得收留。哪有好气待他？如同使婢。妇亦甘心忍受。

一日有个张二官过门，因见本妇，心甚悦之。浼人说合，求为继室。女父母允诺，恨不推将出去。且张二官是个行商，多在外，少在内，不曾打听得备细。设下盒盘羊酒，涓吉成亲。这妇人不去则罢，这一去，好似：

猪羊奔屠宰之家，一步步来寻死路。

是夜，画烛摇光，粉香喷雾。绮罗筵上，依旧两个新人；锦绣衾中，各出一般旧物。奉劳歌伴，再和前声：

喜今宵、月再圆、赏名园、花正芳。笑吟吟携手上牙床，恣交欢恍然入醉乡。不觉的浑身通畅，把断弦重续两情偿。

他两个自花烛之后，日则并肩而坐，夜则叠股而眠，如鱼藉水，似漆投胶。一个全不念前夫之恩爱；一个那曾提亡室之音容。妇羡夫之殷富，夫怜妇之丰仪。两个过活了一月。

一日，张二官人早起，吩咐虞候收拾行李，要往德清取账。这妇人怎生割舍得他去。张二官人不免起身，这妇人簌簌垂下泪来。张二官道："我你既为夫妇，不须如此。"各道保重而别。

别去又过了半月光景，这妇人是久旷之人，既成佳配，未尽畅怀，又值孤守岑寂，好生难遣。觉身子困倦，步至门首闲望。对门店中一后生，约三十已上年纪，资质丰粹，举止闲雅。遂问随侍阿瞒，阿瞒道："此店乃朱秉中开的。此人和气，人称他为朱小二哥。"妇人问罢，夜饭也不吃，上楼睡了。楼外乃是官河，舟船歇泊之处。将及二更，忽闻梢人嘲歌声隐约，侧耳而听，其歌云：

二十去了廿一来，不做私情也是呆；有朝一日花容退，双手招郎郎不来。

妇人自此复萌觊觎之心，往往倚门独立。朱秉中时来调戏。彼此相慕，目成眉语，但不能一叙款曲为恨也。奉劳歌伴，再和前声：

美温温、颜面肥、光油油、鬓发长。他半生花酒肆颠狂，对人前扯拽都是谎。全无有风云气象，一味里窃玉与偷香。

这妇人羡慕朱秉中不已，只是不得凑巧。一日，张二官讨账回家，夫妇相见了，叙些间阔的话。本妇似有不悦之意，只是勉强奉承，一心倒在朱秉中身上了。张二官在家又住了一个月之上。正值仲冬天气，收买了杂货赶节，赁船装载到彼，发卖之间，不甚称意，把货都赊与人上了，旧账又讨不上手。俄然逼岁，不得归家过年，预先寄些物事回家支用，不题。

且说朱秉中因见其夫不在，乘机去这妇人家贺节。留饮了三五杯，意欲做些暗昧之事。奈何往来之人，应接不暇，取便约在灯宵相会。秉中领教而去。

捻指间又届十三日试灯之夕。于是：

户户鸣锣击鼓，家家品竹弹丝。游人队队踏歌声，仕女翩翩垂舞袖。鳌山彩结，嵬峨百尺矗晴空；凤篆香浓，缥缈千层笼绮陌。闲庭内外，溶溶宝烛光辉；杰阁高低，烁烁华灯照耀。

奉劳歌伴，再和前声：

奏箫韶，一派鸣，绽池莲，万朵开。看六街三市闹挨挨，笑声高满城春似海。期人在灯前相待，几回价又恐燕莺猜。

其夜，秉中侵早的更衣着靴，只在街上往来。本妇也在门首抛声炫俏，两个相见暗喜，准定目下成事。不期伊母因往观灯，就便探女。女扃户邀入参见，不免留宿。秉中等至夜分，闷闷归卧。次夜如前。正遇本妇，怪问如何爽约。挨身相就，只做得个吕字儿而散。少间，具酒奉母。母见其无情无绪，向女言曰："汝如今迁于乔木，只宜守分，也与父母争一口气。"岂知本妇已约秉中等了二夜了，可不是鬼门上占卦？平旦，买两盒饼馓，雇顶轿儿，送母回了。薄晚，秉中张个眼慢，钻进妇家，就便上楼。本妇灯也不看，解衣相抱，曲尽于飞。然本妇平生相接数人，或老或少，哪能造其奥处？自经此合，身酥骨软，飘飘然其滋味不可胜言也。且朱秉中日常在花柳丛中打交，深谙十要之术，哪十要？

一要滥于撒漫，二要不算工夫，三要甜言美语，四要软款温柔，五要乜斜缠帐，六要施逞枪法，七要装聋做哑，八要择友同行，九要穿着新鲜，十要一团和气。

若狐媚之人，缺一不可行也。

再说秉中已回，张二官又到。本妇便害些木边之目，田下之心。要好只除相见。奉劳歌伴，再和前声：

报黄昏、角数声、助凄凉、泪几行。论深情海角未为长，难捉摸这般心内痒，不能够相偎相傍，恶思量萦损九回肠。

这妇人自庆前夕欢娱，直至佳境，又约秉中晚些相会，要连歇几十夜。谁知张二官家来，心中纳闷，就害起病来。头疼腹痛，骨热身寒。张二官颙望回家，将息取乐，因见本妇身子不快，倒戴了一个愁帽。遂请医调治，倩巫烧献，药必亲尝，衣不解带，反受辛苦，不似在外了。且说秉中思想，行坐不安。托故去望张二官，称道："小弟久疏趋侍，昨闻荣回，今特拜谒。奉请明午于蓬舍，少具鸡酒，聊与兄长洗尘，幸勿他却！"

翌日，张二官赴席，秉中出妻女奉劝，大醉扶归。已后还了席，往往来来。本妇但闻秉中在座，说也有，笑也有，病也无。倘或不来，就呻吟叫唤，邻里厌闻。张二官指望便好，谁知日渐沉重。

本妇病中，但瞑目，就见向日之阿巧和李二郎偕来索命，势渐狞恶。本妇惧怕，难以实告，惟向张二官道："你可替我求问：'几时脱体？'"如言迳往洞虚先生卦肆，卜下卦来。判道："此病大分不好，有横死老幼阳人死命为祸，非今生，乃宿世之冤。今夜就可办备福物酒果冥衣各一分，用鬼宿渡河之次，向西铺设，苦苦哀求，庶有少救。不然，决不好也。"奉劳歌伴，再和前声：

揶揄来，苦怨咱，曚昽着，便见他。病恹恹害的眼儿花，瘦身躯怎禁没乱杀！则说不和我干休罢，几时节离了两冤家！

张二官正依法祭祀之间，本妇在床，又见阿巧和李二郎击手言曰："我辈已诉于天，着来取命。你央后夫张二官再四恳求，意甚虔恪。我辈且容你至五五之间，待同你一会之人，却假弓长之手，与你相见。"言讫，欻然不见了。本妇当夜似觉精爽些个，后看看复旧。张二官喜甚，不题。却见秉中旦夕亲近。馈送迭至，意颇疑之。尤未为信。

一日，张二官入城催讨货物。回家进门，正见本妇与秉中执手联坐。张二官倒退扬声，秉中迎出相揖。他两个亦不知其见也。张二官当时见他殷勤，已自生疑七八分了，今日撞个满怀，凑成十分。张二官自思量道："他两个若犯在我手里，叫他死无葬身之地！"遂往德清去做买卖。

到了德清，已是五月初一日。安顿了行李在店中，上街买一口刀，悬挂腰间。至初四日连夜奔回，匿于他处。不在话下。

再提本妇渴欲一见，终日去接秉中。秉中也有些病在家里。延至初五日，阿瞒又来请赴鸳鸯会。秉中勉强赴之。楼上已筵张水陆矣，盛两盂煎石首，贮二器炒山鸡，酒泛菖蒲，糖烧角黍。其余肴馔蔬果，未暇尽录。两个遂相轰饮，亦不顾其他也。奉劳歌伴，再和前声：

绿溶溶、酒满斟、红焰焰、烛半烧；正中庭花月影儿交，直吃得玉山时自倒。他两个贪欢贪笑，不提防门外有人瞧！

两个正饮间，秉中自觉耳热眼跳，心惊肉战，欠身求退。本妇怒曰："怪见终日请你不来，你何轻贱我之甚！你道你有老婆，我便是无老公的？你殊不知我做鸳鸯会的主意。夫妻二鸟，飞鸣宿食，镇常相守；你我生不成双，死作一对。"昔有韩凭妻美，郡王欲夺之，夫妻皆自杀。王恨，两冢瘗之，后冢上生连理树，上有鸳鸯，悲鸣飞去。此两个要效鸳鸯比翼交颈，不料便成语谶。况本妇甫能阐得病好，就便荒淫无度，正是：

偷鸡猫儿性不改，养汉婆娘死不休。

再说张二官提刀在手，潜步至门，梯树窃听。见他两个戏谑歌呼，历历在耳，气得按捺不下，打一砖去。本妇就吹灭了灯，声也不则了。连打了三块，本妇叫秉中先睡："我去看看便来。"阿瞒持烛先行，开了大门，并无人迹。本妇叫道："今日是个端阳佳节。哪家不吃几杯雄黄酒？"正要骂间，张二官跳将下来，喝道："泼贱！你和甚人夤夜吃酒？"本妇吓得战做一团，只说："不不不！"张二官乃曰："你同我上楼一看，如无便罢，慌做什么？"本妇又见阿巧、李二郎一齐都来，自分必死，延颈待尽。秉中赤条条惊下床来，匍匐口称："死罪，死罪！情愿将家私并女奉报，哀怜小弟母老妻娇，子幼女弱！"张二官哪里准他。则见刀过处，一对人头落地，两腔鲜血冲天，正是：

当时不解恩成怨，今日方知色是空。

当初本妇卧病，已闻阿巧、李二郎言道："五五之间，待同你一会之人，假弓长之手，再与相见。"果至五月五日，被张二官杀死。"一会之人"，乃秉中也。祸福未至，鬼神必先知之，可不惧欤！故知士矜才则德薄，女炫色则情放。若能如执盈，如临深，则为端士淑女矣，岂不美哉？惟愿率土之民，夫妇和柔，琴瑟谐协，有过则改之，未萌则戒之，敦崇风教，未为晚也。在座看官，漫听这一本《刎颈鸳鸯会》。奉劳歌伴，再和前声：

见抛砖，意暗猜，入门来，魂已惊。举青锋过处丧多情，到今朝你心还未省！送了他三条性命，果冤冤相报有神明。

又调〔南乡子〕一阕，词曰：

春老怨啼鹃，玉损香消事可怜。一对风流伤白刃，冤冤。惆怅劳魂赴九泉。抵死苦留连，想是前生有业缘。景色依然人已散，天天。千古多情月自圆。

旌阳宫铁树镇妖

春到人间景色新，桃红李白柳条青。香车宝马闲来往，引却东风入禁城。酾剩酒，豁吟情，顿叫忘却利和名。豪来试说当年事，犹记旌阳伏水精。

粤自混沌初辟，民物始生，中间有三个大圣人，为三教之祖。三教是什么教？一是儒家，乃孔夫子，删述《六经》，垂宪万世，为历代帝王之师，万世文章之祖，这是一教；一是释家，是西方释迦牟尼佛祖，当时生在舍卫国刹利王家，放大智光明，照十方世界，地涌金莲华，丈六金身，能变能化，无大无不大，无通无不通，普度众生，号作天人师，这又是一教；一是道家，是太上老君，乃元气之祖，生天生地，生佛生仙，号铁师元炀上帝。他化身周历尘沙，也不可计数。至商汤王四十八年，又来出世，乘太阳日精，化为弹丸，流入玉女口中，玉女吞之，遂觉有孕。怀胎八十一年，直至武丁九年，破胁而生，生下地时，须发就白，人呼为老子。老子生在李树下，因指李为姓，名耳，字伯阳。后骑着青牛出函谷关。把关吏尹喜望见紫气，知是异人，求得《道德真经》共五千言，传留于世。老子入流沙修炼成仙，今居太清仙境，称为道德天尊。这又是一教。那三教之中，惟老君为道祖，居于太清仙境。彩云缭绕，瑞气氤氲。

一日是寿诞之辰，群三十三天天宫，并终南山、蓬莱山、阆苑山等处，三十六洞天，七十二福地。列位神仙，千千万万，或跨彩鸾，或骑白鹤，或驭赤龙，或驾丹凤，皆飘飘然乘云而至。次第朝贺，献上寿词，稽首作礼。词名〔水龙吟〕：

红云紫盖葳蕤，仙宫浑是阳春候。玄鹤来时，青牛过处，彩云依旧。寿诞宏开，喜《道德》五千言，流传万古不朽。
况是天上仙筵，献珍果人间未有。巨枣如瓜，与着万岁冰桃，千年碧藕。此乾坤永劫无休，举沧海为真仙寿。

旌阳宫铁树镇妖

彼时老君见群臣赞贺，大展仙颜，即设宴相待。酒至半酣，忽太白金星越席言曰："众仙长知南赡部洲江西省之事乎？江西分野，旧属豫章。其地四百年后，当有蛟蜃为妖，无人降伏，千百里之地，必化成中洋之海也。"老君曰："吾已知之。江西四百年后，有地名曰西山，龙盘虎踞，水绕山环，当出异人，姓许名逊，可为群仙领袖，殄灭妖邪。今必须一仙下凡，择世人德行浑全者，传以道法，使他日许逊降生，有传授渊源耳。"斗中一仙，乃孝悌王姓卫名弘康，字伯冲，出曰："某观下凡有兰期者，素行不疚，兼有仙风道骨，可传以妙道。更令付此道与女真谌母，谌母付此道于许逊。口口相承，心心相契，使他日真仙有所传授，江西不至沉没，诸仙以为何如？”老君曰：“善哉，善哉！”众仙即送孝悌王至焰摩天中，通明殿下，将此事奏闻玉帝。玉帝允奏，即命值殿仙官，将神书玉旨，付与孝悌王领讫。孝悌王辞别众仙，蹑起祥云，顷刻之间，到阎浮世界来了。

却说前汉有一人姓兰，名期字子约。本贯兖州曲阜县高平乡九原里人氏。历年二百，鹤发童颜，率其家百余口，精修孝行，以善化人，与物无忤。时人不敢呼其名，尽称为兰公。彼时儿童谣云：

兰公兰公，上与天通；赤龙下迎，名列斗中。

人知其必仙也。

一日，兰公凭几而坐。忽有一人，头戴逍遥巾，身披道袍，脚穿云履，手中拿一个鱼鼓简板儿，潇潇洒洒，徐步而来。兰公观其有仙家道气，慌忙下阶迎接。分宾坐定。茶毕，遂问：“仙翁高姓贵名？”答曰：“吾乃斗中之仙，孝悌王是也。自上清下降，遨游人间，久闻先生精修孝行，故此相访。”兰公闻言，即低头拜曰：“贫老凡骨，勉修孝行，止可淑一身，不能率四海，有何功德，感动仙灵？”孝悌王遂以手扶起兰公曰：“居！ 吾语汝孝悌之旨。”兰公欠身起曰：“愿听指教！”孝悌王曰：“始炁为大道于日中，是为‘孝仙王’；元炁为至道于月中，是为‘孝道明王’；玄炁为孝道于斗中，是为‘孝悌王’。夫孝至于天，日月为之明；孝至于地，万物为之生；孝至于民，王道为之成。是故舜、文至孝，凤凰来翔。姜诗、王祥，得鱼奉母。即此论之，上自天子，下至庶人，孝道所至，异类皆应。先生修养三世，行满功成，当得元炁于月中，而为孝道明王。四百年后，晋代有一真仙许逊出世，传吾孝道之宗，是为众仙之长，得始炁于日中，而为孝仙王也。”

自是孝悌王，悉将仙家妙诀，及金丹宝鉴，铜符铁券，并上清灵章、飞步斩邪之法，一一传授与兰公。又嘱道：“此道不可轻传，惟丹阳黄堂者，有一女真谌母，德性纯全，汝可传之。可令谌母传授与晋代学仙童子许逊，许逊复传吴猛诸徒，则渊源有自，超凡入圣者，不患无门矣。”孝悌王言罢，足起祥云，冲霄而去。兰公拜而送之。

自此以后，将金符、铁券、秘诀逐一参悟，遂择地修炼仙丹。其法云：

黑铅天之精，白金地之髓；黑隐水中阳，白有火之瀻。
黑白往来蟠，阴阳归正位。二物俱含性，丹经号同类。
黑以白为天，白以黑为地。阴阳混沌时，朵朵金莲翠。
宝月满丹田，霞光照灵慧。休闲通天窍，莫泄混元气。
精奇口诀功，火候文武意。凡中养圣孙，万般只此贵。
一日生一男，男男各有配。

兰公炼丹已成，举家服之，老者发白反黑，少者辟谷无饥。远近闻之，皆知其必飞升上清也。

时有火龙者，系洋子江中孽畜，神通广大。知得兰公成道，法教流传，后来子孙必遭歼灭。乃率领虾兵蟹将，统领党类，一齐奔出潮头，将兰公宅上团团围住，喊杀连天。兰公听得，不知灾从何来，开门一看，好惊人哩！但见：

一片黑烟，万团烈火，却是红孩儿身中四十八万毛孔，一齐迸出；又是华光将手里三十六块金砖，一并烧挥。咸阳遇之，烽焰三月不绝；昆山遇之，玉石一旦俱焚。疑年少周郎“赤壁鏖战”，似智谋诸葛“博望烧屯”。

那火，也不是天火，也不是地火，也不是人火，也不是鬼火，也不是雷公霹雳火，却是那洋子江中一个火龙吐出来的。惊得兰公家人，叫苦不迭。兰公知是火龙为害，问曰：“你这孽畜，无故火攻我家，却待怎的？”孽龙道：“我只问你取金丹宝鉴，铜符铁券并灵章等事。你若献我，万事皆休，不然，烧得你一门尽绝！”兰公曰：“金丹宝鉴等乃斗中孝悌王所授，我怎肯胡乱与你？”只是那火光中，闪出一员鼋帅，形容古怪，背负团牌，扬威耀武。兰公睁仙眼一看，原来是个鼋鼍，却不在意下。又有那虾兵乱跳，蟹将横行，一个个身披甲胄，手执钢叉。兰公又举仙眼一看，原来都是虾蟹之属，转不着意了。遂剪下一个中指甲来，约有三寸多长，呵了一口仙气，念动真言，化作个三尺宝剑。有歌为证：

非钢非铁体质坚，化成宝剑光凛然。不须锻炼洪炉烟，稜稜杀气欺龙泉。
光芒颜色如霜雪，见者咨嗟叹奇绝！琉璃宝匣吐莲花，查镂金环生明月。
此剑神仙流金精，干将莫邪难比伦。闪内烁烁青蛇子，重重片片绿龟鳞。
腾出寒光逼星斗，响声一似苍龙吼。今朝挥向烈炎中，不识蛟螭敢当否？

兰公将所化宝剑望空掷起，那剑刮喇喇，就似翻身鹞子一般，飞入火焰之中。左一冲右一击，左一挑右一剔，左一砍右一劈，那些孽怪如何抵挡得住！只见鼋帅遇着缩头缩脑，负一面团牌急走。他却走在哪里？直走在峡江口深岩里躲避，至今尚不敢出头哩。那虾兵遇着，拖着两个钢叉连跳连跳。他却走在哪里？直走在洛阳桥下石缝子里面藏身，至今腰也不敢伸哩。那蟹将遇着，虽有全身坚甲不能济事，也拖着两个钢叉横走直走。他须有八只脚儿，更走不动，却被“扑簌松”宝剑一劈，分为两半。你看他腹中不红不白，不黄不黑，似脓却不是脓，似血却不是血，遍地上滚将出来，真个是：

但将冷眼观螃蟹，看你横行得几时？

那火龙自知兰公法大，难以抵挡，叹曰：“‘儿孙自有儿孙福。’我后来子孙，福来由他去享，祸来由他去当，我管他则甚？”遂奔入洋子江中，万丈深潭底藏身去了。自是兰公举家数十口拔宅升天，玉帝封兰公为教明王，不在话下。

却说金陵丹阳郡，地名黄堂，有一女真字曰婴。潜通至道，忘其甲子，不知几百年岁。乡人累世见之，齿发不衰，皆以谌母呼之。一日偶过市上，见一小儿伏地悲哭，问其来历，说：“父母避乱而来，弃之于此。”谌母怜其孤苦，遂收归抚育。渐已长成，教他读书，聪明出众，天文地理，无所不通。有东邻耆老，欲以女妻之。谌母问：“儿允否？”儿告曰：“儿非浮世之人，乃月中孝道明王，领斗中孝悌王仙旨，叫我传道与母。今此化身为儿，度脱我母，何必更议婚姻？但可高建仙坛，传付此道，使我母飞升上清也。”谌母闻得此言，且惊且喜，遂于黄堂建立坛宇，大阐孝悌王之教。谌母已得修真之诀，于是孝明王仍以孝悌王所授金丹宝鉴、铜符铁券灵章，及正一斩邪三五飞步之术，悉传与谌母。谌母乃谓孝明王曰：“论昔日恩情，我为母，君为子。论今日传授，君为师，我为徒。”遂欲下拜。孝明王曰：“只论子母，莫论师徒。”乃不受其拜，惟嘱之曰：“此道宜深秘，不可轻泄！后世晋代有二人学仙，一名许逊，一名吴猛，二人皆名登仙籍。惟许逊得传此道。按《玉皇玄谱》仙籍品秩，吴猛位居元郡御史，许逊位居都仙大使，兼高明太史，总领仙部，是为众仙之长。老母可将此道传与许逊，又着许逊传与吴猛，庶品秩不紊矣。”明王言罢，拜辞老母，飞腾太空而去。有诗为证：

出入无车只驾云，尘凡自是不同群。明王恐绝仙家术，告诫叮咛度后人。

却说汉灵帝时，十常侍有事，忠良党锢，谗谄横行，毒流四海，万民嗟怨。那怨气感动了上苍，降下两场大灾，久雨之后，又是久旱。那雨整整的下了五个月，直落得江湖满目，厨灶无烟。及至水退了，又经年不雨。莫说是禾苗槁死，就是草木也干枯了。可怜那一时的百性，吃早膳先愁晚膳，缝夏衣便作冬衣。正是朝有奸臣野有贼，地无荒草树无皮。壮者散于四方，老者死于沟壑。时许都有一人，姓许名琰字汝玉，乃颍阳许由之后。为人慈仁，深明医道，擢太医院医官。感饥荒之岁，乃罄其家资，置丸药数百斛，名曰："救饥丹"，散与四方食之。每食一丸，可饱四十余日。饥民赖以不死者甚众。至献帝初平年间，黄巾贼起，天下大乱，许都又遭大荒，斗米千钱，人人菜色，个个鹄形。时许琰已故，其子许肃，家尚丰盈，将自己仓谷尽数周给各乡，遂挈家避乱江南，择居豫章之南昌。有鉴察神将许氏世代积善，奏知玉帝："若不厚报，无以劝善！"玉帝准奏，即仰殿前掌判仙官，将《玄谱》仙籍品秩，逐一查检，看有何仙轮当下世？仙官检看毕，奏曰："晋代江南，当出一孽龙精，扰害良民，生养蛟党繁盛。今轮系玉洞天仙降世，传受女真谌母飞步斩邪之法，斩灭蛟党以除民害。"玉帝闻奏，即降旨，宣取玉洞天仙，令他身变金凤，口衔宝珠，下降许肃家投胎。有诗为证：

御殿亲传玉帝书，祥云蔼蔼凤衔珠；试看凡子生仙种，积善之家庆有余。

却说吴赤乌二年三月，许肃妻何氏，夜得一梦。梦见一只金凤飞降庭前，口内衔珠，坠在何氏掌中。何氏喜而玩之，含于口中，不觉溜下肚子去了，因而有孕。许肃一则以喜，一则以惧。喜的是年过三十无嗣，今幸有孕，惧的是何氏自来不曾生育，恐临产艰难。那广润门有个占卦先生，混名"鬼推"，决断如神。不免去问他个吉凶，或男或女，看他如何。许肃整顿衣帽，竟望广润门来。只见那先生忙忙的，占了又断，断了又占，拨不开的人头，移不动脚步。许员外站得脚儿酸麻，还轮他不上，只得叫上一声："鬼推先生！"那先生听知叫了他的混名，只说是个旧相识，连忙的说道："请进请进。"许员外把两只手排开了众人，方才挨得进去。相见礼毕，许员外道："小人许肃敬来问个六甲，生男生女，或吉或凶？请先生指教。"那先生就添上一炷香，唱上一个喏，口念四句：

虔叩六丁神，文王卦有灵；吉凶含万象，切莫顺人情！

通陈了姓名意旨，把铜钱掷了六掷，占得个"地天泰"卦。先生道："恭喜，好一个男喜。"遂批上几句云：

福德临身旺，青龙把世持；秋风生桂子，坐草却无虞。

许员外闻言甚喜，收了卦书，遂将几十文钱谢了先生。回去对浑家说了，何氏心亦少稳。光阴似箭，忽到八月十五中秋，其夜天朗气清，现出一轮明月，皎洁无翳。许员外与何氏玩赏，贪看了一会，不觉二更将尽，三鼓初传。忽然月华散彩，半空中仙音嘹亮。何氏只一阵腹痛，产下个孩儿，异香满室，红光照人。真个是：

五色云中呈鸑鷟，九重天上送麒麟。

次早邻居都来贺喜，所生即真君也。形端骨秀，颖悟过人，年甫三岁，即知礼让。父母乃取名逊，字敬之。年十岁，从师读书，一目十行俱下，作文写字，不教自会，世俗无有能为之师者。真君遂弃书不读，慕修养学仙之法，却没有师传，心常切切。

忽一日，有一人姓胡名云字子元，自幼与真君同窗，情好甚密，别真君日久，特来相访。真君倒屣趋迎，握手话旧。子元见真君谈吐间有驰慕神仙之意，乃曰："老兄少年高才，乃欲为云外客乎？"真君曰："惶愧，自思百年旦暮，欲求出世之方，恨未得明师指示！"子元曰："兄言正合我意，往者因访道友云阳詹晩先生，言及西宁州有一人，姓吴名猛字世云，曾举孝廉，仕吴为洛阳令。后弃职而归，得传异人丁义神方，日以修炼为事。又闻南海太宁鲍靓有道德，往师事之，得其秘法。回至豫章，江中风涛大作，乃取所执白羽扇画水成路，徐行而渡。渡毕，路复为水。观者大骇，于是道术盛行，弟子相从者甚众。区区每欲拜投，奈母老不敢远离。兄若不惜劳苦，可往师之。"真君闻言，大喜曰："多谢指教！"真君待子元别去，即拜辞父母，收拾行李，竟投西宁，寻访吴君，有诗赞曰：

无影无形仙路难，未经师授莫跻攀；胡君幸赐吹嘘力，打破玄元第一关。

话说真君一念投师，辞不得路途辛苦。不一日得到吴君之门，写一个门生拜贴，央道童通报。吴君看是"豫章门生许逊"，大惊曰："此人乃有道之士！"即出门迎接。此时吴君年九十一岁，真君年四十一岁，真君不敢当客礼，口称："仙丈，愿受业于门下。"吴君曰："小老粗通道术，焉能为人之师？但先生此来，当尽剖露，岂敢自私，亦不敢以先生在弟子列也。"自此每称真君为"许先生"，敬如宾友。真君亦尊吴君而不敢自居。

一日二人坐清虚堂，共谈神仙之事。真君问曰："人之有生必有死，乃古今定理。吾见有壮而不老，生而不死者，不知何道可致？"吴君曰："人之有生，自父母交媾，二气两合。阴承阳生，气随胎化。三百日形圆，灵光入体，与母分离。五千日气足，是为十五童男。此时阴中阳半，可以比东日之光。过此以往，不知修养，则走失元阳，耗散真气，气弱则有病老死苦之患。"真君曰："病老死苦，将何却之？"吴君曰："人生所免病老死苦，在人中修仙，仙中升天耳。"真君曰："人死为鬼，道成为仙，仙中升天者，何也？"吴君曰："纯阴而无阳者，鬼也；纯阳而无阴者，仙也；阴阳相离者，人也。惟人可以为仙，可以为鬼。仙有五等，法有三成，持修在人而已。"真君曰："何谓法有三成，仙有五等？"吴君曰："法人而已。"真君曰："何谓法有三成，仙有五等者，鬼仙、人仙、地仙、神仙、天仙。所谓鬼仙者，少年不修，恣情纵欲，形如枯木，心若死灰，以致病死，阴灵不散，成精作怪，故曰鬼仙。鬼仙不离于鬼也；所谓人仙者，修真之士，不悟大道，惟小用其功。绝五味者，岂知有六气？忘七情者，岂知有十戒？行漱咽者，哂吐纳之为错；着采补者，笑清静以为愚。采阴取妇人之气者，与缩金龟者不同；盖阳食女子之乳者，与炼金丹不同。此等之流，止是于大道中得一法一术成功，但能安乐延寿而已，故曰人仙。人仙不离于人也；所谓地仙者，天仙之半，神仙之中，亦只小成之法。识坎离之交配，悟龙虎之飞腾，炼成丹药，得以长生住世，故曰地仙。地仙不离于地也；所谓神仙者，以地仙厌居尘世，得中成之法。抽铅添汞，金精练顶；玉液还丹，五气朝元；三阳聚顶，功满忘形；胎生自化，阴尽阳纯；身外有身，脱质升仙，超凡入圣，谢绝尘世，以归三岛，故曰神仙。神仙不离于神也；所谓天仙者，以神仙厌居三岛，得大成之法。内外丹成，道上有功，人间有行，功行满足。授天书以返洞天，是曰天仙。天仙不离于天也。然修仙之要，炼丹为急。吾有《洞仙歌》二十二首，君宜谨记之。

丹之始，无上元君授圣主。法出先天五太初，遇元修炼身冲举。
丹之祖，生育三才运今古。隐在鄱湖山泽间，志士采来作丹母。
丹之父，时来飞上扶桑树。万道霞光照太虚，调和兔髓可烹煮。
丹之母，金晶莹洁夜三五。乌兔搏搦不终朝，炼成大药世无比。
丹之胎，乌肝兔髓毓有胚。一水三汞三砂质，四五三成明自来。
丹之兆，三日结胎方入妙。万丈红光贯斗牛，五音六律随时奏。
丹之质，红紫光明人莫识。元自虚无黍米珠，色即是空空即色。
丹之灵，十月脱胎丹始成。一粒一服百日足，改换形骨身长生。
丹之圣，九年炼就五霞鼎。药力加添水火功，枯骨立起孤魂醒。
丹之室，上弦七兮下弦八。中虚一寸号明堂，产出灵苗成金液。
丹之釜，垣廓坛炉须坚固。内外护持水火全，日丁金胎产盘古。
丹之灶，鼎曲相通似蓬岛。上安垣廓护金炉，立炼龙膏并虎脑。
丹之火，一日时辰十二个。文兮武兮要合宜，抽添进退莫太过。
丹之水，器凭胜负斯为美。不潮不滥致中和，滋产灵苗吐金蕊。
丹之威，红光耿耿冲紫薇。七星灿灿三台烂，天丁地甲皆皈依。
丹之窍，天地人兮各有奥。紫薇岳渎及明君，三界精灵皈至道。
丹之彩，依方逐位安排派。青红赤白黄居中，摄瑞招祥神自在。
丹之用，真土真铅与真汞。黑中取白赤中青，全凭水火静中动。
丹之融，阴阳配合在雌雄。龙精虎髓鼎中烹，造化抽添火候功。
丹之理，龙膏虎髓灵无比。二家交媾信黄精，屯蒙进退全终始。
丹之端，小无其内大无外。放弥六合退藏密，三界收来黍珠内。
丹之完，玉皇捧禄要天缘。等闲岂许凡人泄，万劫之中始一传。

真君曰："多谢指迷。敢问仙丈，五仙之中，已造到何仙地位？"吴君曰："小老山野愚蒙，功行殊欠，不过得小成之功，而为地仙耳。若于神仙天仙，虽知门路，无力可攀。"遂将烧炼秘诀，并白云符书，悉传与真君。真君顿首拜谢，相辞而归。

回至家中，厌居闹市，欲寻名山胜地，以为栖身之所。闻知汝南有一人，姓郭名璞字景纯，明阴阳风水之道，遨游江湖。真君敬访之。璞一日早起，见鸦从东南而鸣，遂占一课。断曰："今日午时，当有一仙客许姓者，到我家中，欲问择居之事。"至日中，家童果报客至。璞慌忙出迎，礼罢，分宾而坐。璞问曰："先生非许姓，为卜居而来乎？"真君曰："公何以知之？"璞曰："某今早卜卦如此，未知然否？"真君曰："诚然。"因自叙姓名，并道卜居之意。璞曰："先生仪容秀伟，骨骼清奇，非尘中人物。富贵之地，不足居先生。居先生者，其神仙之地乎？"真君曰："昔吕洞宾居庐山而成仙，鬼谷子居云梦而得道，今或无此吉地么？"璞曰："有，但当遍历耳。"于是命童仆收拾行囊，与真君同游江南诸郡，采访名山。一日行至庐山，璞曰："此山嵯峨雄壮，湖水还东，紫去盖顶，累代产升仙之士。但山形属土，先生姓许，羽音属水，水土相克，不宜居也。但作往来游寓之所，则可矣。"又行至饶州鄱阳，地名傍湖，璞曰："此傍湖富贵大地，但非先生所居。"真君曰："此地气乘风散，安得拟大富贵耶？"璞曰："相地之法，道眼为上，法眼次之。道眼者，凭目力之巧，以察山河形势；法眼者，执天星河图紫薇等法，以定山川。吉凶富贵之地，天地所秘，神物所护，苟非其人，见而不见。俗云'福地留与福人来'，正谓此也。"真君曰："今有此等好地，先生何不留一记，以为他日之验？”郭璞乃题诗一首为记，云：

行尽江南数百州，惟有傍湖出石牛。雁鹅夜夜鸣更鼓，鱼鳖朝朝拜冕旒。离龙隐隐居乾位，巽水滔滔入艮流。后代福人来遇此，富贵绵绵入百秋。

许、郭二人离了鄱阳，又行至宜春栖梧山下。有一人，姓王名朔，亦善通五行历数之书。见许、郭二人登山采地，料必异人，遂迎至其家。询姓名已毕，朔留二人宿于西亭，相待甚厚。真君感其殷勤，乃告之曰：“子相貌非凡，可传吾术。”遂密授修炼仙方。郭璞曰：“此居山水秀丽，宜为道院，以作养真之地。”王朔从其言，遂盖起道院，真君援笔大书“迎仙院”三字，以作牌额。王朔感戴不胜。二人相辞而去。遂行至洪都西山，地名金田，则见：

嵯嵯峨峨的山势，突突兀兀的峰峦，活活泼泼的青龙，端端正正的白虎，圆圆净净的护沙，湾湾环环的朝水。山上有苍苍郁郁的虬髯美松，山下有翠翠青青的凤尾修竹，山前有软软柔柔的龙须嫩草，山后有古古怪怪的鹿角枯樟。也曾闻华华彩彩的鸾吟，也曾闻昂昂藏藏的鹤唳，也曾闻咆咆哮哮的虎啸，也曾闻呦呦诜诜的鹿鸣。这山呵！比浙之天台更生得奇奇绝绝，比闽之武夷更生得峇峇 峣峣，比池之九华更生得迤迤逦逦，比蜀之峨眉更生得秀秀丽丽，比楚之武当更生得尖尖圆圆，比陕之终南更生得巧巧妙妙，比鲁之泰山更生得蜿蜿蜒蜒，比广之罗浮更生得苍苍奕奕。真个是天下无双胜境，江西第一名山。万古精英此处藏，分明是个神仙宅。

却说郭璞先生，行到山麓之下，前观后察，左顾右盼，遂将罗经下针，审了方向，抚掌大笑曰：“璞相地多矣，未有如此之妙！若求富贵，则有起歇；如欲栖隐，大合仙格。观其冈阜厚圆，位坐深邃，三峰壁立，四环云拱，内外勾锁，无不合宜。大凡相地，兼相其人，观君表里正与地符。且西山属金，以五音论之，先生之姓，羽音属水，金能生水，合得长生之局，舍此无他往也。但不知此地谁人为主？”旁有一樵夫指曰：“此地乃金长者之业。”真君曰：“既称长者，必是善人。”二人径造其家。金公欣然出迎，欢若平生。金公问曰：“二位仙客，从何而至？”郭璞曰：“小子姓郭名璞，略晓阴阳之术。因此位道友姓许名逊，欲求栖隐之地。偶采宝庄，正合仙格，欲置一舍，以为修炼之所，不知尊翁肯慨诺否？”金公曰：“第恐此地褊小，不足以处许君。如不弃，并寒庄薄地数亩悉当相赠。”真君曰：“原订价多少？惟命是从。”金公曰：“大丈夫一言，万金不易。愚老拙直，平生不立文券。”乃与真君索大钱一文，中破之，自收其半，一半付还真君。真君叩头拜谢。三人分别而去。于是真君辞了郭璞，择取吉日，挈家父母妻子，凡数十口，徙于西山，筑室而居焉。金公后封为地主真官。金氏之宅，即今玉隆万寿宫是也。却说真君日以修炼为事，炼就金丹，用之可以点石为金，服之可以却老延年。于是周济贫乏，德义彰播。

时晋武帝西平蜀，东取吴，天下一统，建元太康。从吏部尚书山涛之奏，诏各郡保举孝廉贤能之士。豫章郡太守范守，见真君孝养二亲，雍睦乡里，轻财利物，即保举真君为孝廉。武帝遣使臣束帛赍诏，取真君为蜀郡旌阳县令。真君以父母年老，不忍远离，上表辞职。武帝不允，命本郡守催迫上任。挨至次年，真君不得已辞别父母妻了，只得起程。

真君有二姊，长姊事南昌盱君，夫早丧，遗下一子盱烈，字道微，事母至孝。真君虑其姊孀居无倚，遂筑室于宅之西，奉姊居之。于是母子得闻妙道。真君临行，谓姊曰：“吾父母年迈，妻子尚不知世务，贤姊当代弟掌治家事。如有仙翁隐客相过者，可以礼貌相待。汝子旴烈，吾嘉其有仁孝之风，使与我同往任所。”盱母曰：“贤弟好去为官，家下一应事体为姊的担当，不劳远念。”言未毕，忽有一少年上堂，长揖言曰：“吾与旴烈哥哥，皆外甥也，何独与旴兄同行，而不及我？”真君视其人，乃次姊之子，复姓钟离名嘉字公阳，新建县象牙山西人也。父母俱早丧，自幼依于真君。为人气象恢弘，德性温雅，至是欲与真君同行。真君许之。于是二甥得薰陶之力，神仙器量，从此以立。真君又呼其妻周夫人告之曰：“我本无心功名，奈朝廷屡聘，若不奉行，恐抗君命。自古忠孝不能两全。二亲老迈，汝当朝夕侍奉，调护寒暑，克尽汝子妇之道！且儿女少幼，须不时教训，勤以治家，俭以节用，此是汝当然之事也。”周夫人答曰：“谨领教！”言毕，拜别而行，不在话下。

却说真君未到任之初，蜀中饥荒，民贫不能纳租。真君到任，上官督责甚严。真君乃以灵丹点瓦石为金，暗使人埋于县衙后圃。一旦拘集贫民未纳租者，尽至阶下，真君问曰：“朝廷粮税，汝等缘何不纳？”贫民告曰：“输纳国税，乃理之常，岂敢不遵？奈因饥荒，不能纳尔。”真君曰：“既如此，吾罚汝等在于县衙后圃，开凿池塘，以作工数，倘有所得，即来完纳。”民皆大喜，即往后圃开凿池塘，遂皆拾得黄金，都来完纳，百姓遂免流移之苦。邻郡闻风者，皆来依附，遂至户口增益。

按《一统志》，旌阳县属汉州，真君飞升后，改为德阳，以表真君之德及民也。其地赖真君点金，故至今尚富。这话休提。

那时民间又患瘟疫，死者无数，真君符咒所及，即时痊愈。又怜他郡病民，乃插竹为标，置于四境溪上，焚符其中，使病者就而饮之，无不痊可。其老幼妇女尪羸不能自至者，令人汲水归家饮之，亦复安痊。郡人有诗赞曰：

百里桑麻知善政，万家烟井沐仁风。明悬藻鉴秋阳暴，清逼冰壶夜月溶。
符置江滨驱痼病，金埋县圃起民穷。真君德泽于今在，庙祀巍巍报厥功。

却说成都府有一人，姓陈名勋字孝举。因举孝廉，官居益州别驾。闻真君传授吴猛道法，今治旌阳，恩及百姓，遂来拜谒，愿投案下，充为书吏，使朝夕得领玄教。真君见其人气清色润，遂付以吏职。既而见勋有道骨，乃引勋居门下为弟子，看守药炉。又有一人姓周名广字惠常，庐陵人也，乃吴都督周瑜之后。游巴蜀云台山，粗得汉天师驱精斩邪之法。至是闻真君深得仙道，特至旌阳县投拜真君为师，愿垂教训。真君纳之，职堂雷坛。二人自是得闻仙道之妙。真君任旌阳既久，弟子渐众，每因公余无事，与众弟子讲论道法。

却说晋朝承平既久，外有五胡强横，浊乱中原。哪五胡？

匈奴刘渊居晋阳，羯戎石勒居上党，羌人姚弋仲居扶风，氐人符洪居临渭，鲜卑慕容廆居昌黎。

先是汉魏以来，收服夷狄，诸胡多居塞内。太子洗马江统劝武帝徙于边地，免后日夷狄乱华之祸。武帝不听。至是果然侵乱晋朝。太子惠帝愚蠢，贾后横恣，杀戮大臣。真君乃谓弟子曰：“吾闻君子有道则见，无道则隐。”遂解官东归，百姓闻知，扳辕卧辙而留，泣声震地。真君亦泣下，谓其民曰：“吾非肯舍汝而去，奈今天下不久大乱，吾是以为保身之计，尔等子民，各务生业！”百姓不忍，送至百里之外，或数百里，又有送至家中不肯回者。真君至家，拜见父母妻子，合家相庆，喜不自胜。即于宅东空地结茅为屋，状如营垒，令蜀民居之。蜀民多改其氏族，从真君之姓。故号许氏营。

却说真君之妻周夫人对真君言："女姑年长，当择佳配。"真君曰："吾久思在心矣。"遍观众弟子中，有一人姓黄名仁览，字紫庭，建城人也。乃御史中丞黄辅之子。其人忠信纯笃，有受道之器。真君遂令弟子周广作媒，仁览禀于父母，择吉备礼，在真君宅上成婚。满月后，禀于真君同仙姑归家省亲。仙姑克尽妇道，仁览吩咐其妻在家事奉公姑，复拜辞父母，敬从真君求仙学道。

却说吴真君猛时年一百二十余岁矣，闻知真君解绶归家，自西安来相访。真君整衣出迎，坐定叙阔，命筑室于宅西以居之。一日忽大风暴作，吴君即书一符，掷于屋上，须臾见有一青鸟衔去，其风顿息。真君问曰："此风主何吉凶？"吴君曰："南湖有一舟经过，忽遇此风，舟中有一道人呼天求救，吾以此止之。"不数日，有一人深衣大带，头戴幅巾，进门与二君施礼曰："姓彭名抗，字武阳，兰陵人也。自少举孝廉，官至晋朝尚书左丞。因见天下将乱，托疾辞职。闻许先生施行德惠，参悟仙机，特来拜投为师。昨过南湖，偶遇狂风大作，舟几覆，吾乃呼天号救，俄有一青鸟飞来，其风顿息。今日得拜仙颜，实乃万幸！"真君即以吴君书符之事告之。彭抗拜谢不胜，遂挈家居豫章城中。既而见真君一子未婚，愿将女胜娘为配。真君从之。自后待彭抗以宾礼，尽以神仙秘术付之。东明子有诗云：

二品高官职匪轻，一朝抛却拜仙庭。不因懿戚情相厚，彭老安能得上升？

此时真君传得吴猛道术，犹未传谌母飞步斩邪之法。有太白金星奏闻玉帝："南昌郡孽龙将为民害，今有许逊原系玉洞真仙降世，应在此人收伏。望差天使赍赐斩妖神剑，付与许逊，助斩妖精，免使黎民遭害。"玉帝闻奏，即宣女童二人，将神剑二口，赍至地名柏林，献于许逊，宣上帝之命，叫他斩魅除妖，济民救世。真君拜而受之，回顾女童，已云升飞端矣。后人有诗叹曰：

坚金烈火炼将成，削铁吹毛耀日明。玉女捧来离紫府，江湖从此水流腥。

且说江南有一妖物，号曰"孽龙"。初生人世，为聪明才子，姓张名酷。因乘船渡江，偶值大风，其船遂覆，张酷溺于水中，彼时得附一木板，随水漂流，泊于沙滩之上。肚中正饿，忽见明珠一颗，取而吞之。那珠不是别的珠，乃是那火龙生下的卵。吞了这珠却不饿了，就在水中能游能泳，过了一月有余，脱胎换骨，遍身尽生鳞甲，只有一个头，还是人头。其后这个畜生，只好在水中戏耍，或跳入三级巨浪，看鱼龙变化；或撞在万丈深潭，看虾鳖潜游。不想火龙见了，就认得是他儿子，嘘了一气，教以神通。那畜生走上岸来，即能千变万化，于是呼风作雨，握雾撩云。喜则化人形而淫人间之女子，怒则变精怪而兴陆地之波涛。或坏人屋舍，或食人精血，或覆人舟船，取人金珠，为人间大患。诞有六子，数十年间，生息蕃盛，约有千余。兼之族类蛟党甚多，常欲把江西数郡滚出一个大中海。

一日，真君炼丹于艾城之山，有蛟党辄兴洪水，欲漂流其丹室。真君大怒，即遣神兵擒之，钉于石壁，今钉蛟石犹在。又挥起宝剑，将一蛟斩讫。不想那孽龙知道，杀了他的党类，一呼百集，老老少少，大大小小，都打做一团儿。孽龙道："许逊恁般可恶，欲诛吾党，不报此仇，生亦枉然！"内有一班孽畜，有叫孽龙做公公的，有叫做伯伯的，有叫做叔叔的，有叫做哥哥的，说道："不消费心，等我们去，把那许逊抓将来，碎尸万段，以泄其恨。"孽龙道："闻得许逊传授了吴猛的法术，甚有本事，还要个有力量的去才好。"内有一长蛇精说道："哥哥，等我去来。"孽龙道："贤弟到去得。"于是长蛇精带了百十个蛟党，一齐冲奔许氏之宅，一字阵儿摆开，叫道："许逊敢与我比势么？"真君见是一伙蛟党，仗剑在手问云："你这些孽畜，有甚本事，敢与我相比？"长蛇精道："你听我说：

鳞甲棱层气势雄，神通会上显神通。开喉一旦能吞象，伏气三年便化龙。巨口张时偏作雾，高头昂处便呼风。身长九万人知否？绕遍昆仑第一峰。"

长蛇精恃了本事，耀武扬威，众蛟党一齐踊跃，声声口口说道："你不该杀了我家人，定不与你干休！"真君曰："只怕你这些孽畜逃不过我手中宝剑。"那长蛇精就弄他本事，放出一阵大风，又只见：

视之无影，听之有声，噫大块之怒号，传万窍之跳叫。一任他乒乒乓乓，栗栗烈烈，撼天阙，摇地轴，九天仙子也愁眉；哪管他青青白白，红红黄黄，翻大海，搅长江，四海龙王同缩颈。雷轰轰，电闪闪，飞的是沙，走的是石，直恁的满眼尘霾春起早；云惨惨，雾腾腾，折也乔林，不也古木，说什么前村灯火夜眠迟。忽喇喇前呼后叫，左奔右突，就是九重龙楼凤阁，也叫他万瓦齐飞；吉都都横冲直撞，乱卷斜拖，即如千丈虎狼穴，难道是一毛不拔？纵宗生之大志，不敢谓其乘之而浪破千层；虽列子之泠然，吾未见其御之而旬有五日。

正是：

万里尘沙阴晦暝，几家门户响敲推。多情折尽章台柳，底事掀开社屋茅？

真个好一阵大风也！

真君按剑在手，叱曰："风伯等神，好将此风息了！"须臾之间，那风寂然不动。谁知那些孽怪，又弄出一番大雨来，则见

石燕飞翔，商羊鼓舞。滂沱的云中泻下，就似倾盆；忽喇的空里注来，岂因救旱？逼逼剥剥，打得那园林焦叶，东一片，西一片，翠色阑珊；淋淋筛筛，滴得那池沼荷花，上一瓣，下一瓣，红妆零乱。沟面洪盈，倏忽间漂去高凤庭前麦；檐头长溜，须臾里洗却周武郊外兵。这不是鞭将晰蜴，碧天上祈祷下的甘霖；这却是驱起鲸鲵，沧海中喷将来的唾沫。

是：

茅屋人家烟火冷，梨花庭院梦魂惊；渠添浊水通鱼入，地秀苍苔滞鹤行。

真个好一阵大雨也！

真君又按剑叱曰："雨师等神，好将此雨止了！"那雨一霎时间半点儿也没了。真君乃大显法力，奔往长蛇精阵中，将两口宝剑挥起，把长蛇精挥为两段。那伙蛟党，见斩了蛇精，各自逃生。真君赶上，一概诛灭。径往群蛟之所，寻取孽龙。那孽龙闻得斩了蛇精，伤了许多党类，心里哪肯干休？就呼集一党蛟精，约有千百之众，人多口多，骂着真君："骚道，野道，你不合这等上门欺负人！"于是呼风的呼风，唤雨的唤雨，作雾的作雾，兴云的兴云，攫烟的攫烟，弄火的弄火，一齐奔向前来。真君将两口宝剑，左砍右斫，那蛟党多了，怎生收伏得尽？况真君此时未传得谌母飞腾之法，只是个陆地神仙。那孽龙到会变化，冲上云霄，就变成一个大鹰儿。真个：

爪似铜钉快利，嘴似铁钻坚刚。展开双翅欲飞扬，飞似大鹏模样。云里叫时声大，林端立处头昂。纷纷鸟雀尽潜藏，哪个飞禽敢挡！

只见那鹰儿在半空展翅，忽喇地扑将下来，到把真君脸上挝了一下，挝得血流满面。真君忙挥剑斩时，那鹰又飞在半空中去了。真君没奈何，只得转回家中。那些蛟党见伤得性命多了，亦各自收阵回去。

却说真君见孽龙神通广大，敬来吴君处相访，求其破蛟之策。吴君曰："孽龙

久为民害，小老素有翦除之心。但恨道法未高，莫能取胜。汝今既擒蛟党，孽龙必然忿怒，愈加残害，江南休矣。”真君曰：“如此奈何？”吴君曰：“我近日闻得镇江府丹阳县，地名黄堂，有一女真谌母，深通道术。吾与汝同往师之，叩其妙道，然后除此妖物，未为晚也。”真君闻言大喜，遂整行囊与吴君共往黄堂，谒见谌母。谌母曰：“二公何人？到此有何见谕？”真君曰：“弟子许逊、吴猛。今因江南有一孽龙精，大为民害，吾二人有心殄灭，奈法术殊欠。久闻尊母道传无极，法演先天，径来恳求，望指示仙诀，实乃平生之至愿也。”言讫，拜伏于地。谌母曰：“二公请起，听吾言之。君等乃夙禀奇骨，名在天府。昔者孝悌王自上清下降山东曲阜县兰公之家，谓兰公曰：‘后世晋代当出一神仙，姓许名逊，传吾至道，是为众仙之长。’遂留下金丹宝鉴，铜符铁券，并飞步斩邪之法，传与兰公。复令兰公传我，兰公又使我收掌，以待汝等，积有四百余年矣。子今既来，吾当传授于汝。”于是选择吉日，依科设仪，付出铜符铁券、金丹宝鉴，并正一斩邪之法，三五飞腾之术，及诸灵章秘诀，并各样符箓，悉以传诸许君。今净明法，五雷法之类，皆谌母所传也。谌母又谓吴君曰：“君昔者以神方为许君之师。今孝悌王之道，唯许君得传，汝当退而反师之也。”

真君传道已毕，将欲辞归。心中暗想：“今幸得闻谌母之教，每岁必当谒拜，以尽弟子之礼。”此意未形于言，谌母已先知矣。乃对真君曰：“我今还帝乡，子不必再来谒也。”乃取香茅一根，望南而掷，其茅随风飘然。谌母谓真君曰：“子于所居之南数十里，看香茅落于何处，其处立吾庙宇，每岁逢秋，一至吾庙足矣。”谌母言罢，空中忽有龙车凤辇来迎，谌母即凌空而去。其时吴、许二君望空拜送，即还本部。遂往寻飞茅之迹，行至西山之南四十里，觅得香茅，已丛生茂盛，二君遂于此地建立祠宇，亦以黄堂名之。令匠人塑谌母宝像，严奉香火，期以八月初三日，必往朝谒。即今崇真观是也，朝谒之礼犹在。真君亦于黄堂立坛，悉依谌母之言，将此道法传授吴君。吴君反拜真君为师。自此二人始有飞腾变化之术。

回至小江，寓客店，主人宋氏见方外高人，不索酒钱，厚具相待。二君感其恭敬，遂求笔墨画一松树于其壁上而去。自二君去后，其松青郁如生，风动则其枝摇摇，月来则其彩淡淡，露下则其色湿湿，往来观者，日以千计。去则皆留钱谢之，宋氏遂至巨富。后江涨堤溃，店屋俱漂，惟松壁不坏。

却说孽龙精被真君斩其族类，心甚怒。又闻吴君同真君往黄堂学法，于是命蛟党先入吴君所居地方，残害生民，为灾降祸。真君回至西宁，闻蛟孽腥风袭人，责备社伯：“汝为一县鬼神之主，如何纵容他为害？”社伯答曰：“妖物神通广大，非小神能制。”再三谢罪。忽孽龙精见真君至，统集蛟党，涌起十数丈水头。那水波涛泛张，怎见得好狠？

只听得潺潺声振谷，又见那滔滔势漫天！雄威响若雷奔走，猛涌波如雪卷颠。千丈波高漫道路，万层涛激泛山岩。泠泠如漱玉，滚滚似鸣弦。触石沧沧喷碎玉，回湍渺渺漩涡圆。低低凸凸随流荡，大势弥漫上下连。

真君见了这等大水，恐损坏了居民屋宇田禾，急将手中宝剑，望空书符一道，叫道：“水伯，急急收水！”水伯收得水迟，真君大怒。水伯道：“常言泼水难收，且从容些！”真君欲责水伯，水伯大惧，须臾间将水收了，依旧是平洋陆地。真君提着宝剑径斩孽龙，那孽龙变作一个巡海夜叉，持枪相迎。这一场好杀：

真君剑砍，妖怪枪迎。剑砍霜光喷烈火，枪迎锐气迸愁云。一个是洋子江生成的恶怪，一个是灵霄殿差下的仙真。那一个扬威耀武欺天律，这一个御暴除灾转法轮。真仙使法身驱雾，魔怪争强浪滚尘。两家努力争功绩，皆为洪都百万民。

那些蛟党见孽龙与真君正杀得英雄，一齐前来助战。忽然弄出一阵怪沙来，要把真君眼目蒙蔽，只见：

似雾如烟初散漫，纷纷蔼蔼下天涯。白茫茫到处难开眼，昏暗暗飞时找路差。打柴的樵子失了伴，采药的仙童不见家。细细轻飘如麦面，粗粗翻覆似芝麻。世间朦胧山顶暗，长空迷没太阳遮。不比尘嚣随骏马，难言轻软衬香车。此沙本是无情物，登时刮得眼生花。

此时飞沙大作，那蛟党一齐呐喊。真君呵了仙气一口，化作一阵雄风，将沙刮转。吴君在高阜之上，观看妖孽，更有许大神通，于是运取掌心蛮雷，望空打去。虽风云雷雨，乃蛟龙所喜的，但此系吴君法雷，专打妖怪，则见：

运之掌上，震之云间，虺虺虩虩可畏，轰轰划划初闻。烧起谢仙之火烈，推转阿香之车轮。音赫赫，就似擂八荒之鼓，音闻天地；声喤喤，又如放九边之炮，响振军屯。使刘先主失了双箸，叫蔡元中绕遍孤坟。闻之不及掩耳，当之谁不销魂！真个天仙手上威灵振，蛟魅胸中心胆倾。

那些群孽，闻得这个法雷，惊天动地之声，倒海震山之怒，唬得魂不附体。更见那真君两口宝剑，寒光闪闪，杀气腾腾，孽龙抵挡不住，就收了夜叉之形，不知变了个什么物件，潜踪遁走。真君乃舍了孽龙，追杀蛟党，蛟党四散逃去。真君追二蛟至鄂渚，忽然不见。路逢三老人侍立，真君问曰："吾追蛟孽至此，失其踪迹，汝三老曾见否？"老人指曰："敢伏在前桥之下？"真君闻言，遂至桥侧，仗剑叱之。蛟党大惊，奔入大江，藏于深渊。真君乃即书符数道，敕遣符使驱之。蛟孽不能藏隐，乃从上流奔出。真君挥剑斩之，江水俱红，此二蛟皆孽龙子也。今鄂渚有三圣王庙，桥名伏龙桥，渊名龙窝，斩蛟处名上龙口。真君复回至西宁，怒社伯不能称职，乃以铜锁贯其祠门，禁止民间不许祭享。今分宁县城隍庙正门常闭，居民祭祀者亦少。乃令百姓崇祀小神，其人姓毛，兄弟三人，即指引真君桥下斩蛟者。今封叶佑侯，血食甚盛。真君见吴君曰："孽龙潜逃，蛟党奔散，吾欲遍寻踪迹，一并诛之。"吴君曰："君自金陵远回，令椿萱大人，且须问省。吾谅此蛟孽，有师尊在，岂能复恣猖狂？待徐徐除之！"于是二君回过丰城县杪针洞。真君曰："后此洞必有蛟螭出入，吾当镇之。"遂取大杉木一根，书符其上以为楔，至今其楔不朽。又过奉新县，地名藏溪，又名蛟穴，其中积水不竭。真君曰："此溪乃蛟龙所藏之处。"遂举神剑劈破溪旁巨石，书符镇之，今镇蛟石犹在。又过新建县，地名叹早湖，湖中水蛭甚多，皆是蛟党奴隶，散入田中，嘬人之血。真君恶之，遂将药一粒，投于湖中，其蛭永绝。今名药湖。复归郡城，转西山之宅，回见父母，一家俱庆，不在话下。

却说真君屡败孽龙，仙法愈显，德著人间，名传海内。时天下求为弟子者不下千数，真君却之不可得，乃削炭化为美妇数百人，夜散群弟子寝处。次早验之，未被炭妇污染者得十人而已。先受业者六人：

陈勋字孝举，成都人。周广字惠常，庐陵人。

黄仁览字紫庭，建城人。真君之婿。彭抗字武阳，兰陵人。其女配真君之子。

盱烈字道微，南昌人。真君外甥。钟离嘉字公阳，新建人。真君外甥。

后相从者四人：

曾亨字典国，泗水人。骨秀神慧，孙登见而异之，乃潜心学道，游于江南，居豫章之丰城真阳观。闻真君道法，投于门下。

时荷字道阳。巨鹿人。少出家，居东海沐阳院奉仙观，修老子之教。因入四明山遇神人授以胎息导引之术，颇能辟谷，亦能役使鬼神。慕真君之名，徒步踵门，愿充弟子。

甘战字伯武，丰城人。性喜修真，不求闻达，径从真君学道。

施岑字太玉，沛郡人。其父施朔仕吴，因移居于九江赤乌县。岑状貌雄杰，勇健多力。时闻真君斩蛟立功，喜而从之。真君使与甘战各持神剑，常侍左右。

这弟子十人，不被炭妇染污。真君嘉之，凡周游江湖，诛蛟斩蛇，时刻相从，即异时上升诸徒也。其余被炭妇所污者，往往自愧而去。今炭妇市犹在。真君谓施岑、眄烈曰："目今妖孽为害，变化百端，无所定向，汝二人可向鄱阳湖中追而寻之。"施、眄欣然领命，仗剑而去。夜至鄱阳湖中，登石台之上望之。今饶河口有眺台，俗呼为钓台，非也。此盖施、眄眺望妖蜃出没之所耳。其时但见一物隐隐如蛇，昂头摆尾，横亘数十里。施岑曰："妖物今在此乎？"即拔剑挥之，斩其腰。至次日天明视之，乃蜈蚣山也。至今其山断腰，仙迹犹在。施岑谓眄烈曰："黑夜吾认此山，以为妖物，今误矣，与汝尚当尽力追寻。"

却说孽龙精被真君杀败，更伤了二子并许多族类，咬牙嚼齿，以恨真君。聚集众族类商议，欲往小姑潭求老龙报仇。众蛟党曰："如此甚好。"孽龙乃奔入小姑深潭底。那潭不知有几许深，谚云："大姑阔万丈，小姑深万丈。"所以叫做小姑潭。那孽龙到万丈潭底，只见：

水泛泛漫天，浪层层拍岸。

江中心有一座小姑山，虽是个中流砥柱，江下面有一所老龙潭，却似个不朽龙宫。那龙宫盖的碧粼粼鸳鸯瓦，围的光闪闪孔雀屏，垂的疏朗朗翡翠帘，摆的弯环环虎皮椅。只见老龙坐在虎椅之上，龙女侍在堂下，龙兵绕在宫前，夜叉立在门边，龙子龙孙列在阶上。真个是：

江心渺渺无双景，水府茫茫第一家。

说那老龙出处，他原是黄帝荆山铸鼎之时，骑他上天。他在天上贪毒，九天玄女拿着他送与罗堕阇尊者。尊者养他的钵盂里，养了千百年，他贪毒的性子不改，走下世来，就吃了张果老的驴，伤了周穆王的八骏。朱漫泙心怀不忿，学就个屠龙之法，要下手着他。他又藏在巴蜀地方，一人家后园之中橘子里面。那两个着棋的老儿想他做龙脯，他又走到葛陂中来，撞着费长房打一棒，他就忍着疼奔走华阳洞去。哪晓得吴绰的斧子又利害些，当头一劈，受了老大的亏苦。头脑子虽不曾破，却失了项下这一颗明珠，再也上天不得。因此上拜了小姑娘娘，求得这所万丈深潭，盖造个龙宫，恁般齐整。

却说那孽龙奔入龙宫之内，投拜老龙，哭哭啼啼，告诉前情。说道许逊斩了他的儿子，伤了他的族类，苦苦还要擒他。言罢，放声大哭。那龙宫大大小小，哪一个不泪下？老龙曰："'兔死狐悲，物伤其类。'许逊既这等可恶，待我拿来与你复仇。"孽龙曰："许逊传了谌母飞步之法，又得了玉女斩邪之剑，神通广大，难以轻敌。"老龙曰："他纵有飞步之法，飞我老龙不过，他纵有斩邪之剑，斩我老龙不得。"于是即变作个天神模样，三头六臂，黑脸獠牙，则见：

身穿着重重铁甲，手提着利利钢叉。头戴着金盔，闪闪耀红霞，身跨着奔奔腾腾的骏马。雄纠纠英风直奋，威凛凛杀气横加。一心心要与人报冤家，古古怪怪的好怕。

那老龙打扮得这个模样，巡江夜叉，守宫将卒，人人喝彩，个个称奇，道："好一个装束！"孽龙亦摇身一变，也变作天神模样。你看他怎生打扮？则见：

面乌乌赵玄坛般黑，身挺挺邓天王般长。手持张翼德丈八长枪，就好似斗口灵官的形状。口吐出葛仙真君的腾腾火焰，头放着华光菩萨的闪闪豪光。威风凛凛貌堂堂，不比前番模样。

那孽龙打扮出来，龙宫之内，可知人人喝彩，个个夸奇。两个龙妖一齐打个旋风，奔上岸来。老龙居左，孽龙居右，蛟党列成阵势，准备真君到来迎敌。不在话下。

施岑与眄烈从高阜上一望见那妖气弥天，他两个少年英勇，也不管他势头来得大，也不管他党类来得多，就掣手中宝剑跳下高阜来，与那些妖怪大杀一场。施、眄二人，虽传得真君妙诀，终是寡不敌众，三合之中，抵挡不住，败阵而走。老龙与孽龙随后赶杀，施、眄大败。回见真君，具说前事。真君大怒，遂提着两口宝剑，命甘战、时荷二人同去助阵。驾一朵祥云，径奔老龙列阵之所。那孽龙见了，自古"仇人相见，分外眼睁"，就提那长枪，迳来枪着真君。老龙亦举起钢叉，迳来叉着真君。好一个真君，展开法力，就两口宝剑，左遮右隔，只见：

这一边挥宝剑，对一枝长枪，倍增杀气；那一边挥宝剑，架一管钢叉，顿长精神。这一边砍将去，就似那吕梁泻下的狂澜，如何抵挡？那一边斫将去，就似那蜀山崩了的土块，怎样支撑？这一边施高强武艺，杀一个鹘入鸦群；那一边显凛烈威风，杀一个虎奔羊穴。这一边用一个风扫残红的法子，杀得他落花片片坠红泥；那一边使一个浪滚陆地的势儿，杀得他尘土茫茫归大海。真个是拨开覆地翻天手，要斩兴波作浪邪。

二龙与真君混战，未分胜败。忽翻身腾在半空，却要呼风唤雨，飞沙走石，来捉真君。此时真君已会腾云驾雾，遂赶上二龙，又在半空中杀了多时，后落下平地又战。那些蛟党，见真君法大，二龙渐渐抵挡不住，一齐掩杀过来。时荷、甘战二人，乃各执利剑，亦杀入阵中。你看那师徒们横冲直撞，那些妖孽怎生抵敌得住？那老龙力气不加，三头中被真君伤了一头，六臂中被真君断了一臂，遂化阵清风去了。孽龙见老龙败阵，心中慌张，恐被真君所捉，亦化作一阵清风望西而去。其余蛟党，各自逃散。有化作螽斯，在麦陇上逼逼剥剥跳的；有化作青蝇，在棘树上嘈嘈杂杂闹的；有化作蚯蚓，在水田中扭扭屹屹走的；有化作蜜蜂，在花枝上扰扰嚷嚷采的；有化作蜻蜓，在云霄里轻轻款款飞的；有化作土狗子，不做声，不做气，躲在田傍下的。彼时真君追赶妖孽，走在田傍上经过，忽失了一足，把那田傍踹开。只见一道妖气，迸将出来。真君急忙看时，只见一个土狗子躲在哪里。真君将剑一挥，砍成两截，原来是孽龙第五子也。后人有诗叹曰：

自笑蛟精不见机，苦同仙子两相持。今朝挥起无情剑，又斩亲生第五儿。

却说真君斩了孽龙第五子，急忙追寻孽龙，不见踪影。遂与二弟子且回豫章。吴君谓真君曰："目今蛟党还盛，未曾诛灭。孽龙有此等助威添势，岂肯罢休？莫若先除了他的党类，使他势孤力弱，一举可擒，此所谓射人先射马之谓也。”真君曰：“言之有理。”遂即同施岑、甘战、陈勋、盱烈、钟离嘉群弟子随即出外追斩蛟党。犹恐孽龙精溃其郡城，留吴君、彭抗在家镇之。于是真君同群弟子，或登高山，或往穷谷，或经深潭，或诣长桥，或历大湖等处，寻取蛟党灭之。

真君一日至新吴地方，忽见一蛟，变成一水牛，欲起洪水，淹没此处人民。嘘气一口，涨水一尺，嘘气二口，长水二尺。真君大怒，挥剑欲斩之。那蛟孽见了真君，魂不附体，遂奔入潭中而去。真君即立了石碑一片，作镇蛟之文以禁之，其文曰：

奉命太玄，得道真仙。劫终劫始，先地先天。无量法界，玄之又玄。勤修无遗，白日升仙。神剑落地，符法升天。妖邪丧胆，鬼精逃潜。

其潭至今名曰镇龙潭，石碑犹存。

一日，真君又行至海昏之上，闻有巨蛇据山为穴，吐气成云，长有数里，人畜在气中者，即被吞吸。江湖舟船，多遭其覆溺，大为民害。施岑登山岭之高而望之，见其毒气涨天，乃叹曰：“斯民何罪，而久遭其害也？”遂禀真君，欲往诛之。真君曰：“吾闻此畜，妖气最毒，搪突其气者，十人十死，百人百亡。须待时而往。”良久，俄有一赤乌飞过，真君曰：“可矣。”言赤乌报时，天神至，地神临，可以诛妖。后于其地立观，名候时观，又号赤乌观。且说那时真君引群弟子前至蛇所。其蛇奋然跃出深穴，举首高数十丈，眼若火炬，口似血盆，鳞似金钱，口中吐出一道妖气，则见：

冥冥蒙蒙，比蚩尤迷敌的大雾；昏昏暗暗，例元规污人的飞尘。飞去飞来，却似那汉殿宫中结成的黑块；滚上滚下，又似那泰山岩里吐出的顽云。大地之中，遮蔽了峰峦岭岫；长空之上，隐藏了日月星辰。弥弥漫漫，涨将开千有百里；霏霏拂拂，当着了十无一生。正是妖蛇吐气三千丈，千里犹闻一阵腥。

真君呼一口仙风，吹散其气。率弟子各挥宝剑，乡人摩旗擂鼓，呐喊振天相助。妖蛇全无惧色，奔将过来。真君运起法雷，劈头打去，兼用神剑一指，蛇乃却步。施岑、甘战二人，奋勇飞步纵前，施踏其首，甘踹其尾。真君先以剑劈破其颡，陈勋再引剑当中腰斩之，蛇腹遂尔裂开。忽有一小蛇自腹中走出，长有数丈，施岑欲斩之，真君曰：“彼母腹中之蛇，未曾见天日，犹不曾加害于民，不可诛之。”遂叱曰：“畜生好去，我放汝性命，毋得害人！”小蛇惧怯，奔行六七里，闻鼓噪之声，犹反听而顾其母。此地今为蛇子港。群弟子再请追而戮之，真君曰：“既放其生而又追戮之，是无心恻隐也。”蛇子遂得入江。今有庙在新建吴城，甚是灵感。宋真宗敕封“灵顺昭应安济惠泽王”，俗呼曰小龙王庙是也。大蛇既死，其骨聚而成洲，今号积骨洲。真君入海昏，经行之处，皆留坛靖，凡有六处。通候时之地为七，一曰进化靖，二曰节奏靖，三曰丹符靖，四曰华表靖，五曰紫阳靖，六曰霍阳靖，七曰列真靖。其势布若星斗之状，盖以镇压其后也。其七靖今皆为宫观，或为寺院。巨蟒既诛，妖血污剑，于是洗磨之，且削石以试其锋，今新建有磨剑池，试剑石犹在。真君谓诸徒曰：“蛟党除之莫尽，更有孽龙精通灵不测，今知我在此，若伺隙溃我郡城，恐吴、彭二人莫能慑服。莫若弃此而归。”施岑是个勇士，谓曰：“此处妖孽甚多，再寻几日，杀几个回去却好。”真君曰：“吾在外日久，恐吾郡蛟党又聚作一处，可速归除之！”于是悉离海昏而行。海昏乡人感真君之德，遂立生祠，四时享祭，不在话下。

且说孽龙精果然深恨真君，乘其远出，欲将豫章郡滚成一海，以报前仇。遂聚集败残蛟党，尚有七八百余，孽龙曰："昨夜月离于毕，今夜酉时，主天阴晦暝，风雨大作。我与尔等，趁此机会，把豫章郡一滚而沉，有何不可？"此时正是午牌时分，吴君猛与彭君抗恰从西山高处，举目一望，只见妖气漫天，乃曰："许师往外诛妖，不想妖气尽聚于此。"言未毕，忽见豫章郡社伯并土地等神，来见吴君说："孽龙又聚了八百余蛟党，欲搅翻江西一郡，变化沧海，只待今夜酉牌时分风雨大作之时，就要下手。有等居民，闻得此信，皆来小神庙中，叩头磕脑，叫小神保他。我想江西不沉却好，若沉了时节，正是'泥菩萨落水，自身难保'，还保得别人？伏望尊仙怎生区处！"吴君听说此事，到吃了一大惊，遂与彭君急忙下了山头。吴君谓彭君曰："尔且仗剑一口，驱使神兵，先往江前江后巡逻。"彭君去了。

吴君乃上了一座九星的法坛，取过一个五雷的令牌，仗了一口七星的宝剑，注上一碗五龙吐的净水，念了几句"乾罗恒那九龙破秽真君"的神咒，捏了一个三台的真诀，步了一个八卦的神罡。乃飞符一道，径差年值功曹，送至日宫太阳帝君处投下。叫那太阳帝君，把这个日轮儿缓缓的沉下，却将酉时翻作午时，就要如鲁阳挥以长戈，即返三舍；虞公指以短剑，却转几分的日子。又飞符一道，径差月值功曹，送至月宫太阴星君处投下。叫那太阴星君把这个月轮儿缓缓的移上，却将亥时翻作酉时，就要如团团离海角，渐渐出云衢，此夜一轮满，清光何处无。又飞符一道，径差日值功曹，送至风伯处案下。叫那风伯今晚将大风息了，一气不要吹嘘，万窍不要怒叫，切不可过江掇起龙头浪，拂地吹开马足尘，就树撮将黄叶落，入山推出白云来。又飞符一道，径着时值功曹，送至雨师处投下。叫那雨师今晚将了雨脚，休要得点点滴滴打破芭蕉，淋淋漓漓洗开苔藓，颓山黑雾倾浓墨，倒海冲风泻急湍，势以阳侯夸溟海，声如项羽战章邯。又飞符一道，差那律令大神，径到雷神处投下。叫那雷神今晚收五雷藏着，休得要驱起那号令，放出那霹雳，轰轰烈烈，使一鸣山岳震，再鼓禹门开，响激天关转，身从地穴来。又飞符一道，差着急脚大神，送至云师处投下。叫他今晚卷起云头，切不可氤氤氲氲，遮掩天地；渺渺漠漠，蒙蔽江山，使那重重翼凤飞层汉，叠叠从龙出远波，太行游子思亲切，巫峡襄王入梦多。吴君遣符已毕，又差那社伯等神，火速报知真君，急回豫章郡慑伏群妖，毋得迟误。吴君调拨已毕，遂亲自仗剑，镇压群蛟，不在话下。

却说孽龙精只等待日轮下去月光上来的酉牌时分，就呼风唤雨，驱云使雷，把这豫章一郡滚沉。不想长望短望，日头只在未上照耀。叫他下去，那日头就相似缚下一条绳子，再也不下去。孽龙又招那月轮上来，这月轮就相似有人扯住着他，再也不上来。孽龙怒起，也不管酉时不酉时，就命取蛟党，大家呼着风来。谁知那风伯遵了吴君的符命，半空中叫道："孽龙！你如今学这等歪，却要放风，我哪个听你！"孽龙呼风不得，就去叫雷神打雷。谁知那雷神遵了吴君的符命，半下儿不响。孽龙道："雷公雷公！我往日唤你，少可有千百声，今日半点声气不做，敢害哑了？"雷神道："我到不害哑，只是你今日害颠。"孽龙见雷公不响，无如之奈，只得叫声："云师快兴云来！"那云师遵了吴君的符命，把那千岩万壑之云，只卷之退藏于密，那肯放之弥于六合。只见玉宇无尘，天清气朗，那云师还在半空中唱一个"万里长江收暮云"耍子哩。孽龙见云师不肯兴云，且去问雨师讨雨。谁知那雨师亦遵了吴君的符命，莫说是千点万点洒将下来，就是半点儿也是没有的。

孽龙精望日日不沉，招月月不上，呼风风不至，唤雨雨不来，驱雷雷不响，使云云不兴。直激得怒从心上起，恶向胆边生！遂谓众蛟党曰："我不要风云雷雨，一小小豫章郡终不然滚不成海？"遂耸开鳞甲，翻身一转，把那江西章江门外，就沉了数十余丈。吴君看见，即忙飞起手中宝剑，驾起足下祥云，直取孽龙。孽龙与吴君厮战，彭君亦飞剑助敌，在江西城外大杀一场。孽龙招取党类，一涌而至，在上的变成无数的黄蜂，扑头扑脑乱丁；在下的变成滚滚的长蛇，遍足乱绕。孽龙更变作个金刚菩萨，长又长，大又大，手执金戈，与吴君、彭君混战。好一个吴君，又好一个彭君！上杀个雪花盖顶，战住狂蜂；下杀个枯树盘根，战住长蛇；中杀个鹞子翻身，抵住孽龙。自未时杀起，杀近黄昏。忽真君同着诸弟子到来，大喝一声："许逊在此！孽畜敢肆害么？"诸蛟皆有惧色。孽龙见了真君，咬定牙根，要报前仇。乃谓群蛟曰："今日遭此大难，我与尔等，生死存亡，在此一举！"诸蛟踊跃言曰："父子兄弟，当拚命一战，胜则同生，败则同死。"遂与孽龙精力战真君，怎见得利害：

愁云蔽日，杀气漫空。地覆天翻，神愁鬼哭。仙子无边法力，妖精许大神通。一个万丈潭中孽怪，舞着金戈；一个九重天上真仙，飞将宝剑。一个棱棱层层甲鳞竦动，一个变变化化手段高强。一个呵一口妖气，雾涨云迷；一个吹一口仙风，天清气朗。一个邻蛟子蛟孙战真仙，恰好似八十万曹兵鏖赤壁；一个同仙徒仙弟收妖孽，却好似二十八汉将闹昆阳。一个翻江流，搅海水，重重叠叠涌波涛；一个撼乾枢，摇坤轴，烈烈轰轰运霹雳。一个要为族类报了冤仇，一个要为生民除将祸害。正是：两边齐角力，一样显神机，到头分胜败，毕竟有雄雌！

却说孽龙精奋死来战真君，真君正要拿住他，以绝祸根。那些蛟党终是心中惧怯，真君的弟子们各持宝剑，或斩了一两个的，或斩了三四个的，或斩了五六个的，喷出腥血，一片通红。周广一剑，又将孽龙的第二子斩了。其余蛟党一个个变化走去。只有孽龙与真君独战。回头一看，蛟党无一人在身旁，也只得跳上云端，化一阵黑风而走。真君急追赶时，已失其所在，乃同众弟子回归。真君谓吴猛曰："此番若非君之法力，数百万生灵，尽葬于波涛中矣！"吴君曰："全仗尊师杀退蛟孽，不然，弟子亦危也。"

却说孽龙屡败，除杀死族类外，六子之中，已杀去四子。众蛟党恐真君诛己，心怏怏不安，尽皆变去。只有三蛟未变，三蛟者：二蛟系孽龙子，一蛟系孽龙孙，藏于新建洲渚之中。其余各变形为人，散于各郡城市镇中，逃躲灾难。一日，有真君弟子曾亨入于城市，见二少年，状貌殊异，鞠躬长揖，向曾亨问曰："公非许君高门乎？"曾亨曰："然。"既而问少年曰："君是何人也？"少年曰："仆家居长安，累世崇善。远闻许公深有道术，诛邪斩妖，必仗神剑，愿闻此神剑，有何功用？"曾亨曰："吾师神剑，功用甚大，指天天开，指地地裂，指星辰则失度，指江河则逆流。万邪不敢当其锋，千妖莫能撄其锐。出匣时，霜寒雪凛；耀光处，鬼哭神愁，乃天赐之至宝也。"少年曰："世间之物，不知亦有何物可当贤师神剑，而不为其所伤？"曾亨戏谓之曰："吾师神剑，惟不伤冬瓜葫芦二物耳，其余他物皆不能当也。"少年闻言，遂告辞而去。曾亨亦不知少年乃是蛟精所变也。蛟精一闻冬瓜葫芦之言，尽说与党类知悉。真君一日以神剑授弟子施岑、甘战，令其遍寻蛟党诛之。蛟党以甘、施二人寻追甚紧，遂皆化为葫芦冬瓜，泛满江中。真君登秀峰之巅，运神光一望，乃呼施岑、甘战谓曰："江中所浮者，非葫芦冬瓜，乃蛟精余党也。汝二人可履水内斩之。"于是施岑、甘战飞步水上，举剑望葫芦乱砍。那冬瓜葫芦乃是轻浮之物，一砍即入水中，不能得破。正懊恼之间，忽有过往大仙在虚空中观看，遂令社伯之神，变为一八哥鸟儿，在施岑、甘战头上叫曰："下剔上，下剔上。"施岑大悟，即举剑自下剔上，满江蛟党，约有七百余性命，连根带蔓，悉无噍类。江中碧澄澄流水，变为红滚滚波涛。只有三蛟未及变形者，因而获免。真君见蛟党尽诛，遂封那八哥鸟儿头上一冠。所以至今八哥儿头上，皆有一冠，真君斩尽蛟党，后人有诗叹曰：

神剑棱棱辟万邪，碧波江上砍葫瓜；孽龙党类思翻海，不觉江心杀自家。

且说孽龙精所生六子，已诛其四。蛟党千余，俱被真君诛灭。只有第三子，与第六子，并有一长孙藏于新建县洲渚之中，尚得留命。及闻真君尽诛其蛟类，乃大哭曰："吾父未知下落。今吾等兄弟六人，传有子孙六七百，并其族类，共计千余，今皆被许逊剿灭，只留我兄弟二人，并一侄在此。吾知许逊道法高妙，岂肯容我叔侄们性命？不如前往福建等处，逃躲残生，再作区处。"正欲起行，忽见真君同弟子甘战、施岑卒至，三蛟急忙逃走。真君见一道妖气冲天而起，乃指与甘、施二人曰："此处有蛟党未灭，可追去除之，以绝其根。"真君遂与甘、施二人，飞步而行，蹑踪追至半路，施岑飞剑斩去一尾。追至福建延平府，地名潆洋九里潭，其一蛟即藏于深潭之中，真君召乡人谓曰："吾乃豫章许逊，今追一蛟精至此，伏于此潭。吾今将竹一根，插于潭畔石壁之上，以镇压之，不许残害生民。汝等居民，勿得砍去。"言毕，即将竹插之，嘱曰："此竹若罢，许汝再生，此竹若茂，不许再出。"至今潭畔，其竹母若凋零，则复生一笋，成竹替换复茂。今号为"许真君竹"，至今其竹一根在。往来舟船，有商人见其蛟者，其蛟无尾。

更有一蛟被真君与甘、施二人，赶至福建建宁府崇安县。有一寺名怀玉寺，其寺有一长老，法名全善禅师，在法堂诵经。忽见一少年，走入寺中，哀告曰："吾乃孽龙之子，今被许逊剿灭全家，追赶至此。望贤师怜悯，救我一命，后当重报！"长老曰："吾闻豫章许逊道法高妙，慧眼通神，吾此寺中，何处可躲？"少年曰："长老慈悲为念，若肯救拔小人，小人当化作粟米一粒藏于贤师掌中，待许逊到寺，贤师只合掌诵经，方保无事。"长老允诺。少年即化为粟米一粒，入于长老掌中躲讫。真君与甘战、施岑二人，赶入寺中，谓长老曰："吾乃豫章许逊，赶一蛟精至此，今在何处？可令他出来见我！"长老也不答应，只管合掌拱手，口念真经。真君不知藏在长老掌中，遍寻不见，遂往寺外前后各处寻之。并不见踪迹。施岑曰："想蛟精去矣，吾等合往他处寻赶。"

却说蛟精以真君去寺已远，乃复化为少年，拜谢长老曰："深蒙贤师活命之恩，无可报答，望贤师吩咐寺中，着令七日七夜不要撞钟擂鼓，容我报答一二。"长老依言，吩咐师兄师弟，徒子徒孙等讫。及至三日，只见寺中前后狂风顿起，冷气飕飕，土木自动。长老大惊，谓僧众曰："吾观孽龙之子，本是害人之物，得我救命，叫我等'七日七夜不动钟鼓'。今只三日，风景异常，想必是他把言语哄我，若不打动钟鼓，莫承望他报恩，此寺反遭其害，那时悔之晚矣。"于是即令僧众撞起那东楼上华钟。那钟儿响了一百单八声，荣荣汪汪，正是：

梵王宫里鲸声吼，商客舟中夜半闻。

又打起那西楼上画鼓。那鼓儿响了一个三起三煞，叮叮咚咚，正是：

俨若雷鸣云汉上，恍疑鼍吼海涛中。

那蛟精闻得钟鼓之声，吃了一惊，即转身又化为少年。回到寺中，来见长老言曰："吾前日吩咐寺中，七日勿动钟鼓，意欲将寺门外前后高山峻岭，滚成万亩良田，报答我师活命之恩。今才三日，只将高山上略荡得平些，滚有泉出，未及如数，而吾师即动钟鼓，其故何也？"长老以狂风顿起，山动地动为对。那少年不胜叹息。长老乃令人往寺外前后观之，但见高峻之处，皆荡得坦平，滚滚泉流不竭。至今怀玉寺中，不止千顷平坦良田，盖亦蛟精报恩所致。

却说真君离了寺门，遍寻不见蛟精，乃复回高处望之，只见妖气依原还在寺中。乃与甘、施二人，又来寺中寻觅。其蛟精知真君复来，即先化为一僧，拜辞长老言曰："吾族中有众千余，皆被许逊诛灭。兄弟六人，已亡其四，吾父又未知存亡何如。吾今悔改前非，修行悟道。"言毕垂泪而别。真君果复至寺中，只见妖气出外，遂乃蹑迹追至建阳，地名叶墩。遥见一僧，知是蛟精所变。乃令甘、施二弟子，追赶至近，甘、施意欲斩之，真君连忙喝住曰："不可，此物虽是害人，今化为僧，量必改恶迁善。"遂叱曰："孽畜，我今赦汝前去，汝务要从善修行，勿害生民！吾有谛语，吩咐与汝，劳心记着：'逢湖则止，逢仰则住。'"吩咐已毕，遂纵之而去。甘战叱曰："孽畜，我师父饶了你性命，再不要害人。"施岑亦叱曰："孽畜，你若不遵我师父谛语，再若害人，我擒汝就如反掌之易。"那僧含羞乱窜而去。

脱离了叶墩地方，来至一村，前有一山，遇一牧童，其僧乃问曰："此处是何地方？"牧童答曰："此处地方贵湖，前面一山，名曰仰山。"僧闻牧童之言，乃大喜曰："适间承真君吩咐：'逢湖则止，逢仰则住。'今到此处，合此二意，可以在此居住矣。"遂憩于路旁水田之间，其中间泉水，四时不竭，此地名龙窟。后乃名离龙窟。龙僧即于仰山修行，法名古梅禅师。遂建一寺，名仰山寺。其寺当时乏水，古梅将指头在石壁上乱指，皆有泉出。其寺田粮亦广，至今犹在。真君即于叶墩立一观，名曰真君观，遥与仰山相对，以镇压之。其观至今犹存。

却说真君又追一蛟精，其蛟乃孽龙第一子之子，孽龙之长孙也。此蛟直走至福州南台躲避，潜其踪迹。真君命甘、施二弟子，遍处寻索，乃自立于一石上，垂纶把钓。忽觉钓丝若有人扯住一般，真君乃站在石上，用力一扯，石遂裂开。石至今犹在，因名为钓龙石。只见扯起一个大螺，约有二三丈高大，螺中有一女子现出，真君曰："汝妖也！"那女子双膝跪地，告曰："妾乃南海水侯第三女。闻尊师传得仙道，欲求指教修真之路。故乘螺舟特来相叩。"真君乃指以高盖山，可为修炼之所，且曰："此山有苦参甘草，上有一井，汝将其药投于井中，日饮其水，久则自可成仙。"遂命女子复入螺中，用巽风一口，吹螺舟浮于水面，直到高盖山下。女子乘螺于此，其螺化为大石，至今犹在。遂登山采取苦参甘草等药，日于井中投之，饮其井泉，后女子果成仙而去。至今其乡有病者，汲井泉饮之，其病可愈。

却说施岑、甘战回见真君，言蛟精无有寻处。真君登高山绝顶以望，见妖气一道，隐隐在福州城开元寺井中喷出。乃谓弟子曰："蛟精已入在井中矣。"遂至其寺中，用铁佛一座，置于井上压之。其铁佛至今犹在。真君收伏三蛟已毕，遂同甘战、施岑复回豫章，再寻孽龙诛之。后人有诗叹曰：

迢迢千里到南闽，寻觅蛟精驾雾云。到处留名留异迹，今人万古仰真君。

却说孽龙既不能滚沉豫章，其族党变为瓜葫，一概被真君所灭。所生六子，斩了四子，只有二子一孙，犹未知下落。越思越恼，只得又奔往洋子江中，见了火龙父亲，哭诉其事。火龙曰：“四百年前，孝悌明王传法与兰公，却使兰公传法与谌母，谌母传法与许逊。吾知许逊一生，汝等有此难久矣。故我当时就令了鼋帅，统领虾兵蟹将，要问他追了金丹宝鉴、铜符铁券之文。谁知那兰公将我等杀败。我彼时少年精壮，也奈何兰公不得，今日有许多年纪，筋力憔悴，还奈得许逊何！这凭你自去。”孽龙叹曰：“今人有说，父不顾子的世界，果然果然。”火龙骂曰：“畜生，我满眼的孙子，今日被你不长进，败得一个也没了，还来怨我父亲！”遂打将孽龙出来。

孽龙见父亲不与他做主，遂在江岸上放声大哭。惊动了南海龙王敖钦第三位太子。彼时太子领龙王钧旨，同巡江夜叉全身披挂，手执钢刀，正在此巡逻长江，认得是火龙的儿子。即忙问曰：“你在此哭甚事？”孽龙道：“吾族党千余，皆被许逊诛灭，父亲又不与我作主，我今累累然若丧家之狗，怎的由人不哭。”太子曰：“自古道：‘家无全犯。’许逊怎么就杀了你家许多人？他敢欺我水府无人么？老兄且宽心，待我显个手段，擒他报取冤仇！”孽龙道：“许逊传了谌母飞步之法，仙女所赐宝剑，其实神通广大，难以轻敌。”太子曰：“我龙宫有一铁杵，叫做如意杵；有一铁棍，叫做如意棍。这个杵这个棍，欲其大，就有屋桷般大；欲其小，只如金针般小；欲其长，就有三四丈长；欲其短，只是一两寸短，因此名为如意。此皆父王的宝贝，那棍儿被孙行者讨去，不知那猴子打死了千千万万的妖怪。只有这如意杵儿，未曾使用，今带在我的身边。试把来与许逊弄一弄，他若抵挡得住，真有些神通。”孽龙问道：“这杵是哪一代铸的？”太子道：“这杵是乾坤开辟之时，有一个盘古王，凿了那昆仑山几片棱层石，架了一座的红炉。砍了广寒宫一株婆娑树，烧了许多的黑炭。取了须弥山几万斤的生铁，用了太阳宫三昧的真火，叫了那炼石的女娲，炼了七七四十九个日头。却命着雨师洒雨，风伯煽风，太乙护炉，祝融看火，因此上炼得这个杵儿。要大就大，要小就小，要长就长，要短就短。且此杵有些妙处，抛在半空之中，一变十，十变百，百变千，千变万，更会变化哩！”孽龙问曰：“如今那铁杵放在哪里？”太子即从耳朵中拿将出来，向风中晃一晃，就有屋桷般大，晃两晃，就有竹竿般长。孽龙大喜曰：“这样东西，要长就长，要大则大，那许逊有些法力，尚可抵挡一二。徒弟们皆是后学之辈，禁得几杵？”夜叉见太子欲与孽龙报仇，乃谏曰：“爷爷没有钧旨，太子怎敢擅用军器？恐爷爷知道，不当稳便。”太子曰：“吾主意已定，你肯辅我，便同去。如不肯辅我，任你先转南海去罢。”夜叉不肯相助，自去了。那太子杀奔豫章，要拿许逊，与孽龙报仇。却怎生打扮，则见：

重叠叠鳖甲坚固，整齐齐海带飞斜。身骑着海马号三花，好一似天门冬将军披挂。走起了磊磊落落滑石，飞将来溟溟漠漠辰砂。索儿绞的是天麻，要把威灵仙拿下。

却说真君同着弟子甘战、施岑等各仗宝剑，正要去寻捉孽龙，忽见龙王三太子叫曰：“许逊许逊，你怎么这等狠心，把孽龙家千百余人一概诛戮！你敢不觑我龙宫么？我今日与你赌赛一阵，才晓得我的本事。”真君慧眼一看，认得是南海龙王的三太子，喝曰：“你父亲掌管南海，素称本分，今日怎的出你们不肖儿子？你好好回去，免致后悔！”太子道：“你杀人之父，人亦杀其父；杀人之兄，人亦杀其兄。孽龙是我水族中一例之人，我岂肯容你这等欺负？”于是举起钢刀，就望真君一砍。真君亦举起宝剑来迎，两个大杀一场。则见：

一个是九天中神仙领袖；一个是四海内龙子班头。一个的道法精通，却会吞云吸雾；一个的武艺惯熟，偏能掣电驱雷。一个呼谌母为了师傅，最大神通；一个叫龙王做了父亲，尽高声价。一个飞宝剑，前挑后剔，光光闪闪，就如那大寒陆地凛严霜；一个抛铁杵，直撞横冲，珰珰珰珰，就如那除夜人家烧爆竹。真个是棋逢敌手，终朝胜负难分；却原来阵遇对头，两下高低未辨。

真君与那太子刀抵剑，剑对刀，自巳牌时分，战至午时不分胜败。施岑谓众道友曰：“此龙子本事尽高，恐师父不能拿他，可大家一齐掩杀。”那太子见真君弟子一齐助战，遂在耳朵中，取出那根铁杵来，晃了两三晃，望空抛起。好一个铁杵！一变作十，十变作百，百变作千，千变作万，半天之中，就如那纷纷柳絮颠狂舞，滚滚蜻蜓上下飞。满空撞得乒乓响，恰是潘丞相公子打擂槌。你看那真君的弟子们，才把那脑上的杵儿撇开，忽一杵在脑后一打；才把脑后的杵儿架住，忽一杵在心窝一笃；才把心窝的杵儿一抹，忽一杵在肩膀上一锥。那些弟子们怕了那杵，都败阵而走。好一个真君，果有法术，果有神通，将宝剑望东一指，杵从东落；望西一指，杵从西开；望南一指，杵从南坠；望北一指，杵从北散。真君虽有这等法力，争奈千千万万之杵，一杵去了，一杵又来，却未能取胜。

忽观世音菩萨空中闻得此事，乃曰：“敖钦龙王十分仁厚，生出这个不肖儿子，助了蛟精。我若不去收了他如意杵宝贝，许逊纵有法力，无如之奈。”于是驾起祥云，在半空之中，解下身上罗带，做成一个圈套儿丢将起来，把那千千万万之杵尽皆套去。那太子见有人套去他的宝贝，心下慌张，败阵而走。孽龙接见，问曰：“太子与许逊征战得大胜否？”太子曰：“我战许逊正在取胜之际，不想有一妇人使一个圈套，把我那宝贝套去了。我今没处讨得！”孽龙曰：“套宝贝者，非是别人，乃是观世音菩萨。”言未毕，真君赶至，孽龙望见，即化一阵黑风走了。太子心中不忿，又提着手中钢刀，再来交战。此是败兵之将，英勇不加，两合之中，被真君左手一剑架开钢刀，却将右手一剑来斩太子。忽有人背后叫曰：“不可，不可！”真君举眼一看，见是观音，遂停住宝剑。观音曰：“此子是敖钦龙王的第三子，今无故辅助孽龙，本该死罪。奈他父亲素是仁厚，今我在此，若斩了此子，龙王又说我不救他，体面上不好看。”真君方才罢手。

却说那巡江夜叉回转龙宫，将太子助孽龙之事，一一禀知龙王。龙王顿足骂曰：“这畜生恁的不肖！”彼时东海龙王敖顺，西海龙王敖广，北海龙王敖润同聚彼处。亦曰：“这畜生今日去战许逊，就如那葛伯与汤为仇；辅助孽龙，就如那崇候助纣为虐，容不得他。”敖钦曰：“这样儿子要他则甚！”遂取过一口利剑，敕旨一道，令夜叉将去叫太子自刎而亡。

夜叉领了敕旨，赍了宝剑，径来见着三太子。太子闻知其故，唬得魂不着体，遂跪下观音叫道：“善菩萨！没奈何，到我父王处保过这次。”观音道：“只怕你父亲难饶你死罪，你不如到蛇盘谷中鹰愁涧躲避。三百年后，等唐三藏去西天取经，罚你变做个骡子，径往天竺国驮经过来。那时将功赎罪，我对你父亲说过，或可留你。”太子眼泪汪汪，拜辞观世音，往鹰愁涧而去。观音复将所收铁杵付与夜叉，叫夜叉交付与龙王去讫。真君亦辞了观音回转豫章，不在话下。

却说观音菩萨，别了真君，欲回普陀岩去，孽龙在途中投拜，欲求与真君讲和，后当改过前非，不敢为害。言辞甚哀。观音见其言语恳切，乃转豫章，来见真君。真君问曰：“大圣到此，复有何见谕？”观音曰：“吾此一来，别无甚事，孽龙欲与君讲和，今后改恶迁善。不知君允否？”真君曰：“他既要讲和，限他一夜滚百条河，以鸡鸣为止，若有一条不成，吾亦不许。”观音辞真君而去。弟子吴猛谏曰：“孽畜原心不改，不可许之。”真君曰；“吾岂不知，但江西每逢春雨之时，动辄淹浸，吾欲其开成百河，疏通水路耳，非实心与之和也。吾今吩咐社伯，阻挠其功，勿使足百条之数，则其罪难免，亦不失信于观音矣。”

却说孽龙接见观音，问其所以。观音将真君所限之事，一一说与。孽龙大喜，是夜用尽神通，连滚连滚，恰至四更，社伯扣计其数，已滚九十九条。社伯心慌，乃假作鸡鸣。引动众鸡皆鸣，孽龙闻得大惊，自知不能免罪，乃化为一少年，未及天明，即遁往湖广躲避去讫。真君至天明，查记河数，只欠一条，鸡声尽鸣，乃知是社伯所假也。遂令弟子计功受赏。真君急寻孽龙之时，已不知其所在。后来遂于河口立县，即今之南康湖口县是焉。

却说孽龙遁在黄州府黄冈县地方，变作个少年的先生求馆。时有一老者姓史名仁，家颇饶裕，有孙子十余人，正欲延师开馆。孽龙至其家，自称：“豫章曾良，闻君家有馆，特来领教。”史老见其人品清高，礼貌恭敬，心窃喜之。但不知其学问何如，遂谓曰：“敝乡旧俗，但先生初来者，或考之以文，或试之以对，然后启帐。卑老有一对，欲领尊教何如？”孽龙曰：“愿闻。”史老曰：“曾先生腰间加四点，鲁邦贤士。”孽龙曰：“我就把令孙为对。”遂答曰：“史小子头上着一横，吏部天官。”史老见先生对得好，不胜之喜。乃曰：“先生高才邃养，奈寒舍学俸微少，未可轻屈。”孽龙道：“小子借寓读书，何必计利。”史老遂择日启馆，叫诸孙具贽见之仪，行了拜礼，遂就门下受业。孽龙教授那些生徒，辨疑解惑，读书说经，明明白白。诸生大有进益，不在话下。

却说真君以孽龙自滚河以后，遍寻不见，遂同甘战、施岑二人，径到湖广地面，寻觅踪迹。忽望妖气在黄冈县乡下姓史的人家。乃与二弟子径往其处，至一馆中，知是孽龙在此变作先生，教训生徒。真君乃问其学生曰：“先生哪里去了？”学生答云：“先生洗浴去了。”真君曰：“在哪里洗浴”？学生曰：“在涧中。”真君曰：“这样十一月天气，还用冷水洗浴？”学生曰：“先生是个体厚之人，不论寒天热天，常要水中去浸一浸。若浸得久时，还有两三个时辰才回来。”真君乃与弟子坐在馆中，等他回时，就下手拿着。忽举头一看，见柱壁上有对联云：

赵氏孤儿，切齿不忘屠岸贾。伍员烈士，鞭尸犹恨楚平王。

又壁上题有诗句云：

自叹年来运不济，子孙零落却无遗；心怀东海波澜阔，气压西江草树低。
怨处咬牙思旧恨，豪来挥笔记新诗。男儿不展风云志，空负天生八尺躯。

真君看诗对已毕，大惊，谓弟子曰：“此诗此对，皆是复仇之诗。若此孽不除，终成大患。汝等务宜勉力擒之。”言未毕，忽史老来馆中，看孙子攻书。时盛冬天气，史老身上披领羊裘，头上戴顶暖帽，徐徐而来。及见真君丰姿异常，连忙施礼，问曰：“先生从何而来？”真君曰：“小生乃豫章人，特来访友。”史老谓孙子曰：“客在此，何不通报？”遂邀真君与二弟子至家下告茶。茶毕，史老问真君姓名。真君曰：“小生姓许名逊，此二徒，一姓施名岑，一姓甘名战。”史老曰：“闻得许君者，法术甚妙，诛严蛟精，敢是足下否？”真君曰：“然。”史老遂下拜。真君以其年老，连忙答礼。史老问曰："仙驾临此，欲何为？"真君曰："尊府叫令孙者，乃孽龙精也。变形于此，吾寻踪觅迹，特来擒之。"史老大惊曰："怪道这个先生无问寒天暑天，日从涧中洗浴。浴水之处，往时浅浅的，今成一潭，深不可量。"真君曰："老翁有缘，幸遇小生相救。不然，今日是个屋舍，后日是个江河，君家且葬鱼腹矣。"史老曰："此蛟精怎的拿他？"真君曰："此孽千变万化，他若提防于我，擒之不易。幸今或未觉，纵要变时，必资水力。可令公家凡水缸水桶洗脸盆，及碗盏之类，皆不可注水，使他变化不去，我自然拿了他。"史老吩咐已毕，孽龙正洗浴回馆，真君见了，大喝一声："孽畜走哪里去？"孽龙大惊，却得寻水而变，遍处无水，惟砚池中有一点余水未倾，遂从里面变化而去，竟不知其踪迹。后人有诗叹曰：

堪叹蛟精玄上玄，墨池变化至今传。当时若肯心归正，却有金书取上天。

史老见真君赶去孽龙，甚是感谢。乃留真君住了数日，极其款曲。真君曰："此处孽龙居久，恐有沉没之患，汝可取杉木一片过来，吾书符一道，打入地中，庶可以镇压之。"真君镇符已毕。感史老相待殷勤，更取出灵丹一粒，点石一片，化为黄金，约有三百余两，相谢史老而去。施岑曰："孽龙今不知遁在何处？可从此湖广上下，遍处寻觅诛之。"真君曰："或此孽瞰我等在此，又往豫章，欲沉郡城土地，未可知也。莫若且回家中，觅其踪迹，如果不在，再往外获之未晚。"于是师弟们一路回归。

却说孽龙精砚池变去，又化为美少男子，逃往长沙府。闻知刺史贾玉家生有一女，极有姿色，怎见得：

眉如翠羽，肌如凝脂，齿如瓠犀，手如柔荑。脸衬桃花瓣，鬟堆金凤丝。秋波湛湛妖娆态，春笋纤纤妖眉姿。说什么汉苑王嫱，说什么吴宫西施，说什么赵家飞燕，说什么杨家贵妃。柳腰微摆鸣金佩，莲步轻移动玉肢。月里嫦娥难比此，九天仙子怎如斯！

孽龙遂来结拜刺史贾玉，贾玉问曰："先生何人也？"答曰："小人姓慎名郎，金陵人氏。自幼颇通经典，不意名途淹滞，莫能上达，今作南北经商之客耳。因往广南贩货，得明珠数斛，民家无处作用，特来献与使君，伏望笑留！"贾使君曰："此宝乃先生心力所求，况汝我萍水相逢，岂敢受此厚赐。"再三推拒，慎郎献之甚切，使君不得已而受之。留住数日，使君见慎郎礼貌谦恭，丰姿美丽，琴棋书画，件件皆能；弓矢干戈，般般惯熟，遂欲以女妻之。慎郎鞠躬致谢，复将珍宝厚贿使君亲信之人，悉皆称赞慎郎之德。使君乃择吉日，将其女与慎郎成亲，不在话下。

却说慎郎在贾府成婚以后，岁遇春夏之时，则告禀使君，托言出游江湖，经商买卖。至秋冬之时，则重载船只而归，皆是奇珍异宝。使君大喜曰："吾得佳婿矣！"盖不知其为蛟精也。所得资财宝货，皆因春夏大水，覆人舟船，抢人财宝，装载而归。慎郎入赘三年，复生三子。一日慎郎寻思起来，不胜忿怒曰："吾家世居豫章，子孙族类，一千余众，皆被许逊灭绝。破我巢穴，使我无容身之地。虽然潜居此地，其实怨恨难消，今既岁久，谅许逊不复知有我也。我今欲回豫章，大兴洪水，溃没城郡，仍灭取许逊之族，报复前仇，方消此恨。"言罢，来见使君。使君问曰："贤婿有何话说？"慎郎曰："方今春风和暖，正宜出外经商，特来拜辞岳父而去。家中妻子，望岳丈看顾。"使君曰："贤婿放心前去，不必多忧，若得充囊之利，早图返棹。"言罢，分别而去。

时晋永嘉七年，真君与其徒甘战、施岑周览城邑，遍寻蛟孽。三年间，杳无踪迹，已置之度外去了。不想这孽龙自来送死。忽一日，道童来报，有一少年子弟，丰姿美貌，衣冠俊伟，来谒真君。真君命入，问曰："先生何处人也？"少年曰："小生姓慎名郎，金陵人氏。久闻贤公有斡旋天地之手，慑伏孽龙之功，海内少二，寰中寡双。小生特来过访，欲遂识荆之愿，别无他意。"真君曰："孽精未除，徒负虚名，可愧，可愧！"真君言罢，其少年告辞而出。真君送而别之。甘、施二弟子曰："适间少年，是何人也？"真君曰："此孽龙也，今来相见，探我虚实耳。"甘、施曰："何以知之？"真君曰："吾观其人妖气尚在，腥风袭人，是以知之。"甘、施曰："既如此，即当擒而诛之，何故又纵之使去也？"真君曰："吾四次擒拿，皆被变化而去。今佯为不知，使彼不甚提防，庶可随便擒之耳。"施岑乃问曰："此时不知逃躲何处？吾二人愿往杀之。"真君举慧眼一照，乃曰："今在江浒，化为一黄牛，卧于郡城沙碛之上。我今化为一黑牛，与之相斗，汝二人可提宝剑，潜往窥之。候其力倦，即拔剑而挥之，蛟必可诛也。"言罢，遂化一黑牛，奔跃而去，真个：

四蹄坚固如山虎，两角峥嵘似海龙。今向沙边相抵触，神仙变化果无穷。

真君化成黑牛，早到沙碛之上，即与黄牛相斗。恰斗有两个时辰，甘、施二人，蹑迹而至，正见二牛相斗，黄牛力倦之际，施岑用剑一挥，正中黄牛左股。甘战亦挥起宝剑斩及一角，黄牛奔入城南井中，其角落地。今马当相对，有黄牛洲。此角日后成精，常变牛出来，害取客商船只，不在话下。

却说真君谓甘、施曰："孽龙既入井中，谅巢穴在此。吾遣符使吏兵导我前进，汝二人可随我之后，蹑其踪迹，挖其巢穴，擒而杀之，以绝后患。"言罢，真君乃跳入井中。施、甘二人，亦跳入井中。符使护引真君前进，只见那个井，其口上虽是狭的，到了下面，别是一个乾坤。这边有一个孔，透着那一个孔，那边有一个洞，透着那一个洞，就似杭州城二十四条花柳巷，巷巷相穿；又似龙窟港三十六条大湾，湾湾相见。常人说道井中之蛙，所见甚小，盖未曾到这个所在，见着许大世界。真君随符使一路而行，忽见有一样物件，不长不短，圆圆的相似个擂槌模样。甘战拾起看时，乃是一车辖。问于真君曰："此井中怎的有此车辖？"真君道："昔前汉有一人，姓陈名遵，每大会宾客，辄闭了门，取车辖投于井中，虽有急事，不得去。必饮罢，才捞取车辖还人。后有一车辖，再捞不起。原来水荡在此处来了。"

又行数里，忽见有一个四方四角，新新鲜鲜的物件，施岑捡将起来一看，原来是个印匣儿。问于真君，真君曰："昔后汉有宦官张让劫迁天子，北至河上，将传国玉玺投之井中，再无人知觉。后洛阳城南骊宫井有五色气一道直冲上天，孙坚认得是宝贝的瑞气，遂命人浚井，就得了这一颗玉玺。玺便得去，却把这个匣儿遗在这里。"又行数里，忽见有一物件，光闪闪，白净净，嘴湾湾，腹大大的，甘战却拾将起来一看，原来是个银瓶。甘战又问于真君，真君曰："曾闻有一女子吟云'石上磨玉簪，玉簪欲成中央折；井底引银瓶，银瓶欲上丝绳绝'。想这个银瓶，是那女子所引的，因断了绳子，故流落在此。"符使禀曰："孽龙多久遁去，真仙须急忙追赶，途路之上，且不要讲古。"真君于是命弟子赶步而行。只见水族之中，见了的，唬得魂不附体，鲇鱼儿只把口张，团鱼儿只把颈缩，虾子儿只顾拱腰，鲫鱼儿只顾摇尾，真君都置之不问。却说那符使引真君再转一湾抹一角，正是行到山穷水尽处，看看在长沙府贾玉井中而出。真君曰："今得其巢穴矣。"

遂辞了符使回去，自来抓寻。

却说孽龙精既出其井，仍变为慎郎，入于贾使君府中。使君见其身体狼狈，举家大惊，问其缘故。慎郎答曰："今去颇获大利，不幸回至半途，偶遇贼盗，资财尽劫。又被杀伤左额左股，疼痛难忍。"使君看其刀痕，不胜隐痛。令家童请求医士疗治。真君仍扮作一医士，命甘、施二人，扮作两个徒弟跟随。这医士呵：

道明贤圣，药辨君臣。遇病时，深识着望闻问切；下药处，精知个功巧圣神。戴唐巾，披道服，飘飘扬扬；摇羽扇，背葫芦，潇潇洒洒。诊寸关尺三部脉，辨邪审痼，奚烦三折肱；疗上中下三等人，起死回生，只是一举手。真个是东晋之时，重生了春秋扁鹊；却原来西江之地，再出着上古神农。万古共称医国手，一腔都是活人心。

却说真君扮了医士，贾府童仆见了，相请而去。进了使君宅上，相见礼毕。使君曰："吾婿在外经商，被盗贼杀伤左额左股，先生有何妙药，可以治之？容某重谢。"真君曰："宝剑所伤，吾有妙方，手到即愈。"使君大喜，即召慎郎出来医治。当时蛟精卧于房中，问童仆曰："医士只一人么？"童仆曰："兼有两个徒弟。"蛟精却疑是真君，不敢轻出。真妻贾氏催促之曰："医人在堂，你何故不出？"慎郎曰："你不晓事，医得我好也是这个医士，医得不好也是这个医士。"贾氏竟不知所以。使君见慎郎不出，亲自入房召之，真君乃随使君之后，直至房中厉声叱曰："孽畜再敢走么？"孽龙计穷势迫，遂变出本形，蜿蜒走出堂下。不想真君先设了天罗地网，活活擒之。又以法水喷其三子，悉变为小蛟，真君拔剑并诛之。贾玉之女，此时亦欲变幻，施岑活活擒住。使君大惊。真君曰："慎郎者，乃孽龙之精，今变作人形，拜尔为岳丈。吾乃豫章许逊，追寻至此擒之。尔女今亦成蛟，合受吾一剑。"贾使君乃与其妻跪于真君之前，哀告曰："吾女被蛟精所染，非吾女之罪，伏望怜而教之！"真君遂给取神符与贾女服之，故得不变。真君谓使君曰；"蛟精所居之处，其下即水。今汝舍下深不逾尺，皆是水泉。可速徙居他处，毋自蹈祸。"使君举家惊惶，遂急忙迁居高处。原住其地，不数日果陷为渊潭，深不可测。今长沙府昭潭是也。施岑却从天罗地网中取出孽龙，欲挥剑斩之，真君曰："此孽杀之甚易，擒之最难。我想江西系是浮地，下面皆为蛟穴。城南一井其深无底，此井与江水同消长。莫若锁此畜回归，吾以铁树镇之井中，系此孽畜于铁树之上，使后世倘有蛟精见此畜遭厥磨难，或有警惕，不敢为害。"甘战曰："善！"遂锁了孽龙，径回豫章。于是驱使神兵，铸铁为树，置之郡城南井中。下用铁索钩锁，镇其地脉，牢系孽龙于树，且祝之曰：

铁树开花，其妖若兴，吾当复出。铁树居正，其妖永除。水妖屏迹，城邑无虞。

又留记云：

铁树镇洪州，万年永不休。天下大乱，此处无忧。天下大旱，此处薄收。

又元朝吴全节有诗云：

八索纵横维地脉，一泓消长定江流；豫章胜地由天造，砥柱中天亿万秋。

真君又铸铁为符，镇于鄱阳湖中。又铸铁盖覆于庐陵元潭，今留一剑在焉。又立府靖于岩峣山顶，皆所以镇压所患也。真君既擒妖孽，功满乾坤。

时晋明帝太宁二年，大将军王敦，字处仲，出守武昌，举兵内向，次洞庭湖。

真君与吴君同往说之，盖欲止敦而存晋室也。是时郭景纯亦在王敦幕府，因此三人得以相会。景纯谓真君曰：“公斩馘蛟精，功行圆满。况曩时西山之地，灵气钟完，公不日当上升矣。”真君感谢。

一日景纯同真君、吴君来谒王敦，敦见三人同至，大喜，遂令左右设宴款待。酒至半酣，敦问曰：“我昨宵得一梦，梦见一木破天，不知主何吉凶”？真君曰：“木上破天，乃未字也。公未可妄动。”吴君曰：“吾师之言，灼有先见，公谨识之！”王敦闻二君言，心甚不悦。乃令郭璞卜之，璞曰：“此数用克体，将军此行，干事不成也。”王敦不悦曰：“我之寿有几何？”璞曰：“将军若举大事，祸将不久；若遂还武昌，则寿未可量。”王敦怒曰：“汝寿几何？”璞曰：“我寿尽在今日。”王敦大怒，令武士擒璞斩之。真君与吴君举杯掷起，化为白鹤一双，飞绕梁栋之上。王敦举眼看鹤，已失二君所在。

且说敦璞既死，家人备办衣衾棺椁。殓毕，越三日，市人见璞衣冠俨然，与亲友相见如故。王敦知之不信，令开棺视之，果无尸骸，始知璞脱质升仙也。自后王敦行兵果败，遂还武昌而死，卒有支解之刑，盖不听三君之谏，以至于此。

再说吴君邀真君同下金陵，遨游山水。既而欲买舟上豫章，打头风不息，舟中人曰：“当此仲夏，南风浩荡，舟般难进奈何？”真君曰：“我代汝等驾之，汝等但要瞑目安坐，切勿开眼窥视。”吴君乃立于船头，真君亲自把船，遂召黑龙二尾，挟舟而行。经池阳之地，以先天无极都雷府之印，印西崖石壁上以辟水怪，今有印纹。舟渐渐凌空而起，须臾，过庐山之巅，至云宵峰。二君欲观洞府景致，故其船梢刮抹林木之表，戛戛有声。舟人不能忍，皆偷眼窥之，忽然舍舟于层峦之上，折桅于深涧之下，今号铁船峰，其下有断石，即其桅也。真君谓舟人曰：“汝等不听吾言，以至如此，今将何所归乎”舟人恳拜，愿求济度之法。真君教以服饵灵药，遂得辟谷不饥，尽隐于紫宵峰下。二君乃各乘一龙，回至豫章，遂就旧时隐居，终日与诸弟子讲究真诠，乃作思仙之歌云：

天运循环兮，疾如飞，人生世间兮，欲何为？争名夺利兮，徒丘墟，风月滋味兮，有谁知？不如且进黄金卮，一饮一唱日沉西。丹砂养就玉龙池，小口世界宽无涯；世人莫道是愚痴，酩然一笑天地齐。

又作八宝垂训曰：

忠孝廉谨，宽裕容忍。忠则不欺，孝则不悖，廉而罔贪，谨而勿失；修身如此，可以成德。宽则得众，裕然有余，容而翕受，忍则安舒；接人以礼，怨咎涤除。凡我弟子，动静勤笃，念兹在兹，当守其独！有衷厥心，三官考戮。

却说天地水府三元三品三官大帝，乃太白金星，因言真君原是玉洞天仙下降。今除荡妖孽，惠及生灵，德厚功高。其弟子吴猛等，扶同真君，共成至道，皆宜推荐，以至天庭。商议具表，奏闻玉帝。玉帝准奏，乃授许逊九天都仙大使，兼高明大使之职，封孝先王。远祖祖父，各有职位。先差九天采访使崔子文、段丘仲捧诏一道，谕知许逊，预示飞升之期，以昭善报。采访二仙捧诏下界，时晋孝武宁康二年，甲戌，真君时年一百三十六岁。八月朔旦，见云仗自天而下，导从者甚众，降于庭中。真君迎接拜讫，二仙曰：“奉玉皇敕命，赐子宝诏，子可备香花灯烛，整顿衣冠，俯伏阶下，以听宣读！”诏曰：

上诏学仙童子许逊：卿在多劫之前，积修至道，勤苦悉备。天经地纬，悉已深通；万法千门，罔不师历。救灾拔难，除害荡妖，功济生灵，名高玉籍。众真推荐，宜有甄升，可受九州都仙大使，兼高明大使，孝先王之职。赐紫彩羽袍琼旌宝节各一事。期以八月十五午时，拔宅上升。诏书到日，信诏奉行。

读罢，真君再拜，遂登阶受诏毕，乃揖二仙上堂，问其姓名。一仙曰："余乃崔子文、段丘仲，俱授九天采访使之职。"真君曰："愚蒙有何德能，感动天帝，更劳二仙下降？"二仙曰："公修己利人，功行已满。昨者群真保奏，升入仙班，相迎在迩，先命某等捧诏谕知。"言毕，遂乘龙车而去。真君既得天书之后，门弟子吴猛等，与乡中耆老，及诸亲眷，皆知行期已近，朝夕会饮，以叙别情。真君谓众人曰："欲达神仙之路，在先行其善而后立其功。吾去后一千二百四十年间，豫章之境，五陵之内，当出地仙八百余人。其师出于豫章，大阐吾教。以吾坛前松树枝垂覆拂地，郡江心中，忽生沙洲掩过井口者，是其时也。"

后人有言："龙沙会合，真仙必出。"按龙沙在章江西岸畔，与郡城相对，事见《龙沙记》。潘清逸有《望龙沙》五言诗云：

五陵无限人，密视松沙记；龙沙虽未合，气象已虚异。昔时云浪游，半作桑麻地；地形带江转，山势若连契。

是时八月望日，大营斋会，遍召里人，及诸亲友，并门弟子，长少毕集。至日中，遥闻音乐之声，祥云缭绕，渐至会所。羽盖龙车，仙童彩女，官将吏兵，前后拥护。前采访使崔子文段丘仲二仙又至，真君拜迎，二仙复宣诏曰：

上诏学仙童子许逊：功行圆满，已仰潜山司命官，传金丹于下界，返子身于上天。及家口厨宅，一并拔之上升。着令天丁力士与流金火铃，照辟中间，无或散漫。仍封远祖许由，玉虚仆射；又封曾祖许琰，太微兵卫大夫，曾祖母太微夫人；其父许肃，封中岳仙官，母张氏封中岳夫人。钦此钦遵，诏至奉行！

真君再拜受诏毕。崔子文曰："公门下弟子虽众，惟陈勋、曾亨、周广、时荷等外，黄仁览与其父，盱烈与其母，共四十二口，合当从行，余者自有升举之时，不得皆往也。"言罢，揖真君上了龙车，仙眷四十二口，同时升举。里人及门下弟子，不与人升者，不舍真君之德，攀辕卧辙，号泣振天，愿相随而不可得。真君曰："仙凡有路可通，汝等但能遵行孝道，利物济民，何患无报耶！"真君族孙许简哀告曰："仙翁拔宅冲升，后世无所考验，可留下一物，以为他日之记。"真君遂留下修行钟一口，并一石函，谓之曰："世变时迁，此即为陈迹矣。"真君有一仆名许大者，与其妻市米于西岭，闻真君飞升，即奔驰而归。行忙车覆，遗其米于地上，米皆复生，今有覆米冈，生米镇犹在。比至哀泣，求其从行。真君以彼无有仙分，乃授以地仙之术，夫妇皆隐于西山。仙仗既举，屋宇鸡犬皆上升，惟鼠不洁，天兵推下地来。一跌肠出，其鼠遂拖肠不死。后人或有见之者，皆为瑞应。又坠下药臼一口，碾毂一轮，又坠下鸡笼一只，于宅之东南十里。又许氏仙姑，坠下金钗一股，今有许氏坠钗洲犹在。时人以其拔宅上升，有诗叹美云：

慈仁共美许旌阳，惠泽生民耿不忘；拔宅上升成至道，阳功阴德感苍苍。

仙驾飞空渐远，望之不可见，惟见祥云彩霞，弥漫上谷，百里之内，异香芬馥。忽有红锦帷一幅飞来，旋绕故地之上。

却说真君仙驾经过袁州府宜春县栖梧山，真君乃遣二青衣童子下告王朔，具以玉皇诏命，因来相别。王朔举家瞻拜，告曰："朔蒙尊师所授道法，遵奉已久，乞带从行！"真君曰："子仙骨未充，只可延年得寿而已，难以带汝同行。”乃取香茅一根掷下，令二童子授与王朔，教之曰：“此茅味异，可栽植于此地，久服长生。甘能养肉，辛能养节，苦能养气，咸能养骨，滑能养肤，酸能养筋，宜调和美酒饮之，必见功效。”言讫而别。王朔依真君之言，即将此茅栽植，取来调和酒味服之，寿三百岁而终。今临江府玉虚观即其地也。仙茅至今犹在。

真君飞升之后，里人与其族孙许简，就其地立祠，以所遗诗一百二十首，写于竹简之上，载之巨筒，令人探取，以决休咎。其修行钟、药轂、药臼、石函等事，并宝藏于祠。后改为观，因空中有红锦帷飞来旋绕，故名曰游帷观。

真君既至天庭，玉帝升殿，崔子文、段丘仲二仙引真君与弟子等听候玉旨。玉帝宣入朝见，真君扬麈拜舞，俯伏金阶下，上表奏曰：“臣许逊庸才劣质，虽有咒水行符馘毒之功，盖亦赖众弟子十一人之力。今弟子之中只有陈勋、曾亨、周广、时荷、黄仁览、盱烈六人，已蒙圣恩超升天界。更有吴猛、施岑、甘战、钟离嘉、彭抗五人，未蒙拔擢，诚为缺典。望乞一视同仁，宣至天庭，同归至道。”玉帝见奏，即传玉旨差周广为使，赍传诏旨，令吴猛等五人同日上升。周广即拜辞玉帝，赍诏下宣。是时乃晋宁康二年，九月初一日也。

吴猛时年一百八十六岁，见真君上升，己不与从，心曲怏怏。正与施岑、甘战、钟离嘉、彭抗四道友同归西宁，聚义修炼。只见周广赍诏自天而下。众相见毕，动问其下界之故。周广曰：“吾师朝见玉帝，奏上帝诸位仙友多助仙功，未得上升，恳求玉帝超擢。玉帝即差广赍诏旨令五君上升，同归至道。”五人听言大喜，各乘白鹿车，白昼冲升。今有吴仙村吴仙观，是其飞升之处。

然真君所从游者三千余人，其有功有行而得上升者，通吴君十有一人焉耳。真君领弟子朝见玉帝毕。玉帝各授以仙职，遂率群弟子拜谒太师祖孝悌明王卫弘，师祖孝明王兰公，师傅谌母已毕。又谢了三官金星保奏之功。

真君又荐举故人许都胡云，云阳詹晚二人，皆有道之士，玉帝皆封真人之号，不在话下。

却说真君自升仙后，屡显神通。隋炀帝无道，烧毁佛祠。乃将游帷观废毁。唐高宗永淳年间，遂命真人胡惠超重新建之。至宋太宗、仁宗皆赐御书，真宗时赐改游帷观曰玉降宫。至宋代政和二年，徽宗忽得重疾，面生恶疮。昼寝恍然一梦，见东华门有一道士，戴九华冠，披绛章服，左右童子，持剑导前，来至丹墀稽首。帝疑非人间道士，因问曰：“卿是何人？”道士对曰：“吾为许旌阳，权掌九天司职。上帝诏往西瞿耶国按察，经由故国，知主上患疾，特来顾之。”帝曰：“朕患毒疮，诸药不能愈，卿有药否？”道士即取小瓢子倾药一粒，如绿豆子大，呵气抹于徽宗疮上，遂揖而去。且曰：“吾洪都西山弊舍，久已零落，乞望圣眼一瞻为幸！”帝豁然而寤，觉满面清凉，以手摩之，疮遂愈矣。乃令近臣将图经考之，见洪州西山有许旌阳遗迹，诏造许真君行宫，改修玉隆宫。仍添“万寿”二字。塑真君新像，尊号曰：神功妙济真君。许真君所遗之物，皆有神护守，不可触犯。如殿前手植柏树，其荣瘁常兆本宫盛衰，翦叶煎汤，诸病可愈。井中铁树，唐严撰作洪州牧，心内不信，令人掘发，俄然天变，忽有迅雷烈风，江波泛溢，城郭震动。撰惧，叩头悔谢，久之而后止。又强取修行钟，置之僧寺，击之声哑如土木。撰坐寐，见神人叱责，醒觉，而送钟还宫。又碾轮、药臼，州牧徐登令取至府观之，犹未及观，遂乃飞去还宫。又石函，唐朝张善安窃据洪州，强凿开其盖，内册朱书数字云：“五百年后强贼张善安开凿之。”善安看毕，恐惧遂磨洗其字，终不泯灭。因藏其盖，其字尚留函底。宋高宗建炎间，金人寇江左，欲焚毁宫殿。俄而水自楹桷喷出，火不能烧，虏酋大惊，乃撤兵而去。皇明列圣，元加寅奉，敕赐重修宫殿，真君屡出护国行医。正德戊寅年间，宁府阴谋不轨，亲诣其宫，真君降箕笔云：

三三两两两三三，杀尽江南一担担；荷叶败时黄菊绽，大明依旧镇江山。

后来果败。诸灵验不可尽述。后人有诗叹云：

金书玉检不能留，八字遗言可力求；试看真君功行满，三千弱水自通舟。